我家刚搬过来的那个雨夜，
我半夜出门上厕所，
不经意往公寓楼群望了一眼，
从我家小院望过来，
不见下面漆黑的楼体，
只见浮在半空的橘粉的光，
就眼天上的仙府似的。
……
后来只是你的卧室啊。

品丰

玉术

品丰 著

四川文艺出版社

图书在版编目（CIP）数据

王术 / 品丰著. -- 成都：四川文艺出版社，2024.

10. -- ISBN 978-7-5411-7027-0

Ⅰ. Ⅰ247.5

中国国家版本馆 CIP 数据核字第 2024HN4973 号

WANG SHU

王术

品丰 著

出 品 人	冯 静
责任编辑	范菱薇
特约编辑	雪 人
装帧设计	Insect 姜 苗
责任校对	段 敏

出版发行　四川文艺出版社（成都市锦江区三色路 238 号）

网　址　www.scwys.com

电　话　0731-89743446（发行部）　028-86361781（编辑部）

排　版　长沙大鱼文化传媒有限公司

印　刷　天津睿和印艺科技有限公司

成品尺寸	145mm×210mm	开　本	32 开	
印　张	9	字　数	250 千字	
版　次	2024 年 10 月第一版	印　次	2024 年 10 月第一次印刷	
书　号	ISBN 978-7-5411-7027-0			
定　价	42.80 元			

目 录

Contents

目 录

Contents

第一章

/

秋粮胡同

1

王术抓着烤串，颤颤巍巍地喝掉塑料杯里最后一口啤酒，毫无预兆地开始撒酒疯。她直着眼睛瞧着花坛里模糊不清的树影，哭得肝肠寸断。

"我小时候头大，这你知道的，就跟肩膀上扛了个西瓜似的，所以一直被人叫'王大头'，叫到初中毕业。高中三年好不容易蹿个儿了，不显头大了，又成了'AA级'平胸……辛辛，哪怕 B 也行啊辛辛！你说大家都是血肉铸成的人，为什么有人长成了'九头身'，有人长成了'大头'？这不公平啊不公平啊辛辛！"

王术伤心得泣涕如雨，跟电视里功败垂成的丑角似的，她吸了吸鼻子，自己桌上的抽纸盒空了，转头去后面的空桌上捞。

"你说我大姑人家大胸长个瘤还说得过去，我这跟枣核似的，它哪儿来的脸给我作这个妖？太欺负人了啊太欺负人了！你说我考上 G 理工容易嘛，冬练三九夏练三伏的，结果刚办完校园卡，当头……当胸就给我一拳。"

"我大姑发现得晚，乳腺纤维腺瘤发展成纤维肉瘤了，但手术后这十来年也过得痛痛快快的，我应该问题也不大。但话是这么说，我还是害怕，辛辛。我害怕死后被烧成灰，也害怕没死透就被烧成灰。"

　　……

　　"辛辛"是王术的朋友钱慧辛，是个戴眼镜的"面瘫脸"，她一边"是是是"不走心地应和着王术，一边奋力嚼烤串。

　　并非钱慧辛冷血无情，她在来的路上就百度过了，乳腺纤维腺瘤是良性肿瘤，恶变概率不到百分之一。钱慧辛坚信王术的大姑如果是那百分之一，王术就不可能再是了，这个概率不能可着一家祸害。王术眼下叽叽歪歪、喋喋不休，典型是被酒精放大了情绪。

　　不过王术的情绪不单单来自新生体检出病这事儿，还来自她妈杨得意前不久被人骗得倾家荡产的事儿。

　　"辛辛，我这么多年压岁钱都分了一半给你，我有个不情之请。"

　　钱慧辛："……你先把眼泪鼻涕擦了再说你的不情之请。"

　　王术晕晕乎乎听话地擦掉眼泪鼻涕，睁着一双红通通的眼睛可怜兮兮地望着钱慧辛。

　　"以后要是医生宣布我不行了，你一定要保护我的尸体，不能让它很快被烧掉。万一我是假死呢，我到时候在进火化炉前挠棺材板儿谁能听到？！"

　　钱慧辛："我到时候趴你尸体上，谁要烧你，得连我一块儿烧。"

　　——多么感人至深的友情。

　　王术抓着钱慧辛的手，胸口胀得满满的，她眉毛向下一耷拉，再度哭得稀里哗啦的。

　　在距离两个女生大约不到两米的位置，手机嗡嗡响到将要自动挂断时，转至通话状态。一个戴着棒球帽的男生，伸手接过烧烤摊老板系好的餐袋，缓缓将手机移至耳畔。

　　男生长得特别好看，肤白个儿高，属于一眼就能令人怦然心动的那种。他的三庭五眼比例很均匀，几乎是建模标准，鼻梁并没有很高，却与眉骨衔接得非常流畅，嘴唇饱满，十分好看。

"李疏，怎么半天不接电话？哥们儿饿着肚子嗷嗷待哺呢，你干什么呢？"

"……听了场相声。"

王术在一阵浓郁的粥香里醒来，她慢吞吞地翻身坐起，自下而上地打量所在房间。啊，想起来了，她昨晚给她爸王西楼发信息，撒谎说要留宿学校，最后是来了钱慧辛家。

"辛辛？辛辛？辛辛？"王术一双眼睛睡得水肿，嗓音嘶哑地叫着钱慧辛。

钱慧辛暴躁的声音自未关紧的门缝里传来："王术你是刚睡醒着急吃奶吗？再叫'辛辛'把你牙掰断！下午有两节大课，你赶紧收拾收拾跟我出门。"

王术五分钟洗漱完毕，臊眉耷眼地在饭桌前落座。钱慧辛正在厨房里捣鼓配饭的酱菜，王术闲极无聊地支着下巴四下里乱瞅。

钱慧辛的家是个带着巴掌大小院的破旧平房，坐落在秋粮胡同里。秋粮胡同与旁边的秋水胡同以及青铜街斜对面的秋千胡同并称晋市"三秋"，是晋市最有名的老破旧区，十年内开发无望的那种。这里与现代化的跃层公寓群仅一条锦绣大道之隔。

王术昨晚不顾钱慧辛的阻拦颤颤巍巍爬上了房顶，她瞅着"三秋"的脏乱差——谁家的灯线路出了问题，一闪一闪的跟闹鬼似的，再望着跃层公寓的纤尘不染灯火通明，一时不察悲怆的情绪翻涌上来，不禁潸然泪下。

钱慧辛端着一碟酱菜出来，她瞧一眼心不在焉的王术，问："你们确定要搬来了？"

王术无精打采道："啊，过两天我爸妈过来打扫一下，周末就搬。"

王西楼和杨得意上周把家里的房子卖了用来抵债，一家人打算搬到秋粮胡同里杨得意大哥家的老房子里过渡。

钱慧辛用眼神示意王术赶紧喝粥，她嗦了嗦筷子，有感而发："这事儿要是搁我家，我爸能把我妈打得辨不出人样，我估计都得挨个三拳两脚的。"

坏消息是，钱慧辛有个家暴成性的爹；好消息是，这个爹现在已经死了。

王术说："我爸妈也吵得恨不得翻天，刚出事儿时两人把结婚证都翻出来了，说要去离婚，日子不过了。结果也就不到一个月吧，我爸就把这个事儿给消化了，开始筹划着卖房还债。前两天我姐在饭桌上随口抱怨我妈'脑子里没数'，我爸直接拍桌子让她吃饱了赶紧滚蛋。"

王术这样说着，想起那天早上的情景，忍不住笑了，详细向钱慧辛叙述起来。

杨得意自打被骗，再也得意不起来了，整天腺眉耷眼的，谁批评她，她都听着不反驳。这是王家从来也没出现过的奇景。王戎、王术这对破产姐妹因为突如其来的贫穷糟心归糟心，越来越蹬鼻子上脸。

——王戎比王术大八岁，早就开始工作了，只不过赚的钱不如花的钱多，老得靠爹妈贴补。

王戎在饭桌上挥舞着筷子批评杨得意："……脑子里没数，向来人家说什么你信什么，相交不深就敢跟人掏心掏肺。我姥姥生前就是这么批评你的。这回让人骗了个倾家荡产，你傻眼了吧。"

王西楼狠狠一拍桌子，斥道："你吃饱没有？吃饱滚蛋！你妈倾的是我的家荡的是我的产，跟你们有什么关系，轮得到你们叽叽歪歪？！"

王术说："爸，你把枪口对准王戎，我可没有叽叽歪歪。"

王西楼："你放屁，你只是没让我听见。"

王术："……你咋不讲理？！"

钱慧辛听王术仔细讲完，缓缓说："虽然这个世界有你爸这样的人存在，但也有我爸这样的人存在，所以我还是坚持'独美'一百年不动摇。"

王术沉默了下，端起粥呼噜噜大口喝掉，说："上课要迟到了。"

"这事儿也不是一点好处都没有，最起码你可以办理走读了，这里距离 G 理工就三站路，骑单车十来分钟就到了。"钱慧辛出来锁门时安慰王术。

G 理工允许本地学生走读。王术原来的家在大都与晋市的交界，地缘上属于大都，不符合申请走读的基本条件。如今搬来秋粮胡同，只需要居委会给盖个戳，王术就能像钱慧辛一样走读了。

"你搜肠刮肚这么半天想出这条来安慰我也是难为你了。"王术露出个十分敷衍的假笑。

"啊，提醒我了，得去买一辆单车。"王术暗道。

2

寂静的午后，有个叫成玥的刚上五年级的小学生，由于成绩突破了他哥哥能容忍的底线，正缩在沙发上听任哥哥的讽刺挖苦。虽然是个小学生，成玥身高也有一米五以上了，但在面色不豫的哥哥面前却弱小得跟只刚出生的小鸡崽儿似的。

"……在全科家教手把手的教导下，能取得这样的成绩，也算是天赋异禀了……成玥，要不然你以后改叫成乔治吧。'玥'是传说中的一种神珠，但我觉得你不像是神珠，像是动画片儿里乔治那种猪……继续努力吧小朋友，下回要是还能考出这样的成绩……你就自求多福吧。"

成玥把脸藏得严严实实的，直到他哥哥发够了脾气，应着厨房里妈妈成荟的叫声，踩着室内拖鞋啪啪嗒嗒地离开。

"把鲫鱼豆腐汤和青椒腊肠都端出去吧，哦，汤盆底下你记得放隔热垫。米饭应该也好了，你去看看开关跳了没。你下午有课是不是，李疏？待会儿赶紧吃，吃完去上课。"成荟一丝不苟地交代着，把炸过一遍的茄子丁倒入锅里翻炒。

和成玥同父同母的哥哥李疏把饭菜端出来，再摆出三套碗碟，突然惊觉有什么不对，转头一看，沙发上早没人了，与此同时，书房的方向传来游戏的厮杀声，成玥那个没心没肺的小学生正压着声音呼朋引伴。

李疏正要抬脚去书房拎人，被成荟叫住了。

"你学校有课呢，赶快吃你的，不用管他。"成荟说，"你爸等会派车过来接他去那边，你下午上完课记得顺道把他接回来。"

李疏原本打算下课以后去蹭听一个客座教授无机非金属材料方向的讲座，听成荟这样说，立刻打消了念头。指望李道非主动把人送回来难如登天，李疏要是不去接回成玥，就得成荟亲自去，成荟每回看到前夫李道非都得难受两天。

李疏原本以为自己的亲爹李道非大约一生都要致力于脐下三寸那点事儿了，但最近却发现他似乎转性了，原本流水似的女朋友两年没换人了，也开始把爷娘小子放进眼里了。不过现在李疏已经成年了，懒得浪费时间配合他。倒是成玥这个缺心眼儿的，几个会说话能发光的漫威头盔就把他收买了，李疏一没留神，他已经笑眯了眼嘴甜地喊爸爸了……叫就叫吧，反正确实是他曾经失散的爸爸。

"行，我下课去接他。"李疏说。

"那你下午直接开车去学校？"

李疏刚满十八岁就考了驾照，也有车，是他败家舅舅淘汰下来的一辆掀背轿跑车。

"不开，你不要管了。"

李疏非常讨厌开车，因为感受不到驾驶的乐趣，只觉得要时时刻刻盯着路况特别费神。

自打上周体育课上，体育老师宣布这周要测八百米，王术就开始觉得自己哪儿哪儿都不对了——胸口闷痛，小腹坠痛，后腰两侧胀疼。在无数个犹豫"要不然请生理假"的瞬间，这些疼痛会暂时不翼而飞，但转而念及躲得过这周躲不过下周，这些疼痛便卷土重来并变本加厉。

"我今天怕是要死在操场上。"王术两手叉腰眺望跑道忧心忡忡道。

"不如比比谁先咽气吧。"同班学霸倪静琳上前一步与王术并肩站着，同样姿势眺望跑道，眼含热泪。

体育老师呜呜吹了两声哨子，向前一摆臂，喝令她们就位。老师低头瞧了瞧小本本儿上外语系惨不忍睹的平均成绩，简直没脾气了。他单手叉腰扳了两下脖子，眼角的余光突然瞥到正在篮球场上热身的几个男生，眼睛倏地一亮。

王术站在起跑线上面色涨红心跳如鼓，虽然伸头也是一刀缩头也是一刀，但这种被时间一刀一刀锯杀的感觉真是糟糕透了。在王术的惧怕即将要到顶点时，老师的哨子吹响了。王术跟同一排的倪静琳两位"青铜"当先抢出……约百八十米后缀在队伍的最后。

体育老师露出不忍直视的表情，转头跟被他抬手召唤过来的几个男生说："最后半圈儿你们领着跑一下，就当热身了，长得最高的去领队尾那两个'青铜'。"

李疏一眼便望见那位害怕在被火化前挠棺材板儿无人听见的"王大头"，他注视着太阳底下那个杵着腰渐渐跑不动的女生，眼里尽是笑意。

"什么情况？"李疏的好友林和靖上前问。

"上回就是听她说了场相声。"李疏指了指队尾跑得气喘吁吁的两位"青铜"之一。

林和靖闻言极目望去，李疏正指着的女生缀在队尾倒数第二位，她身形微胖，但圆脸大眼，长得喜庆可爱。他不由得笑道："G理工卧虎藏龙。"

G理工的操场周长四百米，王术拖着灌了铅的双腿跑到第二圈的一半时，呼哧带喘地遥望了一眼遥不可及的终点线，感觉自己距离死亡就是一抬脚的距离。

"不抛弃，不放弃，呼呼呼……一起倒数第一，呼呼呼……一起丢人现眼。"她向与她一直错一个身位的倪静琳重申两人在起跑线上仓促定下的原则。

"呼呼……定死了。"倪静琳给了她一个肯定的眼神。

两位"青铜"正在摆烂,一旁响起第三道脚步声。两人不由得一同望去——是个白白净净的男生,长得有点像大疆的霍蔚,再好看不过。倪静琳乍一见到不知从哪儿冒出来领跑的男生是什么心理状态,王术不知道,后来也没专门问过,王术自己当时的心理状态是——啊,我就说怎么肺疼得有些不祥,这是终于跑到弥留之际了吧,都出现幻象了。

李疏倒着跑,皱眉盯着两个气喘如牛的女生,教她们:"上身不要往前探,呼吸调整一下,注意摆臂。只剩最后两百米了……给大家看看你们谁能争得倒数第一。"

王术跑得头晕眼花的,根本没听清他说的是什么。倒是倪静琳的肾上腺素一下子就上来了,王术只听耳边一声呼啸,自己成了倒数第一。

——当然是没有偶像剧里夸张的呼啸声的,毕竟倪静琳也是强弩之末,但王术在惊觉人心不古时仿佛真听见了。

"……不是说好一起丢人现眼的吗?倪静琳你个王八蛋不讲武德。"

王术实在过于悲愤了,都忘了"呼呼呼"调整呼吸了,以至于差点干呕。

倪静琳给她留下个绝情的后脑勺和令人无法反驳的人生哲理。

"呼呼呼……我想了想,呼呼……你知道世界第一高峰是,呼呼……是珠穆朗玛峰,呼呼……那你知道第二是哪座山头吗?呼呼呼……各自努力,顶峰相见吧。"

"你……倒数第二之争算什么顶峰……"

倪静琳渐渐跑远了,李疏专注领跑倒数第一,他瞧着女生圆脸上渐渐叫太阳晒得睁不开的杏仁眼儿,听着她嘴里始终不绝如缕的唾骂声,越来越觉得她有趣。

王术两条腿交替倒腾得都没有知觉了,她低下脑袋在摆起的大臂上蹭了蹭汗水，呼哧带喘地跟李疏说道："我觉得，呼呼……我没有抢救的，呼呼……必要了，同学，呼呼……你回去吧。"

"这周要是不及格，下周体育课还得重测。"李疏平声提醒。

"呜——"王术长音假哭。

最后，李疏领着烂泥扶不上墙的倒数第一跑了个压线的四分三十四秒。

嘁，哪可能刚刚好压线，体育老师网开一面替她划掉两秒。

倪静琳终于把气儿喘匀了，她假装忘了自己三分钟前做过的缺德事儿，觍着脸上前，低声问王术："王术，那个领跑的男生长得可太好看了，你认识他吗？"

王术给了她一记死亡凝视，咬牙阴恻恻道："我不认识他，但我认清你了。"

李疏接过林和靖远远抛过来的篮球，越过两位"青铜"向篮球场走去，眼睛盛不下丰沛的笑意，弯成了秋日的小镰刀。

一场激烈的五对五篮球比赛之后，李疏借用林和靖宿舍的浴室冲了个澡——衣服不用借，李疏自己背包里有备用的——然后便打车前往李道非的晋都别苑接人。

"我在路上，你把东西收拾一下，半个小时后到门口等我。"李疏昏昏欲睡中给成玥丢去一条语音消息。他转头望着车窗外渐渐被暮色笼罩的街景，随着车辆轻微的颠簸和对面车道隐约的车喇叭声，脑子越来越模糊。

李疏八岁那年，李道非和成荟协议离婚，李疏跟着成荟搬至新家后没多久，成荟有天晚上辅导他写作业时突然问他"想不想有个弟弟"。李疏正在解题，闻言吃惊地顺着成荟的视线去瞧她的肚子。成荟的肚子很平坦，不像能藏个小孩的样子，所以她的问句更像是个玩笑。但李疏仍是点点头，一本正经地说"想"。

八个月后，成玥小崽子十分热情地带着奶腥味扑面而来。

李道非在国外浪荡将近两年，得知自己有个"遗腹子"，心急火燎地就赶回来了。但此时"遗腹子"已经摇摇晃晃会自己走了。这头人类幼崽咬着拳头嘎嘎乐，见人就热情地叫爸爸，舅舅是爸爸，哥哥是爸爸，当然，爸爸也是爸爸。

李道非将一直叫着"爸爸"宛若在挖苦自己的小儿子抱起来，向着大儿子发难，问他为什么不告诉自己。李道非只有在国外浪荡的这两年，因为一朝得解放，过于得意，疏于跟李疏联系，之前婚姻存续期间自问是个尚算合格的爸爸。

最后成荟下楼，与李道非聊了半个小时。李疏不知道他们具体是怎么聊的，总之最后的结果是，李道非不可与成荟争夺两个儿子中任何一个的抚养权，但每周都可与儿子们单独相处一日。

"每周"后来因为各种"不可抗拒"的因素变成了每个月，再后来是每两三个月，因为恢复单身的"耘耕"科技最年轻的总工程师兼总经理李道非是如此忙碌。

李疏是在司机的叫声中醒来的，他醒了醒神，慢半拍地道了句"不好意思"，转头瞧向车窗外。

晋都别苑大门口空荡荡的不见人影。李疏露出不耐烦的神色，果断开门下车，放司机离开。

晋都别院是个别墅区，一个个带花园的三层小别墅沿着湖岸盖得错落有致，别有一番意趣。不过李疏曾在这里住过三年，所以再有意趣也难得他驻足片刻多望一眼。他两手插在兜里，向着最西边的建筑大步而去。

成玥正与李道非激烈"对战"，听到门铃声突然想起了李疏早前的吩咐，瞬时僵住。

李道非觑一眼小儿子的衰样，忍不住笑了。他趋前给小儿子捋捋毛，说："继续，有你爸在，他吃不了你。"

但成玥哪里还敢继续，他果断扔下游戏手柄，迅速收拢自己的东西一股脑儿往书包里塞。

......

在热闹的斗地主背景音里，踩着室内拖鞋施施然上前去给李疏开门的，是李道非正在交往的女朋友胡泊。

——胡泊也是 G 理工的学生，甚至还是李疏同专业的师姐，跟李疏上过同一个教授的课，不过她是研三，李疏是大二，两人约差六岁。

"飞机带翅膀""王炸"两声机械女音后，是游戏失败的音效。胡泊这局输了四点二万个欢乐豆，直接掉了一个等级，可谓奇惨。

两位称不上熟悉也不算陌生的校友一门内一门外地对视，在微凉的秋风里不约而同地开口：

"成玥……"

"他在楼……"

两人都没能把话说完，便听到了成玥的声音，有慌成一团的脚步声，还有慌张道歉的声音："对不起对不起，我忘了看时间，对不起。"

李道非跟在成玥后面下楼，他两手一摊，酸溜溜道："李疏，你平常都怎么教的，他这么怵你？你的话真是金科玉律，你瞧瞧，不过是玩游戏忘了时间，而且就这么十几分钟，差点把他吓死了。"

"他答应去门口等我，却没有等我，就是要有这样的反应才对。不然你觉得他应该理直气壮地跟我争吵吗？"李疏接过成玥的书包拎在手里，反问李道非。

"他不敢，我也不敢。"李道非一秒认怂。他大儿子李疏各方面都堪称完美，但就较真儿这点每每令他痛苦不堪，而且李疏好像唯独跟他尤为较真儿。他迅速重整心情，试探着问，"要不然我开车载你们回去？"

"不用，太费事儿了，我们打车回去。"

李疏与成玥走在湖边时，成玥突然仰头，大眼睛望着李疏，模仿人工智能的声音，问："哥哥，我今天没有去门口等你，你却没有打我。为什么放我一马？是不是遇到什么开心的事情了？"

李疏听成玥这样问，立刻想起下午王术同学那句悲愤的"你个王八蛋不讲武德"。这句话他在出租车上打盹儿时，在梦里又听了四遍，一遍比一遍催人泪下，也令人捧腹。不过这些没必要跟个小屁孩儿说。

李疏照成玥后脑勺上轻轻刮一下，没忍住笑了，说："我什么时候打你了？你好好说话！"

成玥最喜欢他哥哥笑了，他继续用人工智能的平声平调，一一给李疏细数自己挨揍的过往，倒也不嫌丢人："我跟老师对着干故意交白卷时，我跟同学打群架时，我跟妈妈顶嘴气哭妈妈时，我撒谎还不认错时……"

李疏特别欣赏成玥的不拘小节，也就是俗称"二皮脸"，在成玥这里，什么都不是黑历史，都可以拿来调侃。他轻轻揉了揉成玥的后脑勺，惊讶且歉意道："我打过你那么多回？"

成玥瞧见前方有两根树枝，噌地窜过去捡回来，将一根塞进李疏手里，一根自己攥住，在空气中咻咻挥了两下，大声道："决斗吧，哥哥！"

李疏低头瞧着手里脏兮兮的树枝，在成玥热切的目光里，慢吞吞地摘掉上面的叶子，比出了个帅气的剑招，说："承让。"

3

因为周五下午只有一节课，所以上完课王术地铁转公交车，晚饭前就到家了。

因为收拾打包，房子里乱糟糟的，跟被人打劫了似的。东边墙角堆着十来只填得满满当当的箱子，里面是衣服、被褥什么的。西边墙角堆着擦得干干净净的家用电器，冰箱、电视、洗衣机、烤箱、电饭煲、电磁炉什么的。

王术在各个房间里游走一遍，将所有犄角旮旯的地方都拍了个遍，然后窝进沙发里点开刚刚更新的青春剧场《校霸的七十二种打开方式》。明明是个热热闹闹的偶像剧，她却时不时悄悄伸指揩一下眼角。

王术生在这个房子里，也长在这个房子里，她实在是舍不得搬离。王西楼上回喷她没有喷错，她背着他们比王戎叽叽歪歪得还厉害。姥姥没有批评错，她妈妈杨得意就是个没脑子还很刚愎自用的人。

人家许诺高利息，并耐心地按时如数给了杨得意半年的利息，就把她彻底套进去了。她败光了自己家的钱不说，还借了邻居、同事、朋友不少钱。而这所有的事情从头到尾她没有告诉过任何人，因为她要"悄悄努力，惊艳所有人"。

——"王西楼你不是一直想换车吗？没问题，今年年底给你换！"

——"王戎你早前是不是说过想去马尔代夫？没问题，今年年底支援你一万！没办法，你爸要换车，今年只能支援你一万。"

——"王术你一个学生就不要瞎惦记什么了，不过以后的零花钱可以酌情给你翻一番儿。"

……

所以虽然杨得意办下了这种事儿，但她眼里、心里、计划里确实只有父女三人，叫人即便浑身是嘴都实在很难开口责备太多。

"叮！"

是王戎发来的信息。

王术点进去瞧了一眼，伸长脖子大声吆喝："爸妈，王戎说路上太堵了，再有半个小时到家。"

"不着急，让她路上慢点。"王西楼在书房里回。

他们今晚不在家吃，要去附近街区一个老字号面馆吃面，因为王西楼和杨得意当年买下这个房子后的第一顿饭就是在那家吃的。也算是首尾呼应有始有终了。

半个小时后，王戎匆匆赶回来，一家人锁上家门步行前往面馆。

国庆节刚过，地面温度终于降下去了，不再动一动就满身是汗了，此时夜风掠过护城河河面扑在人的皮肤上，体感甚至微微有些凉。

王西楼牵着杨得意的手在路上走得很慢，他不急不缓地与缀在后头的两个女儿说话。

"老大，不知道你还记得不记得，你上初中的时候，有一段时间非常厌学，隔三岔五地跟你妈扯谎，说你这儿痛那儿痛。你妈回回上班请假带你去医院。她的前同事们因此都对她十分不满，以至于你上完高中又上完大学，她在原单位里都没能往前再走一步。"

——杨得意当然偶尔也会有些怀疑王戎是不是在扯谎，但因为她同事亲戚家的小孩儿就是因为一点点小病痛大人没上心耽误治疗出事儿的，她没法承担怀疑错了的后果。而且王戎回回号丧得都如此真情实感，令人只顾着急忙慌，没有时间多加揣测。

"老二，再来说说你，你刚上高一那年，跟你妈说你要报个班，在你朋友的掩护下骗走你妈五千块钱。这件事儿你以为你妈瞒下来不说我就不知道吗？当然，这钱你也没有乱花，是借人应急用了。你自己现在回头想想，你的说辞是不是真的没有漏洞，但你妈就是上你当了。她本来计划要跟你莎莎她们去海湾环岛旅行，但这笔专门留出来的钱临时给你了，她就只好借口家里有事走不开不去了，后来时不时瞧着人家朋友圈里的照片长吁短叹。她以为以后还有机会，但是这两年先是你莎莎姨移民，然后是你华兰姨去世，再也没机会了。"

王戎和王术亦步亦趋地跟在父母后面，闻言都十分臊得慌，尤其是王术。王术一直以为那五千块后来一分不少还给杨得意，这事儿就算是结束了。

面馆的陈年门匾遥遥在望了，王西楼也就不再数落下去，以免影响胃口。他回头瞧了两姐妹一眼，用戏谑的语气道："你们给你妈脸色的时候，也摸着胸口想想，你们又骗过她多少回。三更半夜要是因为贫穷睡不着觉，就闭着眼睛回味一下，以往她上你们当的时候，你们那沾沾自喜的嘴脸。"

王西楼洋洋洒洒一席话，虽然没带一个脏字，却比辱骂更令人难堪。王戎和王术一个个夹紧了尾巴，再不敢造次。

周六一大清早，轰轰烈烈的搬家行动开始了。两位搬家师傅和王西楼负责往楼下一趟一趟搬运大件儿，杨得意、王戎、王术负责搬运小件儿。至晌午，所有零零碎碎的终于全部搬上车了。一共叫了两辆车，一辆长安箱型货车，一辆五菱小卡。

王术爬上后头这辆五菱小卡的后斗，一屁股坐进自己的豆袋沙发里，她轻轻抽了抽鼻子，仰头默默望着初秋高远的天空。王西楼安慰杨得意的声音由小变大灌入耳里。

"我们凡事要往好处想，搬到秋粮胡同，王戎上班走锦绣大道再转凌云大道，反而近了许多，而且这些路段不堵车，她早上最起码能多睡半个小时，王术也可以办理走读了，也就我上班远点，但我这个岁数，早上多睡会儿少睡会儿都不是什么事儿。

"生活确实会比以前紧巴不少，但是我保证最多七八年，我们就能再攒下一笔钱重新按揭买房。谁的一生还能不碰上几个不好过的坎儿，对不对？你想想楼上楼下住着的这些家庭，最起码我们家只是伤钱不伤人。"

……

一家四口在秋粮胡同卸车的过程中，陆陆续续有旧邻出来搭把手——杨得意娘家的旧邻。王戎和王术在杨得意的介绍下，晕头晕脑地不断张口叫人，"四姨姥爷""二姥姥""三舅姥爷""小表舅妈"，等等，这样一圈儿叫下去，一个都没记住。

啊，也不能这么说，最起码"二姥姥"特征挺明显的。这位眉目长得很清秀的老太太，张口一笑地动山摇，闲谈间一掌拍下来，王术矮了两寸。

旧邻四散以后，钱慧辛姗姗来迟。钱慧辛直接是系着围裙来的，显然她对自己今晚"勤劳少女"的定位很清楚。

"嗯，你不用动，你就躺在那张破床上，踏踏实实感受一下贫穷。"

钱慧辛制止王术起床的动作，她手执一块破抹布和一把旧刀片，在窗台、桌面和鼠灰色的地板砖上"摩来擦去"。旧刀片要用来刮掉顽固污渍，如油漆、胶水、水彩笔迹、陈年口香糖以及其他不明黏着物等。

王术："辛辛，我有点想哭，我一下车一进这个卧室，就开始想我原来的那个家。"

钱慧辛半跪在地上跟一块口香糖较劲，她闻言顿了顿，屈指向上托了托眼镜，说："咱们彼此就当对方不存在。你想哭专心哭你的，待会儿我把这里擦干净，就去帮你妈收拾厨房。"

钱慧辛很酷地说完这句就继续干活了。不过直到十分钟后关门出去，她都没有听到床上有什么动静儿。她的倒霉朋友王术笔挺地躺着，不声不响，被单一直盖到额头上，跟一具僵直的尸体似的。

半夜淅淅沥沥下起了雨，王术被尿憋醒，心浮气躁地出门去院子里上厕所。

"三秋"这个老破旧区域的厕所基本都建在院子的某个角落里，且家家都是蹲便。王戎跟王术说，这已经是改造过的了，最起码干净能冲水，而且没有异味。她小时候跟着杨得意来这里时，那可还是旱厕，使用感别提了。

王术上完厕所关掉厕所灯出来，正打着呵欠往回走，突然顿住了。

此时是凌晨两点五十分，道路两侧的路灯和高楼大厦上的光效灯都灭了，哪儿哪儿都黑黢黢的，叫人瞧不出轮廓。跃层公寓方向极高的楼层有两个房间没熄灯，这个距离望过去，不见下面的楼体，只见浮在半空的模糊的光，就跟天上的仙府似的。

王戎披着衣服出来，见院里不声不响杵了一个人，差点没当场去世，她没好气道："吓我一跳，王大头！淋着雨不回屋，演琼瑶剧呢？！"

王术指着浮在半空的"仙府"给她姐看，百感交集道："姐，漂不漂亮？"

——他们原来住的地方街道上基本彻夜亮灯，可瞧不见这样的景致。

王戎望见王术心驰神往的表情，忍不住啐她："你嫌贫爱富的嘴脸真丑。"

王术："……"

在秋粮胡同安置妥当以后，王术就去居委会盖戳向学校申请走读了。一周后，王术结束为期不到两个月的宿舍群居生活，收拾铺盖搬离学校。

钱慧辛在回家的路上跟王术聊天，问她是怎么跟舍友说要搬回家住这件事儿的。两人此时正坐在52路公交车上，各自膝上和脚下都安置着一堆从宿舍搬回来的杂物。

"什么？啊，我照实说的。两位欠我饭钱的室友当场还钱了。"

"……有多照实？"

"就是我家突遭意外一贫如洗，我搬回家住省点食宿费什么的。"

王术坦坦荡荡这样说着，没留意钱慧辛脸上复杂的神色，转头向车窗外望去。

此时刚刚过午，路上、车里都没什么人，道旁店里也门可罗雀，整个城市仿佛凝滞了。

前面路口的红灯正在倒计时，公交车缓缓降速，有辆单车一晃而过。红灯过后，公交车加速赶上前面的单车。王术趴在车窗上极目望去，单车上那戴着棒球帽的男生有些眼熟，确切来说，是那截淌着汗的白脖子有些眼熟，仿佛是之前体育课上领跑的那位。

"……总之就是这样，你自己也上点儿心。你批评你妈的时候头头是道，但其实你自己也并没有比她好多少。不是特别信任的人，或撒谎或闭嘴，不要什么都一股脑儿跟人说。"

王术并没有听到钱慧辛在"总之"之前都唠叨了些什么，但这并不妨碍她对答如流。

王术忧心忡忡地望着钱慧辛，说："你少操点儿心吧，你看你都多少年不长个儿了。我插个尾巴就能当猴啊。我没跟她们说细节，只说了句'一贫如洗'，顺势收了七十多块的债。"

钱慧辛被人揭了个矮的短作势打人，王术摆出了死猪不怕开水烫的滚刀肉姿态。

4

李疏拎着两本书离开阅览室，转过回廊，便望见自动售货机前那个微胖的身影。她一身简单的卫衣和背带牛仔裤，校园里常见的打扮，却瞧着比别人灵动许多。他脚下顿了顿，鬼使神差地向那个方向走去。

要不然买杯咖啡吧。他有些不自在地给自己奇怪的行为开脱。

王术两手勾着肩上的带子弓着身子在挑选饮品，在水蜜桃味和青苹果味之间反复徘徊。她没注意到钱慧辛已经溜达到一旁去了，反手向后一捞，抓住后面人的手指轻轻荡了两下，商量道："要不然买两瓶不同的，我们各喝一半。"

李疏默不作声地低头瞧着王术的手，她的手背上有个锦鲤图案刺青，他再一看，图案有些反光，哦，是文身贴。

王术没听到钱慧辛回答，不满地转头瞪过来，然后跟被烫着了似的倏地松手，面红耳赤。她可真会抓，一出手就是这种长相的，说她不是故意的很难取信于人。

"……又遇见了，真是太巧了。"王术直起腰，极力假装自然，"真不好意思，我以为是我朋友辛辛站在后面。你被人抓了手怎么也不出声？也吓了一跳是不是？"

李疏眉目疏淡，略勾了勾唇角。

"我叫王术，外语系大一的。上回体育课八百米测试，谢谢你的帮助。"王术以为他没认出自己，两只大眼睛弯起来，笑眯眯的。

王术自认为自己长得泯然众人，没什么记忆点，他不记得自己再正常不过。

"李疏，材料科学专业，大二。"李疏说。

王术听到李疏的自我介绍，不由得伸出舌尖轻轻舔了舔唇，她有些搞不清楚怎么就跳到影视剧里的联谊名场面了。

"我请你喝饮料吧。"王术沉默半晌后说。

......

钱慧辛作别刚刚遇到的同学，小跑着来到王术身边，她没留意正与王术并肩站着挑饮料的男生，扳着王术的脑袋，给王术指正在楼下与女生聊天的G理工校草。王术前两天在厕所里听人说起校草云云，好奇地问过她一句。

王术顺着钱慧辛的手指，盯着那位校草，露出不可思议的神情。

"谁认定的他是校草？哪儿传出来的？"王术可太不服了。

"G理工校园网有个著名的美人论坛，而美人论坛里有个著名的校花校草甄选帖，每年九月月初开帖，可自荐，可推荐，月底盖棺定论。"同班的倪静琳不知从哪儿冒出来，强行给她科普，"这届校草听说是他室友推荐的，数十张高清美图也是室友偷拍的。全都是室友干的，他不知道，你懂的。"

王术回头凝望着李疏，真心实意地问："你室友没帮你报名吗？"

李疏说："我不住校。"

王术再接再厉，问："那你朋友呢？"

李疏微笑摇头，轻轻点了点货架上的罐装咖啡。

王术付款给他买咖啡，轻轻拍了拍他的胳膊肘，一本正经地安慰他："别往心里去，我觉得你比他帅。"

李疏离开以后，钱慧辛一脸疑问地看向王术，倪静琳也开始不做人了，她连连逼问王术："是什么时候的事儿？你跟李疏眉来眼去是什么时候的事儿？"

王术十分无语："我刚知道他叫李疏。"

倪静琳瞧她不像说谎，放她一马，却遭王术横眉反问："你怎么知道他叫李疏？"

倪静琳无语凝噎，片刻，恼羞成怒承认自己是特地去跟人打听了。

那天篮球场上的男生里，有一个是倪静琳室友的男朋友。室友的男朋友是李疏的高中同学，他嘱托自己的女朋友给了倪静琳一个忠告：你快别白费事儿了。

室友的男朋友说，他对李疏其人一直有两个疑问。

疑问一：他为什么不喜欢她？又为什么不喜欢她？又为什么不喜欢她？此处的三个"她"分别指代三个不同的各方面条件都十分优异的女生。

疑问二：他的脑子里其实是安装了一台写好了方程式的微型计算机吧？大家题目都还没有读完，他为什么就已经写出前面的解题步骤了，而且下笔唰唰唰写得比别人抄得都快？一大张卷子，似乎也就只有最后一道题，能稍微拦一拦他的做题速度，但也跟马奇诺防线似的，片刻就能被攻破。

倪静琳如实向王术和钱慧辛转述了上面自己听来的话，最后道："……听说分数高于Q大录取线，但是因为要报这个专业，就选G理工了。"

王术这个压线考进G理工的人，向着李疏刚刚离去的方向，屈起两根手指，做了个双膝着地的动作，她喃喃道："是我肤浅了，刚刚只顾看脸，忽略了那道打在他灵魂上的高光。"

倪静琳也懒得拈酸吃醋了，她刚刚不信邪，给了李疏两个直抒胸臆的眼神……却仿佛泥牛入海。嘻，果然是白费事儿了。

王术给倪静琳和钱慧辛做了个介绍。

"钱慧辛，我好朋友，物理系的。

"倪静琳，我同班同学，就是上回我跟你说的，八百米测试那个不讲武德的倒数第二。"

——大家会知道乔戈里峰是第二高峰的，也会知道倪静琳是倒数第二的。

王术这天晚上睡觉前在美人论坛搜到了传说中的甄选帖，并且惊讶地发现校草候选人里排名第四的就是李疏。她点击李疏的名字进入子页面，里面只贴了两张照片，一张打码学号的证件照和一张糊得"妈见不识"的侧脸照，确实打不过前面三位的精修图。

周日上午，王术正撅着屁股呼呼大睡，听到客厅里杨得意招呼人落座喝水的声音。王术以为是哪个舅姥爷或姨姥姥前来串门，叽叽歪歪翻了个身，结果却听到了翟欲晓的声音。

翟欲晓是王术姐姐王戎的好朋友，以前没少跟王戎一起欺负王术。不过有一说一，王术小时候也确实招人烦。翟欲晓前不久与王术的男神林普确认了恋爱关系。

王戎这大嘴叉子特地跑来告诉王术，是林普追的翟欲晓，他惦记他"晓晓姐"许多年，所以个别心思不纯的阿猫阿狗洗洗睡吧。

——阿猫阿狗之一王术因为王戎的指桑骂槐，与之冷战两周，进进出出视之为无物，最后是被王戎用半个月的薪水艰难哄好的。

王术在床上翻来覆去，她卑微地想，翟欲晓来了，林普会不会也来了？

她蹑手蹑脚地下床，悄悄打开一条门缝。果然，林普也来了，正跟安装工人一起给她家客厅装立体空调。

"三秋"这边目前尚未实现集中供热，城市不允许烧炭取暖以后，家家户户都靠空调活命。当然，现在刚刚迈入十一月，日间最高温度平均仍在二十摄氏度左右，暂时用不到空调。

"你们年轻人挣钱也不容易，没必要破费。几个卧室里都是有空调的，客厅也就吃饭时能有点人气儿，装不装空调其实都行。"杨得意有些拘谨地与翟欲晓和林普说话，"唉，我当时要是不托大，找个人商量商量就好了。你看拖累了全家。"

翟欲晓不假思索道："阿姨你不能这么想，也有你养活全家的时候。我听王戎说，她上初中那几年，叔叔单位效益不好，全家都靠着你挣的那份钱活着。"

杨得意闻言面上的讪讪之色减轻了几分，她抬手理了理鬓发，不好意思地说："你听她瞎说，没那么夸张。"

翟欲晓继续道:"不知道王戎跟没跟你说过,我姥姥那么精明一个人,去年也让人骗了。十五万,也不少钱,她气得在家闹绝食。这种事确实防不胜防的,不能怪你。但是下回再遇到跟钱相关的事儿,跟家人商量商量,不差说几句话的时间。"

杨得意"哎""哎""哎"接连应了三声,露出了久违的笑意。

两人正闲聊着,王戎给公司领导送完资料后回来了,她瞧见客厅角落里刚刚装好的空调,给了翟欲晓一个"懂事儿"的眼神。再过片刻,钓了一上午鱼的王西楼拎着空桶也回来了。此时临近中午,大家商量着做什么菜。

王术一边听着客厅里的热闹,一边慢吞吞地换衣服,神色十分复杂。片刻,她踩着小熊拖鞋,扎着一指长的两根小辫儿,开门出来了。

王术照常摆出厌世脸,用人嫌狗不待见的方式,跟以前总是欺负她的翟欲晓打招呼:"晓晓姐,是不是最近工作太累了,气色差不说,人也有些丑了呢。"

王术转向林普时,厌世脸自动变成了桃花脸,她殷殷地问林普知不知道 G 理工的美人论坛——林普本科是在 G 理工就读的——得到林普的否定回答,她两只眼睛笑成一条直线,谄媚道:"林普哥,你肯定也是某一届的校草,我回校向人问问。"

翟欲晓端起一个小时前杨得意给倒的水,作势吹了两下:"大头,两个月不见,似乎又秃了些。赶紧洗脸去,你的眼屎都快把眼睛糊住了。"又伸手将林普的脸扳向她自己,温柔嘱咐他,"林普,你别看她,伤眼。"

王术肺都要气炸了。她只是头发细软显得稀疏而已,哪里是秃?!啊,这遭瘟的命运!她就连口头上都是翟欲晓的手下败将!

杨得意往电饭煲内胆里装米时,王术耷拉个脸甩着满脸的水珠出现,说不用做她的,她午饭不在家吃,要跟几个高中同学聚会唱歌。

杨得意问王术有钱没有,王术一愣,然后马上说有。

"你妹一如既往地'咬人'啊。"王术拎着塞得鼓鼓囊囊的包奔出家门以后，翟欲晓感慨道。

　　"她也不属狗啊。"王戎一同望着王术的背影，露出一言难尽的神色。

第二章

/

非科班出身相声演员

1

其实哪里有什么高中同学聚会，暑假过后大学开学才两个月，谁跟她聚啊。

王术把帆布包斜挎在肩上，跟个老干部似的背着手一个人在体育场附近溜达。

体育场是个综合性体育场，占地面积居华北前三，举办过很多场体育赛事，也举办过很多场演唱会。平日没有体育赛事也没有演唱会的时候，也仍旧热热闹闹的。只除了个别场馆不开放，其余场馆均人声鼎沸，而前面大广场上则是乌泱泱的小商贩。虽然小商贩云集，但整片区域并不凌乱脏污，城管部门专门给他们画了地，哪边卖无烟吃食，哪边卖零碎小物。

"给我一支冰激凌，原味儿的，谢谢。"王术停在一个冰激凌彩车前。

彩车里的小帅哥操纵着机器做冰激凌时，王术抖着腿无聊四顾，无意间竟然瞧见了李疏。李疏戴着运动发带，拎着个黑色长袋子，正耐心听着朋友们的碎碎念书走下台阶。王术遥遥瞻仰了一会儿李疏出众的高颜值，自觉跟李疏半生不熟的，没必要特地打招呼，收回视线无聊地敲打着彩车玻璃，琢磨接下来去哪儿消磨时间。

"原味冰激凌，谢谢。"李疏与王术并肩站着，扫码付款。

"李疏？"王术不得不做出略显浮夸的惊讶状。

"……你也跟朋友来锻炼？"李疏问。

"嘿，我懒得生蛆，就瞎溜达溜达，今天天这么好。"王术挠着脸自黑，她低头瞧了眼李疏手里的长袋子，问，"你来打羽毛球？"

李疏说："这是网球拍。"

李疏突然想起什么，伸手取下发带，并压了压额前翘起的头发。

王术的冰激凌先做好了，她舔了口冰激凌，正要跟李疏道别，听到背后有人似乎是在跟自己说话。她转身疑惑地看过去，是一个跟李疏差不多年龄、身高的男生。

林和靖给了李疏个意味深长的眼神，继而露出非常有亲和力的笑容，问王术："我们正要去吃饭，就在附近，不远，你来吗？"

王术怔怔道："你这个邀请有些突兀，我都不认识你。"

李疏给王术介绍了林和靖，王术就认识了，然后稀里糊涂地就跟着他俩走了。也不能说稀里糊涂吧，王术是个馋嘴子，林和靖说那家的烤鱼做得特别好，要是不提前预约，根本就吃不到，她就缴械投降了。

果然是特别好吃的炭烧烤鱼，王术吃第一口就忘记了正在她家吃饭的男神。她打听了下价格，居然比她想象中还便宜些，也就是说，即便她家如今破产了，一个月吃一回也不是不行。

——继夜半"仙府"以后，王术又找到秋粮胡同一个可取之处。

王术问李疏："你来这里打球，是家住附近吗？"

李疏夹着块鱼肉点头，跟她说了住址。居然就是锦绣大道那一侧的跃层公寓。

李疏问："你也住附近？"

王术觉得"也"这个字他用得非常灵性，她说："秋粮胡同，破产了，刚搬来的。"

盘中的烤鱼吃到见底，王术抹了抹嘴，截断林和靖不断望向李疏的视线，说："林学长，还不熟就请我吃饭，是有什么事情需要我帮忙吗？"

林和靖其实是想给李疏搭桥铺路，因为见李疏似乎比较关注王术，上回去给人领跑，这回去买并不喜欢的冰激凌，但见李疏不配合，只好临时找了个借口："就想问问上回在阅览室走廊上跟你在一起的那个女生……的情况，比如有没有男朋友什么的。我在楼下看到了，你左边站着李疏，右边站着那个女生。"

"你说钱慧辛？"

"我不知道她叫什么名字。"

王术回忆下那天的站位，遗憾道："她叫钱慧辛。但她初中就立志独美，到现在都没变。"

林和靖问："为什么？"

王术不好暴露钱慧辛有个家暴成性的爹，便笼统道："她就是比较喜欢自己一个人待着。"

林和靖恰到好处地露出失望的表情。

王术自觉这顿饭蹭得有点亏心，硬着头皮把话题往自己身上扯，故意道："也不知我男神回去了没有，我吃饱了就困，想回家了。"

果然，林和靖和李疏一同向她望过来。

王术翻出包里的纸巾，给两个男生各分一张，一边慢条斯理地擦嘴，一边解释："我男神林普跟着他女朋友一大早来给我家送温暖，我怕待久了露出嫉妒的嘴脸不好看就躲出来了。"

林和靖闻言长长地"啊"一声，望向李疏的眼神有些微妙：嘿，这可怎么好。

李疏回之以"你能不能不找事儿"的犀利一瞥：我只不过是觉得她比别人生动有趣些。

王术吃饱喝足确实是有些困了，她眼皮微垂，琢磨着道别辞令，没有注意到两个男生的眼神交锋。

王术挥手离开后，李疏接到成玥的电话，成玥哽咽着说自己不小心打碎了妈妈最喜欢的陶罐，他可怜兮兮地问哥哥怎么办。李疏给林和靖听了电话，无奈与之告别——两人本来商量着饭后去趟图书馆的。

李疏回去的路上不经意地想起王术提到男神时略带忧伤的神情，他有些不自然地咳嗽两声，突然一脚踢飞了道旁一块怎么看怎么不顺眼的碎石子。

"仙府"并不总能看到，需要天时地利人和，首先得是月底或月初的夜里，以保证黑黢黢的大背景，其次高楼得有房间灯火通明。

王术这天辗转到凌晨都睡不着，索性借着上厕所，出来到院子里透气。

晚饭时，杨得意向大家宣布她要去体育场前面卖煎饼果子，说跟人打听了，一个月起码能挣到一万，她要是勤快点，也说不定能挣到两万。杨得意说，她大嫂即王术的舅妈，以前就干过这个，听说手艺超越十里八乡同行，并且大嫂愿意教她。

杨得意原来总是扬扬得意，换着花样向周围的邻居朋友显摆她的舒心日子。她虽然提前退休了，但是她的退休工资不低，王西楼在会计师事务所的收入也不低，两个女儿也争气相继考上了不错的本科。王术看不过眼她各种见缝插针显摆，好几回在人后数落她："你这样有意思吗，以后没人带你玩了。"而现在，这个顺遂了半生的女人，在饭桌上低下头颅，略带拘谨地宣布，她准备去卖煎饼果子。

王戎和王术听罢都第一时间表达了反对的意思，尤其是王术，她自打有记忆以来就没见过杨得意笑脸迎人的模样——做生意肯定是要笑脸迎人的。反而王西楼慢悠悠地说行，并说要趁周末陪杨得意一起去挑推车炉灶什么的。

王术从厕所出来，转头瞧着西天的"仙府"发呆，她真希望眼前的日子都是一场梦。如果数月前生日许愿的时候，不许那些天花乱坠不切实际的东西，只许日子平顺就好了。

杨得意只听到一声门响，半天没听到第二声，忍不住出来查看。

她看见王术坐在东墙根的石桌旁撑着下巴发呆，心里突然狠狠酸了一下。

"妈？"王术很快发现了杨得意，"你开了门灯再出来，我给你开厕所灯。"

"我不上厕所，就出来看看是你还是你姐，怎么出来半天不回屋。"杨得意缓声说着，啪嗒开了门灯，向着王术走来。

王术露出懊恼的神色，怏怏道："我明天去胡同口那个修车的铺子里借点机油回来，给门轴上上油。开门声太响了，是不是吵醒你了？"

杨得意在王术身边坐下，闻言忍不住笑了："我就是在这个院里听着这开门声长大的，这声音或许能吵醒你们爷仨，肯定吵不醒我。"她顿了顿，继续道，"刚才跟你爸商量着摊位租赁的事儿，你爸说这两天请个假就去给我办了。"

听杨得意再度说起煎饼果子的事儿，并且似乎这个事儿已成定局，王术露出不开心的神色。她确实是埋怨杨得意贪图高利息上了人家的当，但她更不愿意杨得意五十四岁的人了去支个摊儿风吹日晒。

杨得意做出王术同款的撑着下巴发呆的姿势，只不过是镜像的效果，与之面对面。今天是农历初四，月辉聊胜于无，却也足够杨得意看清自家小女儿的轮廓了。

杨得意不由得生出些感慨，似乎只是不久之前，王术还是个不及她腰高的幼儿园小朋友，她下班回家，尚未打开防盗门，就听到小朋友歇斯底里的哭声，一问原来是姐姐吃光了冰箱里的草莓，这位霸道的小朋友要求姐姐把吃进去的吐出来，又被脾气不好的姐姐按在地上捶了一顿……仿佛只是下了几场雪的工夫，王术居然就长成了眼前眉清目秀的大姑娘。一日日的时光都去哪儿了呢？

"……妈妈，大半夜的，你一句话不说这么看着我有点瘆人。"王术突然道。

"啊，就是突然想起个类似的场景。三十多年前，我也像你这么大的时候，有天半夜也跟你姥姥在这个石桌前坐过。是个夏天，大概七八月份吧，停电了，屋里太热了，睡不了人。你姥姥一下一下给我扇着蒲扇，念叨着说蒲扇扇出来的风比较软，我不信，风哪里分硬的软的。"杨得意意犹未尽地这样说着，伸手触了触王术柔嫩的面颊。

王术极少听杨得意说起姥姥，王术的姥姥早在王术尚未出生之时就因病去世了。

"术术，对不起啊。"杨得意说。

王术的心脏立刻就被击得粉碎，眼睛也湿了。她扑进杨得意怀里，嗲声嗲气地给杨得意灌迷魂汤，说："我一直觉得我出生在这个世界上是有重大原因的，我肯定不是个王戎那样的普通人，妈妈，你把眼光放远点儿，大别墅会有的。"

王戎站在玻璃窗前抓着后背上的痒默默笑了，王术这个狗东西安慰人的时候都不忘踩她一脚。嗐，其实在大学毕业后经历种种现实的捶打之前，她也以为自己不是个普通人。

2

大一刚开学，系里就要求新生选学第二外语。王术在日语和德语之间选择了德语。她以为自己有英语基础，德语应该并不难学，最开始也确实如此，结果三个月后就捶胸顿足悔不当初了。

德语的词性太难记忆了，而且没有完整固定的规则可循。老师在课件里给大家总结了两百多条规律，然后在大家眼睛里转蚊香圈儿时，又默默补刀一句："规则总有例外，而且例外很多，所以仅做参考。"

"丁零丁零——"下课铃声响了，德语老师望着台下一张张大受打击的衰脸，心情十分愉悦，她留下句"Auf Wiedersehen（再见）"，施施然离开。

王术重重向椅背上一靠，两只眼睛直愣愣瞅着跟来蹭课的钱慧辛，道："当初要学德语的决定下得恐怕有些仓促了。我现在要是转投日语，你说还来得及吗？"

钱慧辛向上顶了顶眼镜框，瘫着脸道："你听说过狗熊掰棒子的故事吗？"

两人拎着帆布包一前一后从教室里出来，钱慧辛正回头与王术说话，不留神撞到了一个男生的胳膊肘。男生正举着保温杯喝水，猝不及防被撞，面部全湿不说，保温杯砸在地上，发出极大的声响，瞬间吸引了整个楼道所有同学的视线。

钱慧辛先是被保温杯砸地的声响惊着了，再瞧见狠狠皱眉的男生，脸立刻就白了。

"你到底长没长……"

王术翻出张纸巾，越过钱慧辛，直接杵到男生脸上。她作势忙不迭给男生擦脸，在他耳边轻声说："不是故意的，你骂人就不好看了，同学。"

小小的纷争解决以后，王术与钱慧辛下楼去西北角取了单车，推着出了校门，往"三秋"的方向而去。此时是下午五点半，夕阳在她们身后徐徐下沉，给她们的发梢、衣服和单车都镀上了温柔的底色。

王术觑着钱慧辛的神色，小心翼翼地说："我昨天见着你奶奶了，在胡同口骂街。"

王术犹记得昨晚老太太的神情。大家都说人老了面上铺满皱纹就会出现慈悲相，但老太太面上可没有一丝一毫的慈悲相，尤其两颗混浊的眼珠一瞪，反而跟个恶灵似的。她坐在电动三轮车上，堵着胡同口骂人，围观者越多她越来劲。她诅咒秋粮胡同里的冯家人有一个算一个都不得好死，包括她的孙女冯家的外孙女钱慧辛。

钱慧辛道："你搬来这里住，以后隔三岔五就能见到她。她只要心里不舒服了就得来骂一骂，大家都习惯了。她一般发泄得差不多了自己就走了，有时候得我小姨出来把她撵走。"

王术不知道接下来说什么好了，她伸手拍了拍车座，说："得了，不说她了，槽多无口，懒得费唾沫星子。去我妈那儿请你吃煎饼果子，她今天开张。"

王术跨上车座时，突然想起前不久蹭的那顿饭，问钱慧辛："你认不认识林和靖？"

钱慧辛一头雾水："谁？不认识。"

杨得意跟着大嫂学习了两周，她的煎饼果子摊儿赶在十一月底正式开张了。

开张之初，生意并不多好，一是因为广场上已经有个煎饼果子摊位和鸡蛋灌饼摊位了，二是摊主杨得意耷拉着个脸瞧着不好相与。

但两个礼拜以后，情况就渐渐改善了。因为杨得意在大嫂的基础上改良的酱料味道实在是好，也因为杨得意收拾得干净——她的围裙袖套日日清洗一点油污都没有，炉子旁边装佐料的瓶瓶罐罐也擦得纤尘不染。

"阿姨，我要个煎饼果子，加两个蛋。"

"加两个蛋你不怕撑死吗？"

王术嘿嘿笑着，给杨得意捶了捶肩，觍着脸商量："妈，你歇着，我自己做。"

杨得意累一天了也懒得起身，她接过王术的包，说："嗯，做吧，别把鸡蛋打到地上。"

此时正值华灯初上，但因为起了风，温度骤降，广场上只剩下零星几个人。杨得意打算等王术做完她自己要吃的这个煎饼果子就回家了。天气预报说明天有雪，明早起来要是真下雪就不出摊了。做什么事情都讲究个张弛有度，否则就做不长久。

王术一边给自己摊饼一边跟杨得意聊天，聊学校里温文尔雅的副院长，聊秋水胡同里人迹罕至小门小脸的"刮风下雨"图书馆，聊眉目清秀却力拔山河的二姥姥，也聊钱慧辛那个满嘴喷粪的奶奶。

"刚上初中时，我有一回跟辛辛回家，就碰见她爸爸在打她妈妈，因为什么事情我忘了。老太婆把着门不让辛辛进屋劝架，说辛辛是赔钱货。她那样子像是要吃人，都把我吓哭了。啊，我想起来了，是因为辛辛妈小产了。"

杨得意嘲讽道："我听人说老太婆年轻的时候就不做人，生了个儿子，就仿佛……"说到这里，微不可察地顿了顿，"就仿佛高人一等了。瞧见谁家没个儿子就上谁家挑拨两句，又没眼色又烦人。"

杨得意差点说出大家埋汰老太婆的耳熟能详的那句"生了个儿子，就仿佛儿子下面的那二两肉也长到她脑子里去了"，所幸在最后一刻回神急刹车。

两人有一搭没一搭地聊着，王术的煎饼果子卷好了，她将之铲到纸袋里正准备下嘴，睫毛一抬，与李疏清澈无辜的鹿眼撞上。

天太冷了，风呼呼刮着，王术的眼周和鼻头也冻出了胭脂色，但这同样的胭脂色在李疏的白肤上显得尤为好看，就跟谁故意点上去博人同情的。

"……家里没做饭？"王术问。

"我妈不在家。"李疏掏出手机准备扫二维码。

王术按住他的手机，露出一个明快的笑容："我在就不用花钱，你等等，我叫我妈给你做。"

李疏的眼睛紧盯着王术手里的纸袋，他委婉道："其实我午饭也没吃，要不然你……"

王术的嘴巴在距离煎饼果子只剩下不到一寸的地方停下，她颇为遗憾地住嘴，把纸袋口收拢了下，伸手递给李疏，说："行吧，如果你等不及的话。其实我妈做得比这个好吃。"

李疏接过煎饼立时笑了，他正要解释自己其实上周就过来吃过了——只不过那时不知道这是王术家的摊子——就见杨得意快步走来，训斥王术："我就回你爸个微信的工夫，你怎么就把自己做的劣质品给别人吃了？"

李疏咬了一口煎饼，望向杨得意，说："没事儿，阿姨，她说不收钱。"

杨得意这才意识到这两人认识。她小小窘迫了一下，忙问李疏要不要再重新给他做一个。李疏用手背蹭了蹭发红发痒的鼻头，眼睛微弯，说王术做的这个就很好吃。杨得意拘谨地笑笑，转头瞧了眼王术，发现王术面上并没有被朋友撞见的尴尬之色，心下定了。

因为王术的爸爸王西楼说下班后顺道来接杨得意，王术的存在就显得多余了。她重新给自己摊了一张煎饼，然后将帆布包斜挎回身上，与李疏并肩往回走。

严寒冬夜，晋入西北角落，两个年轻人人手一个煎饼果子并肩回家。他们彼此之间其实并不大熟悉，微信好友也是两分钟前才加上的，不过这个年纪的人交友不过几句话的事儿。

"我们话剧社元旦有演出，是一出民国剧，我饰演被军阀强抢的六姨太……的丫鬟。是重要女配角哦。我到时候给你一张票，你来捧捧场呗。"

"《胭脂》是吧，我看到你们社张贴的宣传海报了。"

"对对对，我们的剧情又狗血又发人深省，千万不可错过。"

"我会去的。"

王术听到李疏这句似乎有些郑重的"我会去的"，耳根突然一烫。她其实就是随口邀约一下，李疏去或不去都行……不需要承诺。她抓了抓耳根，哈哈一笑，说："你别有负担，要是临时有事儿去不成了也没关系。"

李疏咬了口煎饼果子，重复道："嗯，那天没事儿，我会去的。"

王术轻轻吸了吸鼻子，眼睛微微眯起，神色狐疑地看向李疏，也不知道是自己想多了还是李疏就是这样一丝不苟的说话风格。片刻，王术倏地忆起上回在图书馆的类联谊场面，停止了暗戳戳给自己脸上贴金的丢脸行径。

"给你两张票吧，钱慧辛也会来的。"

——虽然钱慧辛确实从初中起就立志独美了，但王术总觉得她立志立得有些仓促也有些早了，电视里大家都是要兜兜转转许多年，过尽千帆之后才做人生决定的。

李疏不解地望着王术，片刻，反应过来了。

"啊，行，我转给林和靖。"他说。

王术微笑点头，她低头用指腹蹭着自己的鼻尖，思考着下一个话题。

"天气预报说明天有大雪，如果真是场大雪的话，我准备在院里堆个雪人。到时候拍照发朋友圈，你记得给我点赞。"

"……那你好好堆。"

前头垃圾桶旁有只略微瘪气的氢气球，这只平平无奇还脏兮兮的氢气球在一分钟后把两人之间尴尬的氛围推向了高潮——王术路过这只氢气球时也不知道脑子里是哪根弦没搭好，居然蹦起来试图去踩爆它，结果氢气球并没有被踩爆，她自己反而脚下一滑，一屁股重重跌坐在地上，没吃完的煎饼果子也擦过李疏白净的脸喂给了路边的绿植。

李疏咬着自己的煎饼果子僵愣当场，须臾，伸手缓缓抹掉脸颊上的酱汁，扔掉纸袋，向王术伸出援助之手——因为没经历过这种情况，所以索性全程保持高品质静默。

王术短暂发蒙过后，一声羞惭的"对不起"卡在喉咙里。她两手撑地动了动脚踝，声音陡然虚弱："……李疏，我右腿动不了了，是不是折了？"

李疏皱眉按着她的小腿和脚踝觑着她的反应，片刻，睃着她说："应该没有，但我不能确定，得去附近的社区医院看看。"他这样说着，背对着她蹲下来，示意她上来。

西北寒风凛冽至极，见缝就钻，将人吹得一阵阵发冷。但比不得王术此刻的心冷。

王术顿了顿，趴在李疏背上，上半身尽可能向他贴近，以增大受力面积减轻压强。她喃喃道："对不起啊，我体重过百好几斤。"

李疏很难对这种体重的描述方式做评判。他托着王术的腿，轻松地将之背起。

王术两条胳膊松松地扣在李疏颈前，她气若游丝地迷茫道："太丢人了，以后就不要联系了吧。"

"……不至于。"李疏在扑面的寒风里安慰她说。

3

李疏口中的"社区医院"是跃层公寓所在社区的医院，距离此处也就两三百米，并不算远，他背着王术就直接过去了。

王术受到的打击太大了，直到社区医院已然在望，她才低声问："你是不是小学毕业以后，就没见到过像我这样做事不靠谱的女生了……学长？""学长"这个称呼是眼睛落在地面两人交叠在一起的影子上时临时添加的。

王术心底倏地有股异样的波动，她最近在追的偶像剧里似乎就有这样的镜头——男主在路灯下背着女主。不过偶像剧的男主是氛围型帅哥，没有氛围就不帅了，而李疏是确切不疑的帅哥——人家仅靠一张证件照和一张"妈见不识"的侧脸糊照就能在美人帖里排到第四。

王术这个"学长"叫得属实突然且客气，但李疏却不大领情，因为他曾听到她管赖在学校里数年不走的那只土狗也叫"学长"，虽然后来得知那是只母狗又改口叫"学姐"。

"叫我名字就行。不要在意这样的意外，没什么丢人的。"李疏向一旁偏了偏脑袋，"……你不要在我耳根说话。"

王术结合自己以往看过的言情小说，立刻反应过来这个人耳朵是敏感点。她尴尬地把脸转开，虽然自己也红了脸，却仍旧装大尾巴狼地嘿嘿两声。

两人到了社区医院，约等了二十分钟，医生来了。医生确认王术确实没有骨折或骨裂，只是软组织损伤，给她贴了张消肿活血的膏药，受不住王术没完没了的"嘶——嘶——嘶"，又给她开了消炎止痛药。

"疼痛敏感体质。"医生写完药方，将笔投进笔筒里，向李疏如此感慨了句。

既没有骨折也没有骨裂，只是个轻飘飘的软组织损伤，这令王术实在不好意思再趴到李疏背上心安理得地让人家背着走。她忍痛推却好几番，最后却仍是被李疏给扣住了腿。

"疼痛敏感体质……他是不是说我装的？"王术在李疏背着她穿过锦绣大道时突然问。

"是说你的痛感神经相对发达，你疼得满脸都是汗，这没法装出来。"李疏回道。

王术点点头，抽了抽鼻子："我其实疼得一路都想哭，我憋着呢。"

"前面就到秋粮胡同了，"李疏说，"……你再憋五分钟。"

秋粮胡同王术家里，王西楼、杨得意收拾好东西洗净了手，正再三问王戎"王术没回来？"，就听到院门"吱嘎"的响声。一家三口循声望去，王术趴在一个瘦高的男生背上，正要哭不哭地望着他们。

王西楼："哎哎，什么情况？怎么回事儿？怎么搞的？"

杨得意："怎么回事儿？怎么搞的？"

王戎："怎么搞的？"

王术瞧着相继奔出来的家人，伸手掩住眼睛，老老实实道："我回家路上踩了个气球，摔屁股墩儿了。"

王术收到了三声不约而同的此起彼伏的愤愤的——"该！"

杨得意给了王术一个死亡凝视，气得扭脸就进屋了。

王西楼咬牙笑着，跟李疏说："同学，谢谢你帮忙，术术这体格让你累坏了吧？你把她放地上，我背她进去。"

李疏避过微胖的王西楼，微喘了喘，说："没事儿，叔，不差这两步了。"

王术对王西楼口中的"体格"这两个字十分介怀，但这个时候也不敢表达自己的意见，只好尽可能吸气，以使李疏切实意识到王西楼用词的不准确。

李疏在王西楼的指引下将王术送到她房间的床上。他直起腰气儿尚未喘匀，就被人给推到一旁了。

"一百三了，你能不能稳重点？！能不能有点人样儿？！"

杨得意实在是气急了，她在自己房间里没头苍蝇似的转了两圈，最后仍是没忍住过来，不顾李疏在侧，照王术后脑勺上就是不轻不重的两巴掌。

"你自己数数你长这么大身上有多少疤瘌啊？哪个女孩子像你这样的？你表姐、表妹和你亲姐人家仁加一起都没你能花样作死。我生你的时候指定是吃错什么药了！"

杨得意再要打，愣住了——李疏下意识地把王术的脑袋护进了怀里。她回头瞧向王西楼和王戎，那两人也露出跟她一样的发蒙脸。

"她也不是故意的，阿姨。"李疏解释道。

"没事儿,不疼。"短暂的惊讶过后,王术没心没肺地嘿嘿笑着,"李疏,我妈说的'一百三'是描述的我的智商,不是体重,你别误会。"

……

李疏在王家人意犹未尽欲语还休的目光里离开后,王术被王戎堵在了床上。

"他是不是喜欢你?"王戎问。

"八成。"王术露出做作的笑容如此回复王戎。

王术"狗"就"狗"在这里。她只是说"八成",没有说"八成是",因为人心隔肚皮,她上哪儿知道人家李疏是怎么想的?所以日后就算王戎翻旧账,王术也半点不亏心。

王戎搓着鸡皮疙瘩出去后,王术跷着脚开始翻看李疏的朋友圈。

李疏的朋友圈并未设置仅三天可见,但因为这位朋友朋友圈的更新频率是四到六个月一条,且多是随手拍的风景照,所以王术不过是手指往上划拉两下的工夫瞬息就翻完了。

王术没在李疏的朋友圈里翻出什么有意思的东西,便翻过身闭上眼睛,一面"嘶——嘶——嘶"呼痛,一面在心里默默复盘与李疏的数面之缘。最后得出个"洗洗睡吧"的结论。嗐,虽然有数面之缘,但微信却是一个小时前刚加的,而且还是她主动去加的——便于过几天给他话剧票。

"啪嗒"一声,一块浸了冷水和母爱的毛巾沉甸甸地落在王术脚腕上,激得王术引颈一嗓子就叫了出来,"嗷嗷"的,特别凄惨,险些引来西伯利亚狼群。

"妈妈,妈妈,妈妈……不疼了不疼了不疼了……毛巾赶紧撤了撤了撤了……"

王术应激地往回缩腿,脚指甲狠狠地划过杨得意的手掌,杨得意眉头一皱,王术便不敢动了。母女两个在深冬寒夜里默默对峙,相持不下……

李疏这天夜里难得带着手机上床了——他浴后就开始翻王术的朋友圈，一个小时过去了，直到睡觉时间，居然还没有翻完。李疏倚着床头盯着手机，嘴角一直没有放下来过。王术的朋友圈可太有内容了，有她和朋友吵架和好的跟踪记录，有她深更半夜的美梦、噩梦以及由此衍生的臆想，有她给周围人画的火柴人小像——最新的小像是她"二姥姥"，当然也有偶尔的忧伤，但即便是忧伤，也同样用生动有趣的语言说相声似的道出。

明明都是些司空见惯的小事，为什么经由她的加工描述，读起来就那么有趣，她高考作文肯定满分。李疏把王术的朋友圈翻到底，如此琢磨着。他意犹未尽地退出，在"洋洋得意的王术"的微信名下给她填写了备注名——非科班出身相声演员。

成荟轻轻敲门，得到李疏的回应，小心地推开一条细细的门缝。

"怎么把手机带到床上了，李疏？太晚了，赶紧睡觉。"

"知道了，这就睡。"

一个小时后，李疏迷迷糊糊将睡未睡，门口传来异样的响动，他揉着眼睛翻身打开床头灯，瞧见成玥两眼呆滞地推开门直奔他的床而来。

李疏默默感叹"你这个毛病什么时候能好"，习以为常地起身去衣柜里搬被子。

天气预报说得没错，果然是场大雪，王术上午睁开眼时，地面的雪已经有一指厚了，至午饭后，墙根底下最深处几乎能埋到脚脖子。

王术的复原能力堪比壁虎，不过十几个小时的休整，就能瘸着腿在院子里堆雪人了。王术兴奋得满院子跑来跑去，不多会儿，一人高的雪人就基本成型了。当然，能有这么高的效率是因为堆雪人的不止她一个。杨得意因为降雪没有出摊儿，而这天是周六，王西楼和王戎也不用上班。

"妈，我姥姥给你堆过雪人吗？"王术突然笑眯眯地问。

"怎么没有？"杨得意叉腰盯着雪人，"你姥姥也是在这个位置给我堆的，和你舅舅一起。我记得有回我感冒了，你舅舅使坏把我拎起来扔进刚刚拢到一起的雪堆里……挨你姥姥好一顿打。"

杨得意话音刚落，有人在门口笑着接腔了。是杨得意的婶子，王术小像里的"二姥姥"。

"嗯，我记得这茬，我刚好出来倒垃圾，听见你妈在院子里吆喝要打断谁的狗腿，一转头就瞧见得中在前头跑着，一根扫帚疙瘩在他身后飞着……也不知道是不是因为他不知轻重把你扔进雪窝里这个事儿，反正你连续发烧好几天，可给你妈吓坏了。"

——"得中"是王术的舅舅杨得中。

杨得意笑道："婶儿，这么久远的事儿你还记得呢？得有四十来年了吧？"

老太太笑得气势如虹："嘿，六十来年的都不在话下。我平素里的老年痴呆相都是装的，懒得跟志刚媳妇说话，瞧不惯她。"

杨得意不由得笑弯了腰。

王西楼和杨得意迎着老太太进屋聊闲天去了。王戎草草给雪人插上鼻子，"咔嚓""咔嚓"拍了两张照片，也躲屋里去了。反而是王术这个伤残人士一丝不苟地完成了最烦人的打磨工作。

李疏监督成玥写作业期间百无聊赖地点进朋友圈，恰好刷到王术一分钟前发表的图文。

非科班出身相声演员：【代雪地写字（雪人免费入画），一个字一块，画心五块，长得丑的可以插队下单，人文关怀。】

李疏如约点了个赞，两只眼睛笑成了一条线。

"我之前老听人埋汰人，说'秃驴烂脚趾——一头不占'，我现在大概就是这么个情况。"

——王术拿到胸部的 B 超单，抓着钱慧辛的胳膊跛着脚走向医生办公室时，略有些无奈地如此对钱慧辛说。

之前医生说三个月后需要复查，如果复查没什么问题，以后每半年或一年定期检查就行。

"不出意外的话，你上面这点毛病轻微得连药都不用吃，就不要矫情了吧。"钱慧辛翻了个秀气的白眼，"至于下面，虽然你一直装疼要我载你，但我早知道，你好得都能跟路上的初中生飙车了。"

王术没料到自己前天跟人飙车被钱慧辛撞见了。她讪讪道："主要是那个初中生一直别我车，我气不过，其实还是疼的，你没注意到我踩脚蹬子时都是一只脚使劲儿的吗？"

钱慧辛露出意味深长的眼神，说："我现在相信你妈说的了，你小时候挨打大多是因为嘴硬。你这个毛病真是打都打不过来啊。"

王术理亏说不过钱慧辛，勾着脑袋在钱慧辛的胸口上滚了滚，作势求饶。

医生收到 B 超单，与之前的做了个对比，然后向王术确认她的乳房并没有出现胀痛的情况，月经期也没有，果然就如钱慧辛预料的那样，告知王术不需要用药，定期随访即可。

离开医院的路上，王术高兴得都忘了跛脚，直到钱慧辛给了她阴阳怪气的一瞥。

元旦越来越近了，《胭脂》的排练也如火如荼。

王术这个小学妹在话剧社人缘相当不错，一是本身的性格讨喜，二是做什么事都积极，三是不挑角色不介意扮丑。而眼下她就正在扮丑。两个棉花垫肩在视觉上直接给她"增重"了二十斤，使她看起来又粗又笨，而眼周和鼻翼用眉笔点就的密密麻麻的小雀斑又给这个胖丫头形象增加了挥之不去的喜感。

"大帅呢？大帅？应该大帅来掀红盖头了啊，如花笑我都准备好了……"王术坐在"喜床"上咋咋呼呼，喜帕下一双圆溜溜的眼睛笑得不怀好意。

"六姨太"不愿意嫁军阀，要跟天桥底下一个写大字的先生私奔，她临走前吩咐自己的丫鬟假扮自己嫁去军阀府。此时丫鬟新娘正在新房里饿着肚子坐着，等着给军阀一个终生难忘的笑容。

"人呢？李副官？张妈妈？"王术疑惑地向前侧了侧耳朵，"学长？小珊学姐？"

王术正引颈呼唤着，喜帕下面突然出现几根葱白的男生手指。王术盯着那慢慢挑起喜帕的手指面露狐疑，扮演军阀的学长黑不溜秋的，他不可能拥有这么好看的一双手。

"唉，这位同学，你不要捣乱……"黄小珊他们低头激烈讨论着剧情，乍然瞧见喜床前杵着个高个子男生，均吓了一跳。

"不能掀的吗？"高个子男生回过头客气地这样问着，微微一扬手，喜帕就落在了床上——啊，手比脑快了。"不好意思。"他蹙眉露出抱歉的笑容。

嚯，竟然是美人帖里材料科学专业的李疏。黄小珊倒抽一口气。

"没没没不能，只是排练。"黄小珊抓皱了剧本满脸通红。

"咳咳，这排练呢，添什么乱啊。"王术默默腹诽，也满脸通红，"而且你掀就掀吧，掀这么慢干什么？真是叫人很难不脑补！"

李疏仿佛没看出王术些微的不满，他低头望着王术的眼睛，认真跟她解释："就是问问你什么时候能把票给我，我怕你忙起来给忘了。"

王术收回乱飞的思绪，不自在地轻咳了咳，起身走向角落的课桌。

"我塞包里了，上午刚领到票，还没来得及给你送，你等等。"她似在掩饰什么扬声说。

"你们平常都是在这间教室排练的吗？"李疏在她埋头翻包时问。

"之前不是，最近是。"王术心不在焉地回答。

"你的脚不疼了？"李疏沉默了下，又问。

"嘿，早不疼了。"王术不当一回事儿。

王术把票交给李疏时，突然从门口的镜子里瞥到自己此刻的埋汰形象。她嘿嘿笑了笑，问李疏："是不是乍一看丑兮兮的，但看久了竟还有些可爱？肉墩墩的大胖丫头，芝麻粒儿似的小雀斑，嘿。"

李疏伸出一根手指，试探着蹭了蹭王术鼻翼的"雀斑"。也没用多大力气，居然就蹭花了两个。他收回闯祸的手指，神色自若道："乍一看也不丑。"

学姐黄小珊与扮演军阀的学长："……"

李疏离开以后，学姐黄小珊叉腰沉吟许久，突然吩咐："王术，你站起来，我仔细看看。"

王术以为是自己的人物形象有什么问题，乖乖站起来。黄小珊让她转个身就转个身，让她笑一笑就笑一笑，让她走近一些就走近一些。

"……一定是我眼拙，你一定有过人的美貌，是我暂时没有看出来的。"黄小珊信誓旦旦道，遂又煞有介事地点点头肯定这个推论。

王术一腔热情喂了狗，顿在原地。她沉默了下，解释道："学姐，是我一周前答应的给人家票，现在演出就到跟前了，我这儿一直忙着排练没下文，所以人家才找来的。而且他很可能也不是专门找来，是在这楼里上课刚好遇到。"

黄小珊用小拇指擦掉王术鼻翼一侧被李疏蹭花的"雀斑"，露出过来人的慈祥笑容，耐心道："我比李疏还大一届，李疏大一时的盛况我可太清楚了，向他献殷勤的前赴后继，个个花样百出刷存在感，但都无功而返。你这种给话剧票的，不得不说，是里头最没水准的。但是居然人家就上钩了。人家是故意上钩的啊，小学妹。"

王术高中时期的语文老师曾经说过，一篇议论文只要有一个论据不实，那么最后的论点就不可信。学姐的论点是李疏在意王术，论据是王术用平平无奇的一张话剧票轻易勾引了李疏。但是王术自己深知自己并没有勾引李疏，给李疏话剧票也是本着……总能只演给座椅看的心态。

又不是专业院校的话剧社团，也不是专业的剧本和演员，好不容易盼到元旦假期，谁愿意浪费跟男女朋友约会的时间来看一场并不期待的演出啊。

嗳，等等，如果从"谁愿意浪费时间来看一场并不期待的演出"这个角度来看……

楼上音乐社的窗户未关，传出袅袅的小提琴乐声。王术在古早的手机铃声里听到过这段音乐，似乎是世界名曲。拉小提琴的学姐听说是大四的，姓名未知，其"利落短发＋牛仔裤＋小提琴"的反差搭配的气质绝了，王术回回撞见回回怦然心动。

王术听着小提琴乐，轻轻抚了抚胸口：优秀的人那么多，你并不是其中一个。赶紧忙你的去吧。

李疏没有料到会在G理工一墙之隔的欣达小食街偶遇胡泊——李道非的女朋友。不过这倒也没有什么稀奇的，毕竟胡泊也就读于G理工，只不过研究生的教学楼和宿舍区均在较远的西校区。

胡泊正在跟朋友们喝酒撸串，一行四个人两男两女，看得出来都喝得有些上头了。其中有个男人说着什么，顺了顺胡泊的胳膊，露出轻佻的神色，胡泊笑容未改，半起身借着倒酒的动作避开。

"有你认识的人？"李疏旁边的男生见他顿足便问。

"啊，对，是我们专业的师兄和师姐。"李疏犹豫道，"要不然那本书周一你交给林和靖或者下回选修课你给我带来就行，我就不去你住处了，得过去看看。"

——李疏要借的一本初版书恰好被选修课的同学给借走了，因为这本初版书太难借到了，所以李疏跟同学商量在还书日期之前先借给他查些资料。

男生往那桌多看了眼，点点头，先行离去。

胡泊躲同系师兄躲的次数多了就不由得有些烦了。她都说过她有男朋友了，这师兄还是通过她的朋友找她纠缠真的是很不识趣。在师兄第六次借酒硬往她跟前凑的时候，她无意间瞧见了正走来的李疏。

　　胡泊以为李疏只是路过，她按着桌面站起来，伸手轻轻拦了下他。她瞧着这个长得跟李道非有些像，却因糅合了母亲的基因又更英俊的男生，露出了一个不自然的笑容，说："嘿，这么巧，李疏。"

　　李疏停在胡泊面前，沉默片刻，称呼她："师姐。"

　　师兄盯着比他高不少也白不少与此同时还年轻不少的李疏，面色一阵青一阵白。半晌，他攒出个摇摇欲坠的笑容，问："他就是你男朋友？你们年龄差得有点多吧？"

　　胡泊撇开脑袋接连打了两个酒精浓度超标的大喷嚏，她的眼睛都跟着涨红了，她听到师兄的臆测，嘴角不怀好意地一勾，说："他的父亲是我男朋友。"

　　师兄是使出了吃奶的力气，才在对面两个朋友面前保住所剩无几的风度的。

　　一桌人不欢而散后不久，李道非就开着他新购的轿跑来了。他蹙眉把胡泊塞进车里，然后问李疏这是什么情况。李疏大概说了两句。李道非听到那句"他的父亲是我男朋友"时面色一寒。李疏觑着他的神色，难得劝解了句："不用在意这个，我没关系。"

　　"等她酒醒，我会再教教她什么能说什么不能说。"李道非仍然耿耿于怀。

　　"你也不打算跟她结婚？"李疏问。

　　"问这个干什么？"李道非警觉地反问，"她还跟你说什么了？"

　　"……没有，我自己好奇，你们在一起的时间也不短了。"

　　李道非不屑地喷声，道："两年的时间而已，这才哪儿到哪儿，人生这么长。"

　　李疏基本听明白了李道非的意思，他觑了李道非一眼，转身要走，却被李道非叫住。

"你妈是不是在跟江云集谈恋爱？"李道非问，"我上回开车路过她的甜品店，看到江云集坐在里面。我见着四五回了。"

——江云集是李道非的朋友，但并非多瓷实的朋友，因为两家的长辈们认识，所以两人有数面之交而已。江云集也是阔绰人家长大的，据说早前也是女友无数，非要说与李道非的区别的话，就是比李道非脾气好些、有耐心些而已。

"嗯，挺久的了。"李疏说。

4

《胭脂》的演出比预想中要顺利许多，但观众如他们预期的那样不多，都坐不满半场。

王术之前跟李疏说她是"重要女配角"多少有些吹嘘的成分在，实际应该说是"重要女配角之一"。她的戏份合计起来大概也就五分钟，但这也够她美得不行了，上台前特地跑来，要求钱慧辛举着手机灵活游走在不挡观众视线的位置从各个角度拍她。

"热爱生活的人真可爱。"林和靖望着正眉飞色舞与钱慧辛一道品评照片的王术突然如此感慨。

李疏瞧了他一眼，默不作声。

"但是可爱在漂亮面前还是有些黯然失色。"林和靖的目光转而落在钱慧辛面上。

钱慧辛虽然戴着大大的黑框眼镜，留着狗啃式碎短发，且大多数时候面无表情，但仍不掩其五官的精致漂亮，是古早港风比较英气的精致漂亮。

"你把赞美先停留在嘴上，再想清楚些，她的朋友立志独美肯定是有原因的，你不要轻易做什么决定让情况变得更糟。"

"我目前也就只到嘴上了，跟人家话都没说两句呢。"

而且就那寥寥不到两句还是自我介绍和问她要喝什么口味的奶茶。

此时是下午五点，晚饭嫌早的时间，一行人正在欣达小食街的奶茶店。"重要女配角"在谢幕之后主动表示要请客，以感谢大家百忙之中拨冗捧场。

王术在室外的自然光里一张一张欣赏完钱慧辛给拍的照片，面上带着意犹未尽的笑容进门。李疏已经帮她们取来奶茶，两人坐下随口道了句谢，讨论着应该挑哪九张放到朋友圈里。

"不行，你挑的这两张角度有问题，太显胖了。"

"本来就是胖丫鬟，越胖看着越喜庆。人物形象你不懂的。"

"我说的是小肚子，我从这个侧面拍，给你拍出了身怀六甲的感觉。"

"咦？唉？确实！你倒是注意些啊，这两张太可惜了，表情演绎得多到位。"

"……刚刚你划过去的那两张我觉得行。"

"行什么行，你可真一点艺术细胞都没有，我笑场了啊，你没看出来？"

"……"

李疏看着她们争执了五分钟，默默把自己的手机递给王术，他随手也给她拍了……十几张照片。王术盯着他的手机相册，只向右划拉了一下，便干脆利落地倒戈了，表示以后要跟着李疏混——在摄影水平方面，钱慧辛和李疏之间隔着无数个王术。

最新一条朋友圈发出去，王术盯着在座的三个人都给自己点了赞以后，总算愿意静下心来喝奶茶了——四个人在《胭脂》的演出后台互相添加了微信。

"啊，我忘了跟你说，辛辛，李疏他们家就住在锦绣大道路对面那一侧。嘿，一条锦绣大道，一侧是现代化跃层公寓，一侧是'三秋'平房区，这个对比是不是很有故事性和文学性？"

钱慧辛点了点头，一本正经道："从故事性和文学性的方面出发的话，如果你们俩谈恋爱，应该是阻力重重的。一重来自李疏的妈妈，一重来自李疏的青梅妹妹。妈妈喜欢温柔大方知书达理的青梅妹妹，厌恶一顿能吃两大碗的大头妹妹。"

"你对我的丑化描述暂且不提，第一重怎么就不可能是李疏学长的爸爸？"王术痛心疾首摇头晃脑，"当前的影视作品总是偏向把好事儿不讲理的角色设定为女性，这种偏见经过多年的潜移默化，都成功深入当代女大学生的内心了。"

钱慧辛徒劳张了张口，却无话可说。

"……有一点需要澄清下，我没有青梅妹妹。"李疏其实不是很想介入这个无聊的话题。

"我俩就没事儿打个嘴炮，不要代入你自己。跃层公寓适龄男青年一大把，跟'三秋'的适龄女青年都有故事性和文学性。"王术笑眯眯地宽慰他。

"……受教了。"

林和靖支着下巴看热闹的同时，不动声色地观察着钱慧辛。钱慧辛跟王术在一起时和不在一起时是两种状态。林和靖在学校偶遇钱慧辛数回，后者回回都端着张生人勿近的脸独来独往，即便跟路上遇到的老师打招呼，也不过是微微扯个嘴角应付了事。下午《胭脂》开场前，林和靖为了打发时间点进了她的朋友圈，结果她的朋友圈荒得长草乏善可陈，十分符合林和靖早前对她的印象。但眼下跟王术在一起，她却开朗得仿佛是世界上另一个王术。

钱慧辛终于察觉到林和靖不时瞥向自己的目光，她伸手扶了扶眼镜腿儿，给了他一个敷衍的笑容。林和靖有理由相信，钱慧辛的这个敷衍笑容纯粹是因为她的朋友王术在侧，否则她应该会直接漠视他。

王术在李疏的引导下，正在事无巨细地讲述她和钱慧辛相爱相杀的过往："……最开始不愿意来我大舅家，嫌他家老破旧，也嫌他家邻居，那个叫'辛辛'的小姑娘，脾气太坏了，生起气来跟只圈不住的疯狗似的——不小心抓脏了她的棉花娃娃，一点点脏而已，有大人在一旁劝着，我也道歉了，她仍突破重围给我挠了一脸血。"

天光渐渐变暗，李疏的座位背光，王术正说得起劲突然顿住了，她怔怔地望着黄昏光影里李疏的轮廓，脊柱突然蹿起一阵奇怪的麻意。她一直知道他好看——她又不瞎，但此刻配合着恰到好处的天光，突然发现他可不只是好看，他看过来时安静直白的眼神把她一颗怦怦乱跳的心熨帖得平平整整的。

至于她的心为什么怦怦乱跳，那要从几根掀喜帕的葱白手指说起。

王术有些心神不定，不负责任地草草给两人的过往结了个尾："总之后来跟辛辛变熟了，大热天一起上房顶数着星星睡了一夜，就变成盼着来舅舅家了。"

"'小青'是我当时唯一的娃娃，跟我妈哭好几天她才给买的，"钱慧辛慢悠悠地解释，"而且你所谓的'道歉'，是得意扬扬地说'小气鬼，大不了赔你，我爸爸给我买了一大堆，我根本就不稀罕'，你自己说说，你被挠花脸冤不冤。"

王术早就忘了自己这招人恨的原话了，她避开李疏的目光，屈指轻轻碰了碰突然有些痒痒的鼻头，讪讪道："你到现在都能清楚记得这句话，可见我挠挠确实不冤。"

李疏近距离听了场相神清气爽。嘴里的吸管突然发出异样的声音，李疏垂下眼睫瞟一眼，愣住了，超大一杯不低于500毫升的奶茶，而且甜腻腻的，他居然就着她没什么营养却很有趣的家长里短全部喝完了。

王术紧吸了两口，也将自己的奶茶吸得见底，她抹干净嘴起身，跟个体育老师似的啪啪拍了两下手——只恨嘴里没有个哨子，若无其事道："行了，天黑了，散伙吧各位。啊，忘了说了，我前车胎漏气了，辛辛，恭喜，你得到了一个载我回家的机会。"

钱慧辛扶了扶眼镜腿儿，没好气道："我后车胎漏气，你坐公交车吧。"

李疏刚说了个"我"字，就被王术断然打断了。

"你车子没后座，我见过。"王术道。

"我今天开车过来的。"李疏说。

王术跟着李疏来到 G 理工附近的停车场，一眼便瞧见左前方那辆银灰色的掀背轿跑车。这辆车线条可太好看了，有点像《速度与激情》里的一款，只不过颜色不同。大约车主们都明白这辆轿跑车蹭到赔不起，所以左边的捷达和右边的金杯都十分委屈地停靠在车位外侧几乎压线的位置。

王术两手背在屁股后头跟着李疏往反方向走，不住回头打量那款车，李疏毫无预兆地突然停下，她后脑勺上没长眼睛，一下撞到他身上。

李疏有些糗地蹭了蹭鼻头，说"我方向感不太好……"，转头向来时的路走去……并最终停在轿跑车前。

王术震惊的目光在李疏和轿跑车之间流转，嘴巴不由自主地微微张开，轻轻"啊"了两声。一声是惊觉自己即便做了最大胆的臆测但似乎仍旧对锦绣大道路对面的生活有不小的误解，一声是慢半拍地给自己压惊：幸亏发现得早，来得及悬崖勒马。

王戎下午依照财务经理的吩咐去银行递交公司的单据，今天不知道什么情况，银行东北角专门处理企业事务的窗口十分冷清，王戎比预计早了一个多小时交完单据，也就跟着早了一个多小时下班。

王戎开车下了锦绣大道，刚刚驶进青铜街，便叫前头的轿跑给堵到了后面。青铜街本就不宽敞，此时正值黄昏饭前的时段，从街头到街尾散布着菜贩子的小三轮儿、接孩子的电踏板车，以及附近中学学生的电动或人力单车。王戎自己的小 Polo 夹在这市井气息里受点儿委屈就受点儿委屈，实在是替前头时速 10km 的轿跑憋屈得慌。

小 Polo 跟着轿跑穿过"三秋"的熙熙攘攘，最后一起停在秋粮胡同口的停车位里。王戎熄火捞过副驾驶的皮包和两袋菜正要下车，眼皮无意间一抬，顿住了。

轿跑副驾驶位下来的居然是她老王家的王大头。

王术一路心烦意乱的，并没有察觉到跟在后面的自家姐姐的车。

"你不要掉头，继续往前走过桥，那边不堵车。你知道那座桥在哪儿吧李疏，就在……"

王术弯腰如是叮嘱李疏，面上罕见露出略显拘谨的笑容。她本来是要求李疏就近把她放到锦绣大道上的，但是李疏没有听她的，直接驶进了青铜街。

李疏瞧着王术不自然的笑容，皱眉沉默片刻，说："我以前也没少跑到'三秋'附近玩，只隔着一条街而已。这边我可能比你还熟。"

王术尴尬地嘿嘿笑两声，直起腰目送李疏离开。

王术进门没几分钟，王戎便拎着皮包和两袋菜进来了。一袋芹菜，一袋板栗薯，是刚刚堵车时她隔着车窗顺便向路边的摊贩买的。

王戎把皮包扔进沙发里，面上带着不怀好意的笑，似有若无地瞥了王术一眼，琢磨着从哪个角度下嘴打趣她。

大门突然叮里咣当地响起来，跟着是电三轮儿驶进来的声音，以及杨得意瞧见墙外 Polo 的疑问："戎戎你今儿这么早回来？是不是哪里不舒服？"

王戎倒退两步探出个脑袋，说："我今儿去银行交单，没排队，就回来得早。"

杨得意高兴道："我看要变天了，也早回来了。你等我催催你爸，咱晚上煮火锅吃，上回锅圈里的丸子还剩下不少，再不吃味儿就不对了。你手里拎的是什么？红薯是不是？你去洗洗，用你单位发的那个烤锅先烤几个垫垫肚子。"

王戎第八遍纠正她："叫空气炸锅,不叫烤锅。"

杨得意不以为然且不思进取："它爱叫什么叫什么。"

刚从掀背轿跑上来的王术,听着两人这几句过于接地气的生活经,一时承受不住落差,斜着眼睛发出一声不耐烦的喉音,起身回了自己房间。王戎循声望去,皱眉不解,片刻,忆起王术倚门目送李疏的模样,约莫琢磨出个大概,露出不可思议的神情。

杨得意把电三轮儿停进墙根的雨棚下,低头摘着围裙袖箍向着堂屋走来,问:"术术回来了没?她今天下午没课,说是去学校转一圈儿办点什么事儿就回的。"

王戎向王术的房间扬扬下巴,压着一点点恼火,转身去厨房洗红薯了。

王术虽然开朗,但并不是个好脾气的,尤其是在自己家人面前。可巧,王戎也如此。于是屋外刮着风下着雪,屋内两姐妹就着咕咕冒泡的火锅,你来我往地,由阴阳怪气逐渐变得白热化。

起初是王术鼻子不是鼻子脸不是脸地各种找碴儿。她去厨房倒个水,抱怨厨房的窗户封不严实灌风;去院里上个厕所,又抱怨厕所灯一闪一闪的跟闹鬼似的;最后耷拉着嘴角坐到饭桌旁,胳膊肘往饭桌上一压,沾到一点点不明水渍,越发不高兴,拉着长音叫"妈——"。

前面两番,王戎都在阴阳怪气,说"灌点儿风凉快""老王家的鬼见愁还能怕鬼不成",到最后一番就烦了,直啐到王术脸上埋汰她。

"叫什么妈叫什么妈?自己不能就手擦擦?谁该你的?坐了回跑车坐出毛病了是吧?'三秋'的小庙盛不下你了是吧?你就生在了这样的普通家庭里,你给我趁早认清这个事实,别作妖出洋相。"

王术听出王戎的言下之意恼羞成怒:"你是不是有狂犬病,一顿乱喷?厕所灯坏了我不能说了?饭桌上有水我不能说了?"王术转向正低眉从锅里捞鱼丸的杨得意,不忿地嚷嚷,"妈,你管不管她!"

王戎冷冷地哼一声，正要乘胜追击，叫杨得意一个犀利的眼神给制止了。杨得意不耐烦地说："是有什么毛病吗？吵什么吵？没完没了了！就剩这两颗丸子了，吃不吃，不吃给你爸了。"

王戎从漏勺里夹走一颗丸子，不假思索地一口咬了下去。

王术举筷夹走另一颗，转了个弯儿，给杨得意放进了碗里。

——在阿谀奉承这块，王术向来是一骑绝尘的。

王戎和王术轮班刷碗，这周王戎当值。王戎磨磨蹭蹭挑好背景音乐，正准备撸袖子开工，杨得意进来了。邻居不耐家里的乌烟瘴气，饭后顶着风雪来串门了，顺便跟王西楼杀两盘，杨得意进来烧水给人沏茶喝。

"别跟她计较这个，她还是个小孩儿呢，"杨得意汩汩灌着水，不在意地说——王戎早前洗菜的时候就跟她说过原委了。"小孩儿嘛，瞧见别人兜里的糖多，可不就是要哇哇哭两嗓子，以示自己糖少的委屈嘛。但是哭完也就过去了。再说，她能不知道吗，真要是跟人比那些，把她爹妈的骨头拿去熬了都不够。"

"一百多斤的人了，呸，不懂事儿。"王戎仍有些气恼。

……

王术这天夜里忍不住想东想西最后不出所料地失眠了。门轴上了层机油，半夜里再没有扰人的"吱嘎"声了，她便安心裹着衣服静悄悄出来了。

王术踩着薄薄一层积雪去上了个厕所，出来照例向西望去瞻仰"仙府"。此时风已经停了，雪仍旧簌簌下着。王术瞧瞧悬在高远半空的"仙府"，再瞧瞧眼前窗棂里的暖光，嘴角惺惺作态地向下撇了撇，但眼里却是豁然开朗的暖融融的笑意。

王术是喜欢这里的，而且越来越喜欢。目前这样的生活，比如周末坐在小院里悠闲晒太阳的生活，比如忘记买菜去前头二姥姥家或者隔壁表舅妈家的小菜圃里薅一把就能下锅的生活，就是她向往的生活。

她只是猝不及防被刺激到了，没忍住向家里人撒了个泼。

5

杨得意在纸上加加减减演算了半天，得出个开张至今日均四百二的盈利，又开始扬扬得意起来。

"你不要小看这四百二，这是把开张之初生意最惨淡的那两周给平均进去了，否则要比这个高得多。"杨得意高兴得一拍大腿，"啊，这我心里就有数了。虽然房子一时是买不起了，但基本能保证你们其他物质需求不受影响。"

"妈，我最好养活了，没什么物质需求。"王术笑眯眯道，"倒是你前两天夸表舅妈新买的毛呢大衣好看，要不然你也去买件过年穿，你比她个儿高，能撑得起来。"

王术最近屡屡见缝插针地表达自己"贫贱不能移"的高洁品性，并拼命给杨得意灌迷魂汤。

"小一千了，我可不买，再说我买件给人摊饼时穿？"

"……雨雪天不出摊总能穿。"

"不出摊我不赶紧补觉我缺心眼儿吗？"

"……"

王术在杨得意的"去去去去"里悻悻出门，感觉这回马屁没拍好，没有结合生活实际，得吸取教训再接再厉。

G理工各个院系的期末考试时间各不相同，钱慧辛所在的物理系前天就考完了最后一科，王术直至今天却仍有两科未考。她眼下是去图书馆临时抱佛脚，顺便去学校教务网上把第二学期的选修课给选了，专业类的她准备选择英文电影赏析，公共类的她准备选择柔道。

四体不勤的王术原本是不打算选择体育类的选修课的，但是上周发生的一件事扎扎实实恶心着她了——她走夜路被个骑电车的猥琐男抓屁股了。

王术僵愣当场得有将近十秒钟才反应过来发生了什么。不过等她反应过来，猥琐男早已骑远追不上了。王术忍着硌硬没敢跟家里人说，因为要是说了，杨得意可能就不允许她闲着没事儿去广场上陪她了。

"王术你这种需要给体育老师疯狂作揖才能考试及格的人居然敢选柔道，你是跟谁借的胆子？你大表哥刘翔吗？"图书馆里倪静琳盯着王术面前的电脑页面稀奇道。因为太惊讶了，她忘了压低声音，立刻收获了周围几道谴责的目光。

王术退出选课页面关机，她拨冗给倪静琳眼神之前，先往前排对角线的位置扫了一眼，不料恰好会上李疏抬头望过来的目光。王术其实早前就看到李疏了，只是没有上前打招呼，心里煞有介事地盘算，在图书馆这种需要保持高度安静的地方，熟人默认不必打招呼。

王术给了李疏个"真巧"的浮夸笑容，没好气地瞪着倪静琳，低声道："我大表哥说了，体育竞技，不讲武德是原罪。明天精读考试，你重点都背完了？在我这儿叽叽叽的。"

"你可能对学霸的世界有些误会，我们考试前并不需要专门去背重点。"倪静琳露出慈祥的笑容，给王术展示自己抱在怀里的书，那赫然是两本青春疼痛小说——王术高一时就跟着作者疼痛过了。这位长相略有些攻击性的高颜值学霸娇媚地抚了抚鬓发，补充道，"我来图书馆也不是跟你似的赶在最后一刻用功。"

王术沉默了下，并没有因为倪静琳的奚落翻脸，反而罕见地露出个见牙不见眼的笑容。

倪静琳面露狐疑，以为王术是要夺书，警惕地将两本好不容易借到的小说重新压回胸口。

"先撩者贱，老倪，"王术笑眯眯的，她伸手往倪静琳怀里一指，用极轻微的声音快速道，"《剩下的盛夏》男主中段出了车祸，两条腿废了，跟并不嫌弃他的女主结婚以后，各种作妖，两人最后以离婚惨淡收场，故事的结尾，男主远赴美国，终身未再回来，并没有大家喜闻乐见的追妻火葬场情节。不过不怕不怕，同出自这位作者的《张狂》，难得是个圆满结局，这个故事纯粹热闹，没讲什么东西，所以没什么好剧透的，不过你要是还有三观的话，你就会发现，这篇男主人品其实不咋地，女主也够呛。"

倪静琳露出吃人相，要跟王术拼了。但王术多机敏，立刻就躲进了前方寂静无声的阅览区。啊，也不能说寂静无声，只是无人声而已。单层能容纳上千学生的阅览区，翻书声汇总到一起也不容小觑，不过却并不觉得嘈杂，反而给人营造出"时不我待，得赶紧加入"的紧迫感。

对面的絮絮低语消失以后，李疏盯着电脑上自己的选课页面，默默出神。

一月十六日上午，最后一门考试课英语语法交完卷子，大学的第一个寒假就到了跟前。

王术初高中时是很期待寒暑假的，放假前夕和开学前夕分别是一年情绪的峰值和谷值。上了大学，在没有考研考公计划的前提下，属于自己的时间变多了，寒暑假就变得没那么重要了。

"我听到我们班同学这个说要去港市过生日、那个说要去澳洲陪男朋友过年，不夸张地说，我羡慕得口水都流下来了。你说同样是在一个班级里上学的，有人在过吃个煎饼果子都舍不得放两个鸡蛋的日子，有人却把日子过成了诗和电影。"王术坐在钱慧辛房间的五指沙发上，剥着红薯皮，感慨着。

片刻，她轻轻叹了口气："……我妈说后天是个晴天，要去衡河水库玩，希望她这回说话能算数。"

钱慧辛整理着自己桌上寥寥的平价护肤品，说："你们话剧社的黄小珊学姐，我听说人家一瓶精华水九百八，能抵得上咱们两个人的水、乳、洗面奶三件套的价格。哈，不要肖想港市和澳洲了，衡河水库也不埋没你。我姥姥常说，这人哪，所有的不幸都是从对比开始的。

你好歹回家就能叫'妈'，我想叫声'妈'得去衡河下游的第三监狱。"

钱慧辛的妈妈冯淑萍眼下正在衡河下游的第三监狱服刑，虽然是致人死亡，但是刑期并不算长，大约钱慧辛大学毕业就能出来。

王术听钱慧辛这样说，突然就哑火了，她把剥落的红薯皮扔进脚下的垃圾桶里，低头咬一口红薯，沉默半晌，悻悻道："用九百八的精华水就能返老还童吗？"

钱慧辛刚要说话，姥姥掀开门帘进来了，说家里没醋了，炉子上炖着东西她走不开。钱慧辛和王术应声相继起身。钱慧辛去前面青铜街上买醋，王术惊觉到饭点儿了该回家了。

王术是在钱慧辛家到自己家短短百八十米的路上捡到成玥的——成玥正被三个男生围殴。王术原本不想多事儿，以为就是男生间一言不合的正常"交流"，结果那三个男生一边打着人一边居然去搜兜儿，这就很不体面了。

"嘿，小孩儿！别左顾右盼，就叫你们呢！住哪片？谁家的？！我刚刚报警了，一会儿帮你们通知家长去派出所领人！毛儿没长齐呢学人家拦路抢劫，可太有本事了你们！"

王术在初中生面前——她目测他们是初中生——可太有大人的派头了，叉腰皱眉居高临下，唬得墙根四个男生一时都忘了动作。片刻，其中最高最壮的胖男生，以威胁的姿态，向着王术的方向逼近两步，猖狂地骂人："贱人别多管闲事，不然连你一块儿打！滚！"

王术听到"贱人"这两个字蒙了一瞬，不敢置信，哑口无言。她在他们这个年纪的时候，但凡敢跟大人有个不逊的眼神都得挨顿臭揍，这个死胖子刚刚说她什么？贱人？王术立刻决定加入战斗。

她低头寻了根棍子，挥手便横扫了出去。

……

李疏赶到现场的时候，猖狂的胖子正哭得稀里哗啦的。他被王术两棍子给扫个正着不说，刚夺了棍子正要还击，就被他突然出现的妈扯着领子给扯回来了，他妈还压着他的脖子要他给王术这个此前从未见过的"姑姑"鞠躬道歉。

"我是你关南哥的媳妇。你们家刚搬来，你可能人还没认全，不着急，以后就都认识了。嗐，我家小子让他奶奶给惯得不像话，你等我回去修理他。以后没事儿来家里玩啊。"

"关南哥的媳妇"这样打着圆场，又踢一脚小胖子的屁股，催促他"滚回家去"，一路走一路大声斥他："你欺没欺负人家小孩儿？你姑给你两棍子亏着你了？"

王术默默目送这位仍不知道姓名的嫂子推搡着小胖子离开，臊得没处躲没处藏。胡同里前年刚铺的路极硬，下不去铲，但凡稍微软和些，王术得就地给自己刨个坑躺进去。

李疏全程目击王术的表情变化，在当事人四散以后，笑得停不下来。

"没事儿吧，成玥？"李疏蹲下来给成玥擦了把脸，形式大于内容地检查他的胳膊腿儿。

王术听到李疏叫"成玥"，伸手将了将耳侧自己随手扎的两个小鬏鬏，尴尬道："我就说这小孩儿唇红齿白的，长这么漂亮，说不定是个女生……浑蛋玩意儿，围殴女生更欠打了，早知道刚才再多给我侄儿两棍子。"

李疏听她大言不惭地说"我侄儿"，笑得不行了。他起身纠正她"成玥是个……"，却不料她自己俯身观察，他的头顶猝不及防重重磕到她的下巴颏儿上。

"呃！"王术托着下巴，鼻腔酸楚异常，眼泪喷涌。

李疏一时顾不得成玥，赶紧转身去看王术。

"你是不是咬着舌头了？给我看看。"

王术摇着头直往后躲，虽然确实疼得钻心，倒是没有咬到舌头。李疏以为她难为情，有些着急，执意要看，逼得王术倒退至墙根，又几乎下腰。王术推辞不掉，抓着李疏的肩膀张开了嘴。

李疏托着王术的下巴从各个角度观察她的口腔，片刻后，有些不自在地轻咳了咳，说："嗯，是没咬到舌头，咬到上唇内侧了，有点充血，最近不要吃辛辣刺激的东西，也不要吃太热的。"

王术因为李疏的不自在也开始不自在，她讪讪地收回手，口齿不清道："我知道了。"

李疏又叮嘱："如果一直疼，就吃点消炎止痛的药，你家有吧？"

王术捂着嘴："有有有。"

两人领着成玥继续朝前走。王术家再有几步就到了，李疏那辆没后座的碳纤维自行车就停在王术家门口。在这几步路里，王术大概知道了成玥为什么姓"成"，也知道了成玥只是个儿高，其实人只是个小学生，他跑来"三秋"是要跟住在这里的同学一起完成老师布置的手工作业。

"以后再遇到这样的事情，不要轻易跟人动手。"在王术家门前，李疏忍不住道。

王术不在意地挥挥手："嘁，一帮小孩儿，动手之前我掂量了下敌我双方的武力值。"

"小孩儿也没比你矮多少，而且你侄儿还夺了你的棍儿。"李疏毫不留情地戳她痛处。

王术用"侮辱我的方式有很多种，而你偏偏选择这种"的不满眼神望着李疏，李疏默默与她对视。

王术七秒不到就败下阵来。

李疏肤白，衬得眼周的粉调越发明显，他的眼型偏桃花型，内眼角微钩，外眼角上翘，目光流而不凝，细看仿佛在撩人，虽然他本人并没有这样的意思。

王术狼狈地移开目光："我回家了，得漱漱口。"她欲盖弥彰地解释着，抬手指了指自己的嘴巴。

李疏握住车把，漫不经心地与她道别。

成玥眼看着指望李疏纠正是指望不上了，横臂擦掉这几步路里不小心又掉出来的金豆豆，出声叫住王术，礼貌道："谢谢姐姐。"

听到这声音，王术回头震惊脸："——嚯，是个弟弟。"

第三章

以柔克刚，顺势而为

1

腊月二十三祭灶节，也是大都、晋市这些地方的小年，王术再度在胡同口遇见了钱慧辛的奶奶。老太太跟上回的出场姿势差不多，仍是瞪着一双混浊的眼睛坐在锈迹斑斑的电动三轮车上，也仍旧在骂街。

老太太跟早逝的丈夫一个姓，也姓钱，她叫钱素珍。儿子去世以后，居委会给她申请了一些补贴，她一个没什么世俗欲望的老太太就靠着这些补贴养精蓄锐上门跟人茬架。

"……秋粮胡同里老冯家的，我把话撂在这儿，只要我老婆子活着，你们就别打算过一个消停年！我活多少年你们就得挨我唾骂多少年！呵，想跟旁人一样乐乐呵呵过大年？手上的血洗干净了吗，冯大年！张靖！"

——冯大年和张靖是钱慧辛的姥爷和姥姥。

王术裹紧羽绒服，小心翼翼地从电三轮儿旁边挤过去，向着青铜街的小超市走去。杨得意让她来超市买祭灶糖——也就是麻花糖——傍晚饭前要给灶王爷上供的。

"婶儿，当说不说，我们手上那两滴血，纸一擦就没了，连点儿血腥味儿都没留下。"

王术刚要迈进超市就听到胡同里钱慧辛小姨的声音。她忍不住驻足回头。

"我就是怕你误会，出来跟你说清楚，我们全家挨你唾骂可不是因为理亏，是因为我们可怜你老年丧子。但是仔细想想你又有什么值得可怜的——妈，你别拽我，我巴不得把她气出个好歹——婶儿，既然来了，咱就说道说道。大概在你的观念里，女人低人一等，比狗强些，丈夫打一顿骂一顿是很稀松平常的事情，但新中国成立以后法律就明说了，你这纯属扯淡。

"你那杂种儿子打我大姐，哪一年不得有个三五回，轻则两个耳光，重则拳脚相加、肋骨断裂。在'三秋'这片住着的老街坊，谁没见过她鼻青脸肿回来的样子？他还用我老冯家全家多少口人的命，威胁我大姐不能离婚逃走。我们全家人倍感煎熬的那些年，你是什么嘴脸？你不痛不痒地说'我儿不懂事儿，嘴上没个把门的，亲家可别跟他计较'，然后趁机让我们说服我大姐给你生个孙子。婶儿，你哪天夜里要是想儿子睡不着，也扪心自问一下，你白发人送黑发人，是不是也活该。

"有句话你可能不爱听，婶儿，得知我大姐在反抗中不慎用菜刀把你儿子给宰了，我开车回来的路上笑得都合不拢嘴！"

钱素珍听闻钱慧辛小姨的一顿输出，在电动车上抖得仿佛风中的落叶。她扶着车把颤颤巍巍地下车，直奔着钱慧辛小姨而去，誓要把这个牙尖嘴利歹毒心肠的年轻人撕碎。但年轻人提前被她妈薅进了大门。钱素珍无济于事地咣咣咣砸着落了锁的大门，哭号得附近电线杆上的麻雀都扑棱棱飞走了。

王术保持着掀帘的姿态目瞪口呆。钱慧辛小姨的战斗力太牛了。

"淑凌的战斗力要是能分给她姐一半，她姐也不至于被那家没皮子没脸的欺负那么多年……"超市店主在收银台前跟顾客聊着闲篇儿，转头瞧见神色怔怔的王术，眉头一皱，"嘶"一声，"小姑娘你进不进来，不进来把门帘放下，风嗖嗖地往里头灌，要冻死人了。"

王术闻声跟了一步进来，在门口显眼的位置抓了包祭灶糖扔到收银台上，她往前面货架上扫一眼，跟店主说"等等"，又去抓了一包牛肉粒、一包鱿鱼丝和两罐健力宝。

嗯，这就对了，大费周张地出来一趟超市，哪有只买一样的道理。

而"大费周张"的意思，也不过是脱掉熊猫宝宝睡衣，再遍寻梳子扎两个小辫儿。此人不出门的日子有多邋遢由此可见一斑。

王术结完账正要掀帘出门，与正要进来的钱慧辛撞在一起。

钱慧辛刚从外面回来，她遥遥看到正在自家门前撒泼的老人，无奈地转来超市躲躲。

"她来多久了？"钱慧辛问王术。

"得有一个小时了。"超市店主伸着脑袋代答。

钱慧辛露出了然于胸的表情："行，一个小时不短了，她差不多发泄完该走了。"

超市店主正要说话，被王术截住了。王术说："你小姨刚才出来给她加了把柴，她没占到便宜，估计还得闹一阵儿。"

"我就说她平常都坐在电三轮儿上，不往门前去的。"钱慧辛一愣。

虽然钱慧辛一再说自己一个人待着没事儿，王术仍然坚持陪着她。最后两人各拎着一罐健力宝溜达着来到了锦绣大道。

这天是个令人瑟瑟发抖的起风日，太阳的颜色十分浅淡，勉强能与旁边的云峰分辨开来。

"我早上路过你家，看到你蹲在院里东墙根底下在种什么东西。从小区楼房到'三秋'小破院，你适应得挺快的。"钱慧辛说。

"我在二姥姥家抓了把小白菜种子，我想试一试，不过估计很难成活，天太冷了，盆儿又太小。"王术说，"你起那么大早干什么？"

"去监狱瞧瞧我妈，给她送点东西。我姥姥说年关将至，我妈会想家。本来我姥姥也要一起去的，但是天太不好了，怕回来的时候下雪。"

王术感受了下钱慧辛糟心的这一天，轻轻与她碰了碰饮料罐子，聊作安慰。

钱慧辛就手喝了口饮料，她打着冷战笑道："我真是羡慕你百毒不侵的肠胃，我这一口下去，从牙花子到胃都结上霜茬了。"

两人正聊着走着，王术的手机突然在口袋里振动起来，她掏出来查看，是李疏的来电。

"你是遇到什么事儿了吗？"李疏劈头就问。

王术将手机挪开，再盯一眼屏显的来电人，确认确实是李疏，莫名其妙道："……你是打错电话了吗？"

"你们俩在那小片地儿溜达半天了，"李疏解释，"我在楼上看到了。"

"……您费心了。"

王术遥遥望向锦绣大道另一侧的跃层公寓，并不清楚李疏具体住在哪一栋上。由上往下看分外清楚，由下往上看却很难明了。她叹息着向李疏解释了两人真的只是没事儿瞎溜达，很是无语地挂断他的电话，跟着一转头，便撞上钱慧辛"咱们彼此尽在不言中"的目光。

"可能就是放假无聊吧。"王术讪讪道。

钱慧辛一针见血地说："像这种特地打个电话说'我看到你了'的行径，只有你这种人才能干得出来，他不应该。我上回就怀疑他喜欢你。"

"上回是哪回？"

"你在台上跟个神经病似的演胖丫鬟，他在台下面上带笑地给你拍照时。"

王术极目往跃层公寓的高层望去，却仍找不到李疏的踪迹，也许他已经回房间了，也许他所在的位置她就是极目也看不到。她扯起嘴角笑了笑，灌下一大口饮料。

　　因为花炮禁令执行得越来越规范严格了，王术和钱慧辛傍晚顺着青铜街溜达着返回秋粮胡同，一路都静悄悄的，没有哪家传出异样炸响——小孩儿手里那种小蝌蚪似的摔炮不在此列——要不是王术手里仍拎着祭灶糖，你都感觉不到这是小年。

　　两人在王术家门前分别，钱慧辛继续往里走，王术推开大门进了小院儿。

　　王戎正蹲在墙根下给杨得意擦拭电三轮儿。小年到元宵，杨得意将要休息三个礼拜，电三轮儿得擦擦用罩布遮好。她瞥见王术进来，起身倒掉盆里的脏水，奚落王术："你是办了个签证出国买祭灶糖去了？我就知道指望你迅速回来帮把手是不大可能的。"

　　王术不甘示弱："奔三十的人了，一点点活儿都得拉个垫背的，要不我跟咱妈都烦你呢。"

　　王戎露出假笑："嗯，咱妈不烦你，咱妈可稀罕你了，我要有这么个眼里没活儿的睁眼瞎姑娘我也稀罕。"

　　"哗啦"一声，杨得意面无表情地从厕所出来，她对于两个女儿总是借她开枪已经非常麻木了，目不斜视地从她们面前经过，进了屋。

　　王西楼回来以后，王家的饭桌就由空荡荡变得满当当了。一家四口吃着应景的饺子，开着电视，又各自刷着手机，偶尔互相呵斥"声音小些"。十分普通平凡又朝夕可见的场景。

　　王术在小品的背景音里，嚼着蘸了蒜汁的饺子，随手点开朋友圈，检阅朋友们的生活状态。结果当先就看到李疏两分钟前发的一条。

　　李疏发的是一副遒劲有力的毛笔字，下面是林和靖的评论：【砚台你爷爷送你了？从港市拍回来的那块？羡慕，想要。】

　　王术先是被这句直白的"羡慕，想要"逗得忍不住发笑，但仔细一琢磨笑容就淡了，神色也逐渐变得复杂。爷爷能专门从港市拍回来一块砚台，这得是什么家庭啊，首先爷爷本人就得是锦衣玉食养大的吧，不然怎么舍得把钱花在这样的地方。

王术突然忍不住唾弃自己，她烦自己最近这样事事深想细琢磨的嘴脸……明明什么都没有。

杨得意瞥见王术再度停下咀嚼盯着碗里剩下的饺子发呆，忍不住道："我就不催你，我看你能磨蹭到什么时候，反正今天你洗碗。"

王术耷拉下眼睫毛，臆想结合实际，得出最后的结论：什么都没有，有的只是碗里这四五个黏在一起的饺子……和桌上及厨房里待洗的锅碗。

王戎懒得理会王术这个年纪的女生那些毛茸茸的小心思，她夹起一撮青菜塞进嘴里，跷着脚道："我今天听到辛辛的小姨骂老太婆了，听得我神清气爽，她咋早不出来迎战？"

王西楼早在下班进门时就听过杨得意"今日见闻"的汇报了，他说："今天估计也是借着辛辛不在家才能出来的，毕竟那是辛辛的奶奶。再说，老太太这把岁数，真说不好前天夜里脱下的鞋第二天早上还能不能自个儿穿上，没必要跟她置气。"

杨得意也跟着露出不以为然的表情："她时不时地来闹一闹撒撒泼，老邻居就评她有理了？大家就听个响儿热闹热闹而已。"她点了点王术的饭碗，让她别只顾着听赶紧吃饭，转头继续道，"淑凌今天是真没藏着，她以前确实就跟我说过，'我下不去手，但我很愿意替我大姐去坐牢，这事儿可她丫的结束了'。"

王戎听完父母的感慨，突然好事儿地问王术："辛辛长这么漂亮，大学应该不少人追吧？男人都可会伪装了，得让她把眼睛擦亮。"

王术横眉毫不留情地啐她："管好你自己！"

杨得意却因为王戎脱口而出的这句"男人都可会伪装了"上了心，她露出若有所思的表情，问："戎戎，男人会伪装这个结论是取自你哪段不为人知的感情经历？是因为这样你一直没有男朋友？"

王戎露出面瘫脸："……不，我纯粹是嘴贱。"

2

转瞬就到了除夕。

然而即便是除夕，也仍旧没有花炮声，不过大街小巷红彤彤的春联和一场铺天盖地的大雪到底把年味儿给造出来了。

王家的年夜饭不如电视里的丰盛，也就比平常多了一盘饺子、两道菜。但是一家四口放开肚子使劲儿吃，也仍旧是剩下不少。如往年一样，剩下的这些要收进冰箱里下顿配着吃，下顿要是也有剩的，还有下下顿。

结束年夜饭，王西楼躺在沙发上哼着小曲儿看春晚，杨得意出门跟人打牌去了。王术瞧她姐姐王戎不顺眼——因为王戎不肯借发箍给她戴，早早回卧室了。没有哪个年轻人甘心在夜里十点以前睡觉的，王术也不甘心，所以虽然人躺进了被窝里，心思却仿佛瓜田里上蹿下跳的猹，一刻不得安生。王术最后耐不住，仍是打开"一日"APP，在日记页面留下几个字。

"一日"是个带有日记本、记账本、计划本等功能的综合性APP，它可以单独设置密保，比带锁的笔记本可安全多了。

"叮"的一声，新消息到。

王术退出"一日"，点进微信页面，看到李疏发来的信息：【你家有碘伏和纱布吗？】

王术一愣，立刻回他：【有。】

王术盯着"有"这个字，感觉自己的回复有些干硬。她正琢磨着是不是应该问问为什么需要碘伏和纱布、出什么状况了、严不严重，李疏的新消息就到了。

李疏：【你能给我送来吗？】

当然能！为什么不能？他们首先是朋友，其次……没有其次。

王术问清楚了李疏住在哪栋哪层，当即就爬起来拎着东西出门了。

嗯？为什么只问到楼层？因为东区这几栋都是单层单户，电梯直接入户。

王术在李疏的电话指导下一路畅通无阻地来到了他家所在的楼层。

电梯门打开，李疏正坐在门口鞋凳上打着盹儿等她。王术借着玄关灯上下打量了他一眼，其他地方被衣服遮着看不到，胳膊内侧有个几厘米的斜长伤口。

"你一个人在家？"王术问，"怎么里面的灯都没开？"

李疏揉了揉脸，起身啪地开灯，给王术拆出一双新拖鞋，温声回答她："我妈和成玥去海市我外婆家过年了。我也刚到家没多久，没往里走。"

王术低头瞧着李疏送到自己脚边的粉色拖鞋，意识到这个空间里只有李疏和自己，面色渐渐转红，就连呼出的气都炽热了两分。

她忙不迭地把自己带来的塑料袋放到墙角的斗柜上，故作自然地催促他"你赶紧用纸巾压住，血要滴下来了"，两脚蹬掉自己的鞋，踩进拖鞋里。

王术给李疏消毒包扎时，问起他伤口是怎么来的。李疏沉默片刻，说是替他爸爸的女朋友挡的。

王术得知李疏爸爸的女朋友就是同校大几岁的学姐，一时没忍住，露出没见过世面的震惊表情。

在胡泊的软磨硬泡下，李道非到底没坚持住，在大年三十将她带回李家，并将之正式介绍给全家老老少少三十来口人。

李疏的爷爷本就因为李道非不打声招呼就带人回来的行径十分生气，饭后又听闻李道非在花房里与胡泊争执，言语间提起胡泊在学校那句不过脑的话——"他的父亲是我男朋友"，当即要撵胡泊走人。

胡泊脾气犟，当然不肯走人。她说自己当时喝多了，那句话没过脑，转而又愤愤不平，质问李疏爷爷，自己正正当当与李道非交往，又不是偷人，为什么要藏着掩着。

李疏爷爷的笔架本来是要砸李道非的，意思是"你看看你给我带回来个什么人"，结果砸偏了，奔着李道非后头胡泊的方向去了。

李疏反应极快地替胡泊挡住了笔架，给爷爷挽回了颜面。

——人家顶撞归顶撞，可不兴伤人，不是故意的也不行。

总之这场突发事件以后，李疏觉得没意思，借着去洗手间趁人不注意就回来了。爷爷稍后给他来电，倒也没说什么，只说让他回去的路上注意安全。

李疏因为跟着成荟长大，与李道非这边的亲戚基本没什么来往，十分生疏。也就跟两个同辈的双胞胎堂姐偶尔互相问候一下，但那也是因为曾经跟她们在同一个初高中上学。

"要是真砸她身上了也不冤。"王术懒得去找剪刀，索性直接用自己的利嘴撕胶布，她替他愤愤不平道，"虽然是她的事儿，但也是你的事儿，我是指在学校里。她不介意别人知道她跟个年长她二十多岁的男人交往，但你不一定不介意别人知道你有个学姐小妈。"

李疏不大喜欢"小妈"这个称呼，但是抬眼瞧着因为这件事儿而生气的王术，就不大想去纠正她了。

"你怎么会给我发信息？林和靖住得远？"王术又问。

"……对，他住得远。"李疏沉默片刻，说。

此时时间尚早，街灯仍亮着，也包括"三秋"区域的昏黄街灯。

成玥的手机铃声突然响起来了，是电影《哪吒之魔童降世》里小哪吒的俏皮打油诗："我是小妖怪，逍遥又自在，杀人不眨眼，吃人不放盐……"

李疏跟王术说了句抱歉，循着铃声去了自己卧室。李疏也不知道成玥的手机怎么会在自己的卧室里，他明明听到成荟昨天在临行前嘱咐他塞进背包里。

成玥的手机落在床与床头柜的夹缝里，且在极靠下的位置，并不容易勾取。李疏试了两番仍然不行，正准备直接挪开柜子，听到王术在门口说："要不然我试试？"

——王术听了四遍"我是小妖怪"，不见电话被接起，没忍住好奇跟过来了。

王术手小，伸手就把手机给掏出来了，简单得仿佛囊中取物。

电话是成玥打来的，目的有二，一是确认手机没丢只是落在家里了，二是向他哥哥告状舅舅家的烦人表弟欺负他。李疏耐心地倾听成玥的委屈，目光落在王术身上。

王术帮忙掏出手机，原本要退回到客厅里，一抬眼瞧见落地窗外的宽阔阳台，便鬼使神差地走过去了。他上回是站在那里看到她和辛辛的吗？

李疏留意到王术注视着某个方向很长时间一动不动，匆匆安抚了成玥，来到她身后。

"你在看什么？"他问。

王术如梦初醒，她长长地"啊"一声，伸手缓缓指向东边较远处那片破旧的平房区——晋市有名的老破旧"三秋"。她轻声说："原来站在这里能看到我家的院子。"

王术原本好奇他卧室阳台的这个方向是不是能看到锦绣大道——她不辨方向，在这片公寓楼群里转了两圈就不知道哪是东哪是西了——结果却突然发觉这里不但能看到锦绣大道，还能看到三秋胡同里她家的院子和院子里捉襟见肘的苟且生活。

李疏不太能理解王术这句话的意思，但他没有贸然开口，因为敏感地察觉到王术突然低迷的情绪，这令他有些不知所措。

王术有些无聊地扳了扳脖子，把自己以前的臆想当作一个笑话讲出来。

"我家是因为突然破产搬过来的，嘻，我家那点儿家底都配不上'破产'这两个字。"王术说，"总之从小住到大的房子没了，街坊邻居朋友也没了，生活突然出现大的震荡，令我哪儿哪儿都特别……不舒服。我们刚搬过来的那个雨夜，我半夜起来上厕所，不经意往公寓楼群这边瞧了一眼，当场被震撼住了。当时是凌晨两三点的样子，整个这片区域路灯和光效灯都灭了，四下里黑黢黢的，楼群极高的楼层有两个房间没熄灯，从我家的小院望过来，不见下面的楼体，只见浮在半空的模糊的光，就跟天上的仙府似的。

"从此我半夜出门上厕所就老爱往这个方向张望，我撇开烦人的现实，幻想在我面前有一座没有人知道的仙府，脑补仙府里有可能会发生的各种神话故事……原来只是你的卧室啊，哈哈。"

李疏目光安静地望过来，他没有跟着王术笑，而是问她："你怎么了？"

王术抹了把脸，说："没事儿，不用理我，就是突然控制不住自己的酸鸡嘴脸。"

虽然话是这么说，但说的人和听的人都十分清楚，这并非酸鸡嘴脸，是切切实实感受到两人生活差距的突然的自卑。

李疏沉默片刻，问："但是我有个学姐'小妈'，这一点你为什么不酸鸡？"

王术被噎住，半晌，忍不住笑起来。

王戎打电话过来，问王术大过年的也没去找辛辛跑哪里去了。

她这样问就表示她最起码去钱慧辛那里问过自己的行踪了。王术这样分析着，大度地原谅了王戎不借她发箍的小气行径。

"我得回去了，家里催着。"

"我送你回去。"

"没必要吧，我走路快，十分钟就到家了。"

"走吧。"

"哦。"

初五以后，日子就过得快多了，十来天仿佛一倏忽，弹指间就没了。

王术屡屡遭人唾骂的夜里不睡早晨不起的毛病改好了，大清早的王西楼早饭还没做好，她就叼起个包子跨上单车，跟钱慧辛一起化作白日流星冲向G理工。两人虽属不同的院系，但上午第一节都有专业课。

"白毛风刮得我脸生疼。"王术迎风奋力踩着单车跟钱慧辛说，"但是清醒多了。"

钱慧辛闻声转过头打量王术，问："只是脸生疼吗？手呢？你手套呢？"

王术这才留意到自己忘戴手套，难怪今天握把格外有手感。王术蜷缩起手指，给了钱慧辛不满的一瞥。都怪她多嘴提醒，本来没觉得手冷的。

两人抵达G理工，王术的手指已经冻僵到不能打弯儿了——路上钱慧辛要分一只手套给她戴，她用"一只手冷和一双手冷没多大区别"的歪理邪说制止了她。钱慧辛赶紧脱了手套要给王术戴上，王术不怀好意地说"不用"，一把抓住钱慧辛的胳膊强行与之手牵手。

钱慧辛突然接触到王术柔软的掌心，整个人微微僵住——她真的已经很久没有跟人肌肤相贴了，但只不过一倏忽她就反应过来了，给了王术"我这位大朋友可真童真可爱"的嘲讽一瞥。

专业课过后，就是王术的柔道选修课。

王术一迈进场馆就傻眼了，她没有留意到需要自行购买柔道服。不过幸好傻眼的不止她一个，墙角还有两位学姐做伴。片刻，王术再度傻眼，因为她在场馆对角正在做热身准备的人群里望见一个熟悉的身影——李疏。

王术没有来得及去打招呼，因为老师来了。

3

第一节柔道课，老师似乎也做好准备会有粗心大意的家伙俩肩膀抬着个脑袋就来上课，所以并没有上真章，只是跟大家讲演并示范了柔道的一些基础知识，如基本功法、手法、步法、站立姿势、倒地方法等，跟着就让大家自行理解自由活动。

王术及两位没穿柔道服的学姐觍脸缀在队尾，按照老师刚刚教授的方法前倾摔倒。两位学姐摔了两回就龇牙咧嘴地住手了，王术靠着回忆猥琐男抓自己屁股的那一幕激励自己不能停下。

李疏慢吞吞地走过来，在王术又一次义无反顾且没有章法要往地上摔时，伸手将她挡了回去。他说："两臂在胸前半屈臂，你胳膊张得太开举得太高了。"

王术听他这样说瞬时就僵住了，胳膊成了个多余的物件儿，放哪儿哪儿不合适。她本来就越摔越没有自信，感觉哪儿都不对。

李疏耐心地给王术调整了姿势，微微一点头，示意她可以了。

"你确定你没教错？刚才老师示范的时候，你在跟旁边的学姐说话，你都没看他。"

"是学姐问我认不认识何群，我说不认识。我柔道拿过少年组的冠军，没教错，就是这样。"

王术碎碎念"倒也没必要复述跟学姐的对话"，然后不打声招呼，"嘭"的一声就摔下去了，惊得李疏瞳孔睁大。

……

柔道课下课就到了午饭时间。李疏叫住王术，让她等等自己一起吃饭，便去更衣室换衣服了。

王术望着李疏的背影张口结舌，悄然咽下一句"好歹跟我商量下中午吃什么吧，万一吃不到一起去呢"。

两位学姐聊着天经过，瞧见王术，敷衍地打了个招呼"等男朋友呢"，飘然而去。

王术瞧着两位学姐的背影，又悄然咽下一句"我没有男朋友"。

两人并肩走向欣达街的路上，王术问李疏："你柔道都拿冠军了，为什么还要再选修？"

李疏说："为了混学分。"

王术露出"果然如此"的表情。

李疏问："你呢？你为什么？"

王术避重就轻道，体育类的选修课轮到她去选课时，只剩下健美操、太极剑和柔道，她本人四肢不大协调，所以健美操首先排除，而柔道相比太极剑是个短平快的类目，因此最后就定它了。

李疏垂下眼睫应一声，没再说什么。他知道她的体育水平什么情况，而且 G 理工也没有要求所有的人必须选修体育类的课目，所以必然还有别的原因，但她并没有跟他熟悉到知无不言言无不尽的地步。

果然就如王术预期的那样，两个人吃不到一起去。

李疏不能吃辣，吃一粒辣椒籽就能冒汗的那种，王术在不知情的情况下向他推荐了"小香锅"的砂锅面。李疏只吃了一口就停下了，红着眼睛说辣，王术瞎起劲儿地劝，说让他克服克服，真的很好吃。李疏经不住王术目光灼灼的力荐，埋头又吃了几口，春寒料峭的天气，全身都起了大汗，最后直接胃痉挛了……

校医姐姐狠狠批评了王术，问她听没听说过那句"甲之蜜糖乙之砒霜"。王术当然听说过，杨得意昨晚追的狗血三角恋电视剧里就有这样的一句，王术上完厕所回来不经意听到，抖落了一身鸡皮疙瘩。不过王术此刻没有鸡皮疙瘩可抖，只剩下愧疚。

大约是瞧着王术深埋着脑袋道歉的模样实在可怜，李疏解释主要是自己想吃，他不光想尝试砂锅面，事实上，如果吃砂锅面没问题的话，他下一顿还打算去挑战欣达街街尾那家麻辣小龙虾。

王术心有余悸道："你下回叫别人陪你挑战去，我不去了，吓死我了。"

校医姐姐瞧着李疏仍旧冷汗涔涔的脸，向他竖起大拇指，开玩笑道："你追女生可太舍得下本儿了。"

李疏抬起睫毛瞧向王术。

王术面颊倏地一热，啐道："可拉倒吧，饭钱还是我结的。"

李疏忍不住笑起来。

如此折腾了一通后，就到了下午上课时间。王术下午没课，但李疏有，且后者坚持不肯翘课。王术跟只大灰狼似的循循善诱半天，见李疏不为所动，只好悻悻陪他上课去了——李疏仍旧很虚弱，她不能扔着不管，那太不是东西了。

"我应该怎么介绍你？"在进入材料科学专属的灰色大楼时，李疏突然转头问王术。

王术想了想，说："……一个总是走在给自己收拾烂摊子路上的可怜人。"

李疏沉默片刻，无奈道："你正经一点。"

王术两手一摊："你问的就不是个正经问题。有什么好介绍的，你们班平常没有去蹭课听的人吗？悄悄来悄悄走，谁会理你啊？"

李疏不太清楚外语系是什么情况，但他知道他们系没有"悄悄来悄悄走"的情况。

王术没有任何心理准备地跟着李疏一进教室就被人盯上了，并非一两个人，是十来个人。她这才知道 G 理工像材料科学这样的精英专业跟烂大街的外语专业不同，录取分数线比其他专业平均高出六十多分——同一所大学专业不同录取分数线差距居然如此巨大——且采取小小班授课，也就是说，李疏的班里就只有这十一二个人。

王术露出浮夸的笑容回应那十来道探究目光，瞬时打起了退堂鼓，她抓着手机从牙缝里挤出一句："……要不然我还是出去等你吧。"

一个中年男人好客的声音从身后传来——

"来都来了。"

是李疏的老师李秋满。

王术跟只应声虫似的讷讷跟着李疏叫"老师",然后顺应着李疏扯着她的力道去角落里坐下了。她多想穿越回五分钟前抽自己两巴掌,她怎么就戒不了以己度人的毛病。

因为专业跨成了一字马,王术整节课下来根本没听懂几句。因为太无聊了,她的注意力便只好都落在李疏身上了,结果被老师当众调侃:"底下拉拉小手得了,说什么悄悄话呢?"

王术能跟李疏说什么悄悄话,无非就是问他胃还疼不疼了,再叮嘱他多喝热水。

等等,确实是有几句悄悄话。

王术眼尖瞧见李疏课本里夹着一张人物素描,用遗憾的口吻说,她以前跟同学出来玩,花三十块钱跟风请人给自己画了张素描像⋯⋯丑得她都没拿回家。

李疏闻言波澜不惊道,他的水平还行,有空可以给她画一幅。

王术先是震惊于这张素描像居然是李疏自己画的,随之震惊于他画像的水平居然如此之高——老人脸上的沟沟坎坎甚至耳郭的细节都被淋漓尽致地展现出来了。她默默屈起手指模拟下跪。

两人正悄声交流着素描,李疏的手机屏幕倏地一亮,是林和靖发来的信息。

林和靖用夸张的手法详细描述了最近新出的一款微距镜头,最后用价格点了个题,14万。李疏踌躇半晌给他回复,太贵了得再考虑考虑。

王术盯着那句云淡风轻的"太贵了得再考虑考虑",面目渐渐狰狞。

课间十分钟休息时间,李疏的同学果然没绷住,纷纷问他王术是谁。李疏正要回答,有人在门口扬声叫他的名字。王术跟着望过去,瞬时惊出了鹅蛋嘴。

居然是话剧社楼上她仰慕不已的小提琴学姐。

李疏应声出去了。王术心不在焉地翻着他的课本，一再悄悄望过去。

因为此时光影角度得当，李疏和小提琴学姐相向而立的画面特别好看，就跟在拍杂志大片似的。他们的关系似乎很亲密，因为李疏一直在笑，很放松的样子。

王术回神瞧着课本里李疏的笔迹，脸上的轻松渐渐没有了。

李疏回来，见她正凝眉在翻自己的书，随手拉开座椅，问："是我哪里写错了吗？"

王术用笔点着课本右下角的潦草笔记，大言不惭道："……非要说的话，句首这个字母需要大写。"

李疏瞅了一眼："哦，它不是个单词，是个单位符号。"

王术垂下脑袋："僭越了。"

距离上课还有两分钟的时间，李疏几个好事的同学再度凑过来，继续刚才未竟的问题，问王术是谁。李疏沉默片刻，回答他们，邻居。

其中一个同学眼珠转了转，掏出手机，调出二维码，向着王术露出笑齿，热情道："啊，既然只是邻居……同学，是我们学校的吧？不介意的话，我们加个微信互相了解下？"

王术右手正抓着手机，她手指微动了动，尚未来得及说话，李疏便将同学的手机推回去了。他嘴角轻轻勾起，问："你通讯录里四百多个女生你都了解完了？"

所有人开始起哄，有起哄男生到底是"海王"还是"海狗"的，也有起哄李疏"如此开不起玩笑是何居心"的。

王术把脸埋进臂肘里，恨不得自己能长出一对狗耳朵，以便于在必要的时候折起来装聋作哑。

十分钟的休息时间很快结束了，李秋满老师咚地将大茶缸子放到桌上，以一句调侃的"戴棋同学，为师没有教过你夺人所爱"草率地给人物关系定了性，他自个儿哈哈一笑，再咳嗽两声，无缝开始授课。

"你们李老师平时的生活应该很无聊吧，"王术悄声问李疏，"这都能乐歪了嘴。"

"大概吧。"李疏喝了口水回答。

"不要停下，继续喝，"王术盯着他的水杯，"我刚又给你倒了些热水掺着。"

"……我还以为记错了，明明刚刚没剩下这么多。"李疏低声自言自语，嘴角止不住地扬起。

下课铃声刚刚落地，小提琴学姐又来了。这回她拎着琴盒，那琴盒一照面就交给李疏拎着了，她给得自然，李疏也接得自然。她跟王术略点了个头，当王术是这个班里平平无奇的同学，然后催促李疏"再不出发就迟到了"。

"你们有急事啊？"王术打探道。

"啊，对，要去听场演奏会，之后有个饭局。"学姐笑道。

王术闻言一愣，面露尴尬，她立刻说："那我也回去上课了……"继而语调有些刻意地轻轻扬起，"我下节课在逸夫楼，太远了，不跑起来不行了。"

小提琴学姐露出狐疑的表情望向李疏，不过可惜李疏并没有留意她，他只是侧身给王术让出通道，并抬头盯着王术匆匆离去的背影，随口问王术周末有没有空。然而王术根本没听清楚他说的什么，她背对着他挥一挥手，人转过弯就消失不见了。

"你们俩是不是有什么情况？"林钰琪——小提琴学姐——敏感地问道。

李疏听到了，但只默默盯着王术离去的方向出神，并没有回头给她解惑。

"我刚刚跟她说，要跟你，去听场演奏会，再共赴个饭局。"林钰琪刻意断句提醒他。

李疏迟钝地眨了眨眼，突然顿悟并震惊。他刚刚忘了介绍林钰琪是林和靖的姐姐，林钰琪也没有提及还有林和靖同行！

他立刻翻出手机想跟王术解释一下，但调出对话框又顿住了，因为怎么解释都显得很奇怪，万一王术回他一句"你是不是发错人了"，场面就过于戳心了。

林钰琪两只手插在兜里，她琢磨了一下王术刚刚的表现，再瞧李疏的信息迟迟没有发出去，就大略知道是什么情况了。

"你的症状很明显了，我就不多余问你了。"林钰琪说，"没跟人表白呢？"

"……没有。"李疏沉默了下，答。

"那为什么不去呢？"林钰琪问。

李疏留意到课桌上王术落下的黑色发夹，将之拿起塞进自己口袋里。他慢吞吞说："因为她总是假装自然地在避开我，像是不喜欢我。"

林钰琪短促地"啊"一声，因为这个理由完全不在她预料中，所以不由得露出费解的表情。

4

王术家最近两周气氛持续低迷。王西楼越发早出晚归，且回来洗洗就睡谁也不理。杨得意不再在饭桌上分享她出摊时的见闻，甚至有两回明明是好天气她却歇业在家没有出摊。王戎……王戎倒是看不出什么异样，仍然阴阳怪气抠门小气。

王术丈二和尚摸不着头脑。她问他们，是王西楼或者王戎被炒鱿鱼了？是煎饼果子的生意不好了？他们都回答"不是"，不耐烦地让她"少打听"。王术结合家庭伦理剧里的套路，感觉事情只剩下最后一个发展方向：王西楼怕不是外面有人了。

在这个猜测的驱使下，王术开始仔细观察王西楼。

王西楼跟杨得意说话的时候语气似乎有些不耐烦啊，王西楼已经是第三遍抱怨杨得意做饭太咸了，王西楼吐槽房后那一家子天天鸡飞狗跳的吵死人，然后终于说出了那句并不令人意外的"要不是你不长脑子上人家的当"，以及王西楼连续三天接到同一个女人打来的电话了——女人的声音特别沙哑很有辨识度——电话里似乎还有小孩子的声音。

不能吧？不能连儿子都有了吧？！

王术多日观察下来几乎已经确定王西楼有情况了，她甚至都想好应该如何义正词严地批斗他并冷酷通知他"你们离婚我跟我妈"了，突然撞见王戎深更半夜在墙外跟男人接吻，事情猝不及防间就真相大白了。

"……我告咱妈去！"

王术听到王戎的车声，却久不见她进院子，有些不放心出门看看，便撞见了这幕。她一时不知作何反应，神来之笔地脱口而出这句。

"她和爸早知道了。"王戎忍着尴尬斥她，转头掰开男人扣在自己腰后的手，推着他往胡同外面走，并跟他解释，"我妹脑子不好，你不用理她。"

王术监督着王戎把人赶走，然后两手抱胸在墙根的石桌旁落座，她紧皱眉头，用颐指气使的语气，要求王戎必须把话说清楚："那男人叫什么、多大了、哪里人、做什么工作的？以及你们现在进展到什么情况了？"

王术不得不承认，虽然她嘴上总是嫌弃王戎，口口声声巴不得王戎赶紧嫁出去，但是眼下忽然撞见王戎跟人接吻，进而忽然意识到王戎真的有可能嫁出去不再日日回家，她心里格外不舒服。因为事出突然吓她一跳，而且那男人站在墙影里，王术其实并没有看清楚他长什么样子，但此刻在王术心里，那男人十分粗陋可鄙。

王戎难得瞧见王术把在意表现得这么明显，所以并没有跟她一般见识。

"他叫曹平，比我大五岁，本地人，在我们公司附近开着个苍蝇馆子。我们俩认识半年了，最近刚刚开始交往，但是想尽快结婚。"她心平气和地说。

"……你住口！"王术恼羞成怒。

王术听到"大五岁"就听不下去了，再听到"想尽快结婚"，她眼里的小针都飞出来了。

王戎却不以为意，她打着呵欠懒懒道："上班累一天了，懒得理你，我去洗洗睡了。"

王术盯着王戎的背影，咬牙狠狠道："我就说他们最近怎么都耷拉着脸那么奇怪！我也不同意啊，我告诉你！"

"就好像你的意见很重要似的。"王戎奚落她。

王术立刻跳脚，她一跃而起，尖声吆喝："王戎，你再说一遍！"

王戎应声转头对她做了个奇丑无比的鬼脸扬长而去。

一直到这夜凌晨，王术落了下风的委屈和憋闷才渐渐消散。她暗下决心要在王西楼和杨得意面前好好给王戎上上眼药。

我的意见不重要？你给我等着！

因为临睡前跟王戎拌嘴没占着便宜，王术整夜都在做梦报复。在梦里王戎痛哭流涕向她忏悔，说自己好吃懒做、斤斤计较、小气抠门、无所为、蛮不讲理，是个一塌糊涂的姐姐，姐姐中的败类。

王术这个梦做得太解气了，以至于早上出门的时候甚至是哼着歌儿的。

当然，出门前，眼药也没忘给人上了。她趁着王戎在房间化妆，向王西楼和杨得意勾了勾手指，用同仇敌忾的语气小声说这门亲事她也不同意。她这样说的时候眼神还故意阴鸷了两分，露出影视剧里背后嚼人舌根的经典小人相。王西楼和杨得意纷纷表示让她操自己的心去。

专业课过后，是柔道选修课，本学期的第四节柔道选修课。跟前面三节并没有什么不同，王术仍然忙于驯服自己的四肢和僵硬的筋骨，以及忙于被花式摔倒至天旋地转。因为大家默认她跟李疏即便不是男女朋友，也至少有些暧昧的男女关系，所以一直是李疏跟她一组。这个意思就是说，李疏围观并亲手制造了她在课上所有的狼狈。

再一次仰面倒地，王术索性躺在垫子上不起来了。在她左右两侧不断有"砰""砰""砰"人体摔落的声音和混着咒骂的哀号声。王术要脸，虽然被摔得头晕眼花，但当众嘴里一句哀号没有……都闷在了胸腔里。

"你要学会放松，把力量用在正确的地方。"李疏居高临下道。

"你再摔两把，我骨头都松了。"王术摊成"大"字形摆烂。

"柔道讲究推拉制衡，要把对手的攻击力引向别处，以柔克刚，顺势而为。简单来说，力量大的用力量，力量小的用技巧，都能制胜。"李疏这样教着，蹲下来，托起王术汗津津的脑袋将之挪至垫子里侧。

——她的发梢杵到地面上了，他刚刚一直不可避免地在注意这个细节。

王术顺着他的力道调整了姿势，疲惫不堪道："有没有准备我都挨打了，你今天都摔我六回了。"她顿了顿，"要不然给我换个学姐吧，学长下手太重了。"

李疏沉默了下，轻轻拍拍她的肩膀，安抚道："你休息会儿吧。"

王术休息不到五分钟，老师要求学生新旧搭配练习摔倒动作。

王术听到老师说"有基础的同学请不要动，配合一下，让新手们练习用力位置和用力技巧"，立刻就摩拳擦掌站起来了。她围着李疏转一圈，露出"你小子终于落我手里了"的小人得志嘴脸。但不过须臾，她就得意不起来了。李疏即便站着不动不反抗，她也放不倒他——他唯一的一回皱眉是因为被她踩了脚。她前面课程里学到的各种摔技目前为止只停留在理论上，她的力量倒是不小，但仍不够放倒一个一米八四的大男生。

李疏被扯来扯去了半晌，垂眸瞧着累得呼哧呼哧直喘的王术，轻轻叹了口气，在王术某次又要锁他腿的时候放了水，微一侧身做了个精妙的假摔，并配合一句假意仓促的"等下，我没站稳"。

王术重重地压在李疏肩膀上，成功来得太突然了，她有点蒙："我刚刚是怎么做到的？用右脚的里侧勾你的左脚脚跟？我刚才重心压在什么位置来着？"

李疏单手盖住眼睛，说："杵着我眼睛了，你先起来，这回不算。"

王术闻言迅速低头，震惊地看着李疏生理性的眼泪从眼角流到了鬓角。

虽然李疏一再表示这种意外在练习中是常有的事儿，王术也仍旧愧疚不已，剩下的半节课一直在围着李疏打转，五分钟问他一回"眼睛还疼不疼了"。

李疏最开始很疼，但都回复她"没事儿，不疼了"，当然，因为他眼睛仍湿润润的，王术并没有相信。最后一回其实已经不疼了，却审时度势，假装突然视力模糊，跟她说"有点儿"，成功把她的注意力从他们系一个男生身上引开——那个男生特意绕过半个场地过来认学妹有些烦人。

"叮——"下课铃响后，王术忧心忡忡地挡在李疏身前，劝说他去校医那里查一查眼睛。他的眼睛仍然是红的，眼底和眼角都如此。

"真没事儿了。"李疏停下来，低头注视着王术，嘴角突然勾起。

王术抓着他衣服的手指默默绞紧，片刻，又松开。

因为王术已经知道了王戎和曹平的事儿，所以这天饭桌上王西楼和杨得意就不再遮遮掩掩了。他们跟王戎说得很明白，王戎你不要把生活当成偶像剧过，柴米油盐的真实生活里，刚交往就要结婚的，一般并不是因为一见钟情，而是因为他／她有不可告人的隐疾，经不起你一步一步的磋磨。这个"隐疾"并不单指身体上的，也指其他各个方面的。

"我们认识半年了，我自认我了解他比你们了解他深一些。"王戎端着碗生气地说，"我奔三十的人了，你们能不能也让我自己做一回主。"

杨得意不以为然道："他越催你我越觉得他有问题，你自己也说了，你奔三十的人了，你没事儿少看小说多去看看社会新闻，长点儿心吧。总之，绝对不行，王戎。"

王戎目光愤懑转向王西楼，王西楼跟了句"肯定不行"，低头喝粥。

王术夹着尾巴一声不吭，以防在座的其他三位，尤其是吃瘪的王戎拿她撒火。当然，一般情况下王术是不怕王戎的，但眼下这并非一般情况，王戎急得嘴周都起泡了。

晚饭后王术匆匆洗了个澡躲去了钱慧辛家。她躺在钱慧辛的床上，跷着脚抒发自己最近一些天的种种感悟。比如她突然发现，即便王戎很讨厌，她也希望日日回家能见着王戎；比如猥琐男并不常有，要不然柔道还是算了。

再听钱慧辛抒发她的种种感悟。比如她奶奶这样的人余生何以为继——虽然她的余生并不很长了；比如最近经常遇到林和靖，似乎是个脾气很好的人哪。

王术一直磋磨到睡觉时间才磨磨蹭蹭回家。因为夜晚的时间有限，没能跟钱慧辛聊尽兴，这夜将睡未睡之际，王术又兀自琢磨起另外两件事：一件事是，王西楼与杨得意显然是因为王戎找了个他们不满意的男人而生气的，但自己却以为是王西楼出轨，且几乎要将自己说服了，自己可真不是东西。一件事是，同理可证，自己以为的李疏种种接近自己的行为有没有可能也是自己想多了。

也就是说，家庭伦理剧给了她"王西楼为什么吐槽、抱怨、不耐烦，他是不是出轨了"的心理暗示，青春偶像剧给了她"李疏为什么来看我演出、在家给我打电话、大年夜找我帮忙、跟我选同样的课、露出那样生动的笑容，他是不是对我有想法"的心理暗示。

王术翻了个身趴在床上，乌龟似的上下划动四肢，一不小心把正在充电的手机蹬下了床。她下床去捡手机，发现上面有条来自李疏的未读消息，是一个小时前发的。

【禾颂楼404画室，明天下午四点至六点可以预约，你有空来吗？】

王术翻出"请给卑职一个明示"的表情包正准备回复，脑子里灵光一闪，突然忆起两周前他在课上随口说的有空可以给她画一幅素描像。王术盘膝坐在床尾，烦躁地揪着乱糟糟的头发，突然不确信这是"他是不是对我有想法"的有力证明还是"言出必行"的美好品质。

锦绣大道另一侧的公寓楼里，有个年轻人夜跑回来，没有立刻去洗澡，而是去房间里翻手机。他满心期待地抓起手机，然而骤然亮起的屏幕上只有两条新闻推送，没有女生的回复。

——他在发出那条信息的十分钟以后，由于心跳声过于聒噪，索性撇下手机出去跑步磋磨时间。他特地跑出去很远，以为回来能见到她的回复的。

成荟跟男朋友聊完电话出来喝水，差点撞上正路过她门前的李疏。李疏手里握着浴巾、睡衣和手机，正准备去成玥房间洗澡——他自己房间的热水器坏了。

"你洗澡为什么要带着手机？"成荟不满地问。

李疏脚下一顿，撒了个谎："忘记放下了。"

成荟把手伸过来，道："那你去洗，我给你放回房间。"

李疏谎已经撒出去了，不得不交出手机。

"啊，对了。"成荟突然转身，"你江叔叔家里人明天要请我们吃饭，在他们南都区的大澳饭店，我记得你明天下午只有一节课，晚上七点，赶得及的，记得不要迟到。"

李疏望见成荟脸上隐隐的期待不由得一愣，他意识到这顿饭的意义非同寻常。他目光缓缓移开，默然盯向成荟手里依旧没有动静的手机，片刻，唇角轻轻扬起，说："我知道了。"

成荟狐疑地盯着李疏，她感觉虽然自己尽可能淡化这顿饭了——这并非江云集一家第一回请他们母子吃饭——但李疏的眼睛却似乎早把一切都看透了。她微垂下眼皮笑了笑，李疏没说什么，她便也没说什么。

李疏以为成玥睡着了，轻手轻脚地迅速冲了个澡，待要关门离开，突然听到了异样的鼻音。他疑惑地重新推开门，侧耳细听，果然是他家的小学生在抽泣。

李疏回头扫了眼成荟紧闭的房门，重新踏进来，径直走到成玥床前，啪地点开台灯。他不顾小学生的激烈挣扎，将人从被窝里挖出来杵在床头，居高临下道："成乔治，来，跟我说说，是什么事儿值得你大半夜的哭鼻子。"

成玥赌气梗着脖子不理他，两只单薄的肩膀委屈得一抖一抖的。

"你又被人揍了？"

一声剧烈的喉音。

"你又不及格了？"

一声越发剧烈的喉音。

"是因为明天的那顿饭吗？"

成玥乍然被猜中心事，脖子一仰就要放声大哭，李疏眼疾手快地封住他的嘴。然而成玥的情绪已经到位了，声音被堵住，眼泪便双倍往下淌。

李疏垂眸瞧着哭得委屈的成玥，感受着手背上滚烫的眼泪，片刻，他无奈地单膝跪在床上，将哭得直抖的成玥揽进了怀里。

他轻轻给他家的小学生抚背，眼睛里填着心疼，嘴里却用嫌弃的语气说着："只给你五分钟的时间不讲理啊。"

成玥不清楚自己哭了多久，反正肯定比五分钟长，但他哥却并没有掐着点儿把他推开，这让他心里熨帖许多。

"你讨厌江叔叔吗？"李疏问。

"……他缠着妈妈不让她回家时讨厌。"成玥忍着泪意吭哧着说。

李疏闻言忍不住笑了，因为他以前也讨厌——两三年前江云集刚刚出现的时候。成荟答应他的生活小事，比如在他睡觉前回家或是下班路上给他买双跑鞋，总是一再做不到，因为江云集会用各种由头缠着她拖着她。当然江云集并没有什么坏心，他只是不舍得与女朋友分开，事后他总是会及时向李疏道歉。

李疏并没有跟成玥讲什么道理，因为成玥就要满十周岁了，诸如"成荟女士首先是她自己，然后她才是你和我的妈"这样的道理成玥都懂。

成玥说完"讨厌"，呆愣片刻，轻声道："妈妈跟江叔叔结婚以后，肯定会搬到南都江叔叔家去住的，我不想搬去他家住，我想留在这里。"

李疏望着窗帘缝隙里的夜色，道："我们到时候问问妈，她会安排好的。"

李疏安顿好成玥回到房间，刚好听见新消息进来的一声"叮"。他来到书桌前解锁手机，王术生动的回复跃然屏上。

非科班出身相声演员：【给你五十块钱，把我画好看点儿。】

李疏瞧着这简简单单一句话，眉梢眼角的情绪一下子就化开了。

李疏：【……我以为你睡了。】

非科班出身相声演员：【没睡，我反省自己呢。】

李疏：【为什么反省？】

非科班出身相声演员：【我家里最近两周气氛不对，种种迹象表明我爸外面有人。我正准备跟他反目，腹稿都打好了，情绪也到位了，发现是我自己搞错了。】

李疏无言以对：【那你专心反省吧，明天见。】

第四章

1

我追求得不够明显，是吗？

Wang Zhu

1

禾颂楼是艺术学院的教学楼，整座大楼非常"艺术"，以至于王术在楼里转了两圈才找到 404 画室。404 画室不在四楼的 403 室和 405室之间，它在二楼，这谁能想得到呢。艺术学院的领导也是过于顽皮了。

"我就坐你对面？"王术说，"会不会太近了……你都能看清我的毛孔了。"

李疏对面极近的位置放着一张椅子，王术嘴里不甘寂寞地撩着闲坐下，几乎与他抵膝。

李疏微微勾了勾唇捧场她的笑话，他手执画笔盯着她的面孔瞧着，一寸一寸往心里刻录着，听到她略带拘谨地问"我眼睛应该看哪里"，他沉默片刻，轻声道："你就盯着我的眼睛。"

……

墙角那张遮起来的画，似乎画的是某教授呢，那锃光瓦亮的后脑勺和那颗痣别无分号；窗外的树枝上有两只麻雀——大概是麻雀，距离太远看不大清楚；走廊里的同学，我不想听你颠沛流离的感情史了，请你举着你的手机走远一些⋯⋯

王术在李疏收回目光低头作画的时间里十分狼狈地屡屡以外物转移自己的注意力。她从不知道与人对视是如此令人坐立不安的一件事情。李疏执笔目不转睛地注视着她时，她感觉心脏泵血的速度一下子就从绿皮车加快至和谐号。她一度想跟李疏说不画了，但是脑子里乱糟糟的，编不出个妥当的理由。

李疏没有留意墙角的画、窗外的麻雀和同学的感情史，他一丝不苟地观察着王术的面部细节，眼睛、眉弓、鼻底、发际线、耳朵的轮廓、鬓角到眼角的距离、颌结节转折的位置，画笔凌空勾画几下便落在纸上。

李疏得有半年没有画过人物素描了，他爷爷总是告诫他"一日不练十日空"，他自己也以为下笔得诸多磕绊，但实际上他画王术几乎是一气呵成的。王术的脸不够棱角分明，其实并不怎么好画，他却好像已描摹过许多遍。

"有人就是处处都好看，即便遮住脸你也知道他好看。"王术望着李疏没出息地想，"浓长的睫毛、皓白的脖颈、瘦削有力的手指⋯⋯以及喉结。"

王术的目光落在李疏白皙皮肤下微微滚动的喉结上，片刻，她不自在地转开头清了清嗓咙。

天光渐渐变得模糊不清，不单因为夜幕降临，也因为天阴有雨，不过画室里一直开着灯，并不怎么被影响。王术刚坐下来时还会保持面部不动从牙缝里挤出一两句撩闲的话活跃气氛，此时即便是撩闲的话也被榨得一干二净了。两人在极近的距离里对视，彼此之间呼吸相闻⋯⋯一阵轰隆隆的闷雷声过后，楼上有同学推开窗户，不着四六地许愿："信女愿一生荤素搭配，以求一场瓢泼大雨。"

王术轻轻眨了下眼睛，李疏也眨了下，然后两人突然都露出一点点笑意。

"只剩最后几笔了，你很快就可以动了。"李疏低下头说。

"最后几笔"大约用了两分钟的时间，李疏嘴里的"可以了"尚未落地，王术屁股底下仿佛扎了根针，一跃而起。

"我去瞻仰瞻仰。"她假惺惺捶着腰做迫不及待状向着墙角走去。

李疏没能及时捕捉到王术这句话的深意，只顾着再给她补一补头发，待他突然领悟她要做什么，要阻止已经来不及了，只能眼睁睁看着她在角落里石化。

——王术把画架上裸体男人的光溜溜的屁股当成了某教授的后脑勺。

"啪啪"两下，李疏用笔端敲了敲画纸，因为觉得王术"石化"的时间未免太久了。

王术如梦初醒，极力镇定："是哪位学长还是专门请的人体模特？就……挺圆润的，饱满圆润，好看。但是怎么照着某教授的后脑勺长呢。"

李疏露出一言难尽的表情。

我不知道我在说什么。呵。——王术心声。

李疏落下最后一笔，跟王术说"好了"。王术立刻堆出满脸的笑容三步并作两步地跑来。

李疏低头收拾着笔袋等着王术的评价，但两分钟过去了，王术始终一语未发。李疏抓着笔袋转头望去，眼皮微微一跳。王术没有在看画，是在看他。

王术的表情有些复杂，他把她画得太好看了，并非五官上的好看，是神态上的，他笔下的情绪满得都要溢出来了。

"你是不是……"她捻着自己滚烫的耳垂，回忆着片刻前极近距离里的对视，犹疑不决地开口。

李疏注视着逐渐不敢与他对视的王术，轻声问："我追求得不够明显，是吗？"

王术分明听清楚了，却无意识地用升调"啊"了一声，她机械地捻着耳朵，似乎听到了血管里血液奔腾的声音。

"嗡——嗡——"

王术搁在窗台上的手机在这片微妙的静默中突然振动起来。

王术恍恍惚惚转身要去取回手机，脚下突地一顿，她惊讶地顺着自己的胳膊向下望去，瞧见自己昨晚临睡前特地涂上了指甲油的短胖手指正被李疏瘦削有力的手指轻轻握着。

"轰——"王术感觉大火一下子从脚底燎到了发根。

李疏得不到王术的回应，轻轻扯了扯她的手指，他按捺着微末的羞耻感，低头目不转睛地瞧着她，道："做我女朋友吧，王术，我喜欢你。"

王术用投降的姿态举起另一只手，似乎是在说"你别说了"——说的人羞耻，听的人也有些羞耻——但李疏的告白非常简洁，几乎她的手举起的同时他就说完了。

"我喜欢你"这四个字在影视作品里稀松平常得就跟"吃了吗"似的，但在生活中，一个确实是第一回说，一个也确实是第一回听……跟"吃了吗"实在是有本质的区别，仿佛是带了静电，炸得人心脏起了毛边。

"嗡——嗡——"王术的手机溜到了窗台边缘，摇摇欲坠，经不住再"嗡"两回了。

李疏微微俯身去迁就王术埋得越来越低的脑袋。

"你跟我试试吧，行吗？"他问。

半晌，王术撇开头，给李疏留下个红通通的右耳，她硬声抱怨道："……我手上涂的是我姐的过期指甲油，不是指甲胶，你别给我抠掉了。"而后，她的音量骤降，吐字也突然变得不清晰了，跟喝了酒似的，"行。"

"嗡——"

"扑通"一声——手机终于失去平衡，落进墙根的废纸篓。不过王术并没有察觉，因为"扑通"声被她自己的心跳声遮住了。李疏在她说了"行"以后，注视着她突然笑了，她猝不及防被美色袭击了。

这对新鲜出锅的小情侣就这样在画架前赧然牵了两分钟的手，他们在脑海里腾云驾雾跑遍了四海八荒，面上却半点不露，非要说的话，只是最简单的喜悦，和一点点拘谨。

片刻，两人慢慢回归现实，一个去废纸篓里扒拉电话，一个埋头研究地铁线路图——与江家约的是晚上七点，此时六点一刻，地面交通肯定是来不及了，只能在这个晚高峰的时间段去挤地铁。

王术手机上的两通未接来电均来自钱慧辛。因为电话没人接听，钱慧辛随后又发来微信，问晚上能不能来跟王术一起睡。冯家来了一大拨客人，七大姑八大姨的，但老房子就那三个卧室，住不下。

王术轻叹敲字回她：【以后这种事情你直接发信息通知我就行，不必特地打电话商量，破坏气氛。】

王术没头没脑的"破坏气氛"敲出来发出去的同时，李疏确定了距离大澳饭店最近的地铁站和换乘路线。两人拎着各自的东西离开404画室，并肩下楼，两只手在行进间轻微的碰撞摩擦中再度牵在一起。

李疏说："上次一起去听演奏会的学姐，是林和靖的姐姐，林和靖那天也是一起的。"

王术正盯着脚下越来越短的台阶，闻言倏地想起自己那天背对着落日向着逸夫楼快快而去的失落，但她嘴里却并不承认，嗤道："我早就忘了这件事了。"

李疏点点头，说："我也是突然想起来说的。"

两人与上楼的同学擦肩而过，转出中庭，走向落日。

由于出发时间太晚，李疏仍是比预计迟到了十分钟，但是成荟并没有因此责怪他，因为江云集的父母也还没到，说是临行前有些急事耽搁了。又过了二十来分钟，江云集的父母和姑姑到了，晚餐才算开始了。

由于大家并不是第一回坐在同一张饭桌上吃饭，所以彼此问好以后，就纷纷开始夹菜垫肚子了——此时已经快八点了，确实有些晚了。

席间大家泛泛聊着稀松平常的话题，大都、晋市最近的房产政策、十四号地铁开通能不能盘活上棠区、谁谁家的小儿子弄大了女明星的肚子最近正在被逼婚、江云集你车库都塞不下了不要再买车了……

大家都吃得差不多的时候，江家的长辈互相使了几个眼色，将话题扯到了成荟和江云集未来的小孩上。他们不顾成荟面露难色江云集满面苦笑，自说自话津津有味。小孩要是按照江家族谱排名应该叫什么名字，小孩将会遗传爸爸妈妈的哪些优点，小孩上头有两个哥哥疼爱一定从小就像泡在蜜罐里。

——成荟和江云集都是四十出头的年纪，他们结婚以后如果想要自己的孩子并不是多困难的事情。当然，前提是两人有这个打算的话。

成玥正埋头干饭，突然听闻有关未来弟弟的话题，愕然抬头，瞬时觉得碗里的饭不香了。他转头看向左边的成荟，片刻又看向右边的李疏，低眉轻轻咽了口唾沫，抿了抿唇。

成荟觑着座位上首三位长辈的殷殷面孔，艰难道："我跟云集以前商量过，不要小孩。"

江云集的父母听到成荟的话，笑容均淡了几分，但总归没有直接黑脸。

江姑姑笑盈盈道："荟荟，我们私下里琢磨过，你跟云集都不讨厌小孩，那么应该就是顾虑家里的另外两个成员。我们借这顿饭也想跟两个孩子说说。李疏、成玥，弟弟或妹妹不会抢走你们的妈妈，如果日后你们实在不喜欢弟弟或妹妹，也可以不跟他住在一起。但是不要因为一时的偏执想法阻挠你们妈妈。你们妈妈不算年轻了，你们越晚松口，她生孩子就越危险。"

——这就是断定了成荟一定会为江家生个孩子，早或晚的问题而已。

成荟的心理素质非常低，因此时常被强势的人拿捏。譬如此刻，她能迎着三张笑脸硬着头皮说个"不要小孩"，就已经是超常发挥了，实在很难开口表达更多。

成荟伸碗接下江姑姑——虽然因为保养得当却年近七十岁的女士——说着话特地给她夹来的藕盒，头皮发麻，勉强笑道："跟两个孩子没有关系，我自己也不是很……"

李疏截了成荟的话，回答江姑姑："不是一时的想法，是一直以来的想法，不会松口的。"

李疏不留余地这样说的时候，留意到江云集背对着众人的视线在向他微笑点头。他顿了顿，轻咳两声，继续道："我很讨厌再多出一个弟弟或妹妹，我妈对小孩的'不讨厌'也不足以让她愿意大龄生三胎。"

成荟屈指轻轻磕了两下桌子示意李疏注意礼貌，她尴尬着正愁要如何扯开话题，恰在此时最后一道汤端上来了，江云集的母亲就着这道汤不咸不淡地聊了两句，前面的话题就算是揭过去了。

之后各有各的不自在，因为彼此都知道"要不要小孩"这个话题只是暂时被搁置了，并没有结束。唯一一个以为话题结束再无后顾之忧的是"成乔治"小朋友。不过小朋友有别的隐忧，所以也显得心事重重。

"……你吃你的，使劲吃，多吃些，我保证不嫌你胖，我给你盛碗汤晾着。"江云集低声跟成荟说着，给她盛了碗汤，细心地搁在她胳膊肘碰不到的地方。

江姑姑好奇中掺杂着道不尽的酸溜溜，她问江云集："白眼狼，什么时候也没见你给我们盛过汤，怎么荟荟就那么好啊？"

江云集闻言懒洋洋地支使李疏给他们盛汤，转头往成荟肩头一歪道："可太好了，一点不夸张地说，姑，《新华词典》里的褒义词都是形容她的。"

江姑姑简直没眼看，她从李疏手里接过汤，笑骂道："你看看你那不值钱的样子。"

回家路上坐在车里，成玥趁前排的大人不注意，一点点挪蹭到李疏身旁。他欲言又止地望着正闭目休息的哥哥，片刻，满腹愁绪地长长出了口气。

虽然也有他哥开心地把他抱起来荡两下的时刻，但似乎更多的是他哥沉默注视着塌了一半的乐高、磕了一角的歌德耳机、洒了果汁的绝版跑鞋……慢慢将起袖子准备打他的时刻，所以他哥其实是因为讨厌他，所以才不想再要个弟弟或妹妹了吧？

虽然他自己也不想要弟弟或妹妹，但他的原因单纯是他不想把妈妈分出去。

"嗯？"李疏感觉到成玥在身边蹭来蹭去，迷迷糊糊地挤出个疑惑的声儿。

"哥啊，哥，"成玥扭捏地叫着，"……你不是讨厌我吧，哥？"

李疏的大脑晚了十秒才翻译出来这句话，他眼睛睁开一条缝儿瞧着成玥，雨点落在车窗上噼里啪啦的响声吵得他逐渐清醒。他出奇温柔地在成玥脑门儿上轻轻揉了揉，低声道："嗯，不讨厌，没人会讨厌'成乔治'。"

2

"朝霞不出门，晚霞行千里"这句话也并非总是对的。譬如今天，王术与李疏在校门口松手各自离去时，天际的晚霞就铺陈得十分壮观，但也就一顿晚饭的工夫，大雨就落下来了。

王术搬着小马扎坐在屋门口赏雨，在她身后，王西楼和王戎正并肩喝着啤酒补看球赛，杨得意在走来走去收拾着破屋里的各个角落。他们父女仨是因为破产"来到"破屋的，杨得意是因为破产"回到"破屋的，所以杨得意总是愿意在破屋的各个角落里耗费时间。

"我以前要是敢这么浪费电，你姥姥得抄扫帚打我。"杨得意拎着抹布路过，不由分说，啪地关了门灯。

王术皱眉发出不满的长音："妈——"愤愤起身重新打开门灯。

杨得意正要转身离去，瞧见门灯又开了，一下子就搂不住火了，她狠狠将抹布掼到地上，黑着脸扬声道："我就是把你们惯得了！惯得一个个听不进去人话不知道好歹！"

王西楼和王戎暂停了球赛一道望过来。王西楼似乎是要劝些什么，但最终只是轻轻叹息，他转头给了王戎意味不明的一瞥，攥着啤酒罐屁股一再往外挪，一直挪到沙发的另一端。

王术微微偏开脑袋瞧着满面怒容的杨得意呆住，不明白为什么只是这样微小的一件事情，竟然能惹得她大动肝火。她起身重新关掉门灯，再把马扎收起竖回墙边，转身迈着重重的"我生气了"的步伐走向自己的房间。

半个小时后，王术收到王戎的短信。王戎解释，杨得意是对她有气，并非是对王术。她要求王术不许跟杨得意冷战，杨得意正处在更年期，两个女儿同时跟她冷战，她扛不住。

王术其实回到房间往床上一瘫就大概回过味儿了，自己这是给王戎当了炮灰，她毫不留情地讥讽王戎：【哎哟哟哟，就显你懂事儿，你这么懂事儿，咱妈让你跟那个姓曹的分手，你咋不分手？】

王戎大约十分钟后回复她：【有多远滚多远，在（再）敢这么阴阳怪气，点（当）心我破门而入收拾你。】

并不长的一句回复，却有两个错别字，由此可见被气得不轻。

床头的保温杯不知何时见底了，王术倒过来控一控，也就控出来半口水。她在"渴死了想喝水"和"渴死拉倒"两个念头中拉扯了五分钟，怏怏地坐起来。

王术趿拉着棉拖走到房间门口，听到老式拖把哗啦啦转动的声音，她顿了顿，将门打开一条细缝，瞧见杨得意正在拖地。

大概是因为察觉到杨得意心里压着火，她爸爸王西楼球赛也不看了，机敏地用洗澡当借口躲开了——他平日里洗澡可没这么积极；至于王戎，她正在自己房间放着轻音乐。此时小破屋外间里只剩下杨得意一个。她将屋子东南角的诸如米袋、粉条袋、牛奶箱等杂七杂八的零碎物品往一旁挪挪，先用拧干水的湿拖把拖一遍，再用软一些的干拖把拖一遍，然后再将一个个物品归位。

"水泥地再拖也不如瓷砖干净，你歇歇吧。"他们父女曾劝她不必频繁拖地。

"你们歇你们的。多管闲事，我支使你们了？"杨得意每每扶着腰笑着叫他们闭嘴。

王术一直瞧不明白杨得意的坚持，直到上个月的某天跟二姥姥在门前择菜，听到二姥姥的几句话。二姥姥说，这个破屋是你们暂时落脚的地儿，却是你妈从小长到大的家，她在她家的每个角落都能瞧见你姥姥的身影。

晚上十点半，王术正趴在床上琢磨明天如何打开局面与她妈重修旧好，两条来自男朋友的微信消息突然跳进来。一张光线不明的照片，照片里是一只勾着礼品袋沾着雨水的修长手指；一句轻描淡写的留言：【有个礼物给你，如果你还没睡的话。】

王术露出疑惑脸，问他：【不年不节的为什么送礼物？】

"叮"的一声，李疏的回复立刻就到了。这回是一条语音消息。李疏在淅淅沥沥的落雨声里正告她："交往的第一天需要纪念一下，王术。"

王术抓着水杯听完一遍忍不住将音量加大贴近耳朵又听了两遍，露出发现新世界的表情。

大约是因为以前王术心头总是纷纷扰扰，所以虽然也接听过李疏的电话，但只顾听取电话内容，从未留意他的声音。

李疏的声音是很有辨识度的中低音，类似大提琴，低沉、平稳、有颗粒感、有穿透力、有感染力，音色非常高级。他的声音这样贴着耳朵响起，并不是在挠你，是在轻轻撞你。音乐课上老师说，"丝不如竹，竹不如肉"，果然如此。

王术回过神，耳朵瞬时烫得厉害，她不自在地放下水杯，捻了捻耳垂，又有了调笑的心思。她觉得李疏不聪明。第一天需要纪念的话，第一个月需不需要纪念，第一百天需不需要纪念……没事儿给自己刨那坑干啥？她正要假装大大咧咧地取笑他，目光不经意扫过照片里墙角一隅的粉笔字，倏地愣住。

粉笔字写得歪歪扭扭的，用个"狗爬体"都抬举他了，一眼望去根本辨不出来是简笔"丁老头"还是文字，不过也无非是附近无知小儿幼稚的祝愿或诅咒，并不重要。重要的是，那是她家墙上的粉笔字，李疏现在与她只有一墙之隔。

王术只用两分钟的时间就完成了出门见人前的所有动作，她歪着脑袋反手从发圈里掏着头发，飓风般一路刮出卧室，刮至院门外，并未留意到东墙下的石桌旁坐着个吓了一跳赶紧藏烟的人。

春寒料峭的下着雨的深夜，王术钻进李疏的伞下，与他面对面站得极近，依稀是下午他画"最后几笔"时的距离。因为距离太近了，她不得不微微仰起头，保持这样的姿势盈盈笑着。

"你看看喜不喜欢。"李疏把礼品袋递过来，忍不住也跟着她弯起了唇角。

王术低头打开袋子，又打开盒子，看见一块黑色腕表。

"跟我的同款，刚好看到，就买了。"李疏解释道。

"我上一回戴手表，应该还是在小学五年级的时候，五块钱的电子表，夜光款哦。"王术笑着，说，"可我什么都没准备，这样显得我特别不懂事儿啊。"

"你答应跟我试试就是礼物了，不用再准备别的。"李疏这样说着，伸手揪了揪王术支棱在耳侧的小辫儿。王术出来得着急，两个小发辫儿扎得一个高一个低，看起来有些滑稽。

王术说："有礼物收总是开心的，我希望你也开心。"

李疏温柔地答："我现在就很开心了。"

王术听不进去，她顾自琢磨着，道："我先敷衍地给你一个抱抱吧，过两天再给你补个别的礼物。"

李疏这回没有再说"不用"，于是顺理成章地得到一个十分暖心的拥抱。客观地来说，这个拥抱起初不但暖心还十分唯美，就是那种放在偶像剧里会被定格多机位拍摄的唯美……直到王术脚下没站稳，从墙根一尺宽的小斜坡上滑下来差点仰面倒地，而李疏反应慢了半拍差点没能成功捞回她。

两人歪了伞淋了雨，然后重新挤到伞下，一对视都忍不住笑起来。

王术问："你傍晚不是跟人吃饭去了，而且还去迟了，怎么挤出来时间买的？"

"刚好饭店旁边就有这家店，等人的时候过去转了转。"李疏说。

"我刚刚开门见到你时，感觉你不太高兴的样子。"王术手指缠着自己细软的小辫儿，"是饭桌上发生什么事儿了？"

李疏闻言一愣，继而百感交集，王术是他仅见的能把温柔藏得这么深这么动人的人。

李疏承认晚饭吃得不太愉快，因为有些担心成荟以后的日子。江云集如果有办法搞定他家里的三个长辈，长辈就不会把问题直接带到今天的饭桌上。

李疏简明扼要地刚把事情说完，女朋友不出预料地倒抽一口气，立刻护短，相当义愤。

"嘶——一辈儿人顾着一辈儿人就行了，手咋伸那么长？有没有点分寸了？"

李疏听她同仇敌忾这样说，烦闷的情绪转瞬就淡去了，与此同时，夜风似乎没那么刺骨了，就连落在伞面上的雨声都动听了不少。

李疏屈指蹭了蹭王术的脸颊，发现她冻得鸡皮疙瘩都起来了，他有些懊恼自己的粗心大意，说："你回家吧，我也回去了。"

王术应了一声，但脚下一寸没动。她有点舍不得，李疏刚刚抵着墙单手捞回她的动作和李疏一下一下撞击她耳膜的大提琴般的声音都让她流连不已。

李疏也没立刻再催促，他低头盯着自己沾染了黏液的手指，问："你的面膜？"

王术跟拍广告似的轻弹了弹自己的脸，很是虚张声势了一番，然后在李疏盛满笑意的目光里悻悻道："是芦荟胶，昨天不是跟你说了，最近家里的氛围不太友好，我脸上愁出了三颗痘。"

"但是我下午画你的时候还只有两颗。"

"你不说我都忘了问你，为什么把痘痘都给我画出来了，你动笔前我不是隐晦地告诉你了，不必那么写实？"

"……"

两人继续说了几句虽然很琐碎很没营养但却熨帖得彼此面上心里都暖烘烘的话，然后就不得不分开了——他俩明日都是满满一整天的课。

王术与李疏依依不舍地告别，然后王术哒哒哒跑回来关门落锁。她哼着歌儿，满腔的愉悦无处释放，眼角余光突然瞥到墙根下一道一动未动的人影，吓得转身撞到铁门上，撞得铁门"哗啦"一声响。

王术夯着胆子试探着叫："爸？爸？"

足足半分钟后，东墙下面才有了王西楼的声音，他问："他也是G理工的？"

王术听他直接这样问就知道没有狡辩的余地了，乖乖点头回应"嗯"，又觉得羞赧，忍不住问王西楼："你什么时候出来的？"

王西楼故意顿了顿，轻叹一声回她："以后出门稳当点儿，像点样儿。"

王术明白过来他什么意思，大脑当即就炸了。她羞愤难当，匆匆扔下一句"不要告诉我妈"，几个大步便跨回自己房间，闭门关灯一气呵成。

王西楼把烟屁股掐了，抬头默默望着漆黑的夜空。

时间过得太快了，两个女儿似乎就在不久前还在因为一把谁都想掌握的电视遥控器或者谁骗了谁的零花钱这样的琐事跑到他面前声嘶力竭地控诉对方，一转眼就都到了能跟别人走的年纪。

3

王术第二天推着单车在胡同里等钱慧辛出门时，百无聊赖地盯着墙上的粉笔字研究，但盯着盯着，她的面目就狰狞了。她在这胡同里来来回回八百回，都没注意到这墙上的类似简笔"丁老头"的歪歪扭扭的字是诅咒她的——诅咒她天天摔跤，跤跤摔得屁滚尿流。能用这么幼稚的方式诅咒她的，只能是"关南哥"家她那个胖乎乎的便宜"侄儿"。

钱慧辛回着姥姥的话儿推着车出门，瞧见王术愤恨的表情一愣，问她："你咋了？"

王术给钱慧辛解读出墙上幼稚的诅咒，咬牙道："你提醒我这周末去书店时买三本字帖，我给我'侄儿'送家去，以后我每学期都给他送。"

钱慧辛早就听王术绘声绘色描述了她与初中生掐架的事儿，她瞅着墙上那又歪又横的蝌蚪文笑弯了腰，劝慰王术："他又打不过你，写两句出个气就写两句吧，你又不会少块肉。"

王术忆起昨晚差点仰面倒地的情景，露出一言难尽的神色，憋闷道："也不能不信……"

钱慧辛言简意赅地点评她："神经。"

往日里上下午各两节专业课听下来，王术基本就是个废人了。但今日却不同，因为最后一节课她新鲜出炉的男朋友来了。王术考虑到不能让李疏看到自己萎靡不振的模样，极力坐直身体目光灼灼，给了精读老师极大的感动，九十分钟里叫她起来回答了四道题。

"你手机振动二三十下了，群消息你平常都不屏蔽？"王术最后一次答题后，说了一定不影响她上课的男朋友还是影响她上课了，他轻轻捅了捅她的胳膊，示意她去看频繁亮起的手机屏幕。

"就这么一个群没屏蔽，平常基本没人说话的。"王术纳闷儿嘀咕着，点开"英语一班"的群消息界面，然后惊愕当场。

王数学：【@王术，你把材料科学的李疏给搞定了？美人论坛里排名第二的那位？】

李语文：【@王术，太给班级长脸了！本学期班费你不用出，本班团支书给你出了！】

张英语：【@王术，他在图书馆对着你笑的时候，我就知道你这个人必然不简单，但我还不信，你最后真能跟他交往。】

——"张英语"这个说话风格就很有指向性了，显然是体育课上那个不讲武德的学霸。

赵体育：【@王术，你就这样不打声招呼把男朋友带到小班里是不是不妥？】

周化学：【@王术，你别听楼上的瞎说。妥，非常妥，我就指着学长的颜提神醒脑了。上一天课，太困了，今天四节专业课明天一节马哲课，这课表排得就邪门！】

钱物理：【@王术，嫉妒使我面目狰狞，这个题我是做不下去了。】

郑生物：【@王术，已经在巴黎排队，举着学长的号码牌。】

……

因为群里开启了匿名模式，王术并不能辨认出他们是谁——唯有"张英语"醒目得犹如黑暗里的信号弹——她转头茫然四顾，每位同学都庄严肃穆。

王术低头想了想，回复：【@王数学 学长排名第四，谢谢这位不知名的同学抬咖。】

至"张英语"同学发言那里时，王术就把手机屏幕给盖到了书页里，所以李疏并没有看到后面愈演愈烈的起哄。他单手托着耳鬓转着笔，朝王术露出"你们班同学真有趣"的笑意。

王术忍不住也跟着笑。去年刚开学没多久她搬离宿舍，舍友问及原因，她一点没遮掩，直说自己家突遇变故一贫如洗。在这之后，即便她性格大咧，也总能感觉出大家跟她交往时的些微不自然——大家担忧说错话令她尴尬或难堪。她能猜到大家脑补了什么，但苦于很难解释清楚当下"虽有落差，但不辛苦"的状况。如今有这样一个插曲，"一贫如洗"的事情就淡了。

王术忍不住再次往上翻聊天记录，虽然并不知道这些人具体都是谁，但经此惊觉大学同学——虽然均满十八岁挂上了大人相——却也如高中同学似的大面积神经质，这可真是意外之喜。

最后一节课下课铃声响五分钟后，钱慧辛从前面的物理楼匆匆跑来了，她远远瞧见王术的身影，正要举手打招呼，倏地顿住。她不确定地眯了眯眼，脖子再探出去些，确认站在王术身旁的人真是李疏。

钱慧辛把着楼梯扶杆在原地琢磨了两分钟，乖巧地给王术发了条信息，说自己有事儿先走了，转身潇洒离开。其实也没有很潇洒。朋友有了"疑似"男朋友，你在祝福的同时难免心酸，因为你会很清楚地知道，她本就不富裕的分给你的时间日后将会越发地少。

王术正跟李疏商量着要等钱慧辛一起回家——她每周有两天与钱慧辛的课表重合可以一起回家——就收到了钱慧辛的信息。她收起手机，没心没肺地两手一摊，说："她有事啊，那我们走吧。"

昨天夜里下过雨，而雨过并没有天晴。王术与李疏错着一个肩位向前走着，天色灰蒙蒙的，两侧不断有同学擦肩而过，王术感觉这个画面能在自己脑海里保存到八十岁，即便老年痴呆了也不会忘。

"一段美好的感情里，当前这样和谐的画面固然是最高追求，但狗血也不失为一种有益身心的调剂，否则如何刻骨铭心？"王术盯着李疏的侧脸，开始摩拳擦掌琢磨一些危险东西，"偶像剧里的狗血浪漫戏码都要上演一遍，胸咚、壁咚、摸头杀、捧脸杀……"因为大脑里的剧情丰富又精彩，王术默默笑得眼睛都不见了。

李疏低头查阅着手机里老师发来的资料，突然向后伸出手，握住了王术的手。这打断了王术的臆想。也幸亏他及时打断，因为王术脑子里的小电影都已经播到了雨中吃醋追车的桥段。

"我想吃你妈摊的煎饼果子。"李疏说。

王术被如此接地气的"煎饼果子"当头一击，瞬时落回地面，并深深扎根。

"学长，你以前交过女朋友吗？"过了许久，王术问。

"幼儿园的时候交过。"李疏说。

"你真幽默，当我没问。"王术露出假笑。

两人溜达到广场上，正听到杨得意在跟一个神色畏缩的老妇人说话。杨得意说话的嗓门儿一贯偏大，所以只听声儿的话会以为她在欺负人。

"不用谢，谢什么谢，一把面的事儿，不值几毛钱。你跟我姥姥长得像，我看到你就想起她了，以后你饿了就来，只要不下雨我就都在。"

杨得意皱眉把煎饼果子塞给老人，皱巴巴的几张毛票也一并还给她。

王术等到老人脚步蹒跚地徐徐走远后，上前疑惑地问道："你以前不是说，你跟我一样，也没见过姥姥吗？"

杨得意没理她，只用不凉不热的目光扫她一眼。

王术立即反应过来这属于是"善意的谎言"，她给了杨得意两个夸张的大拇指，慨叹道："啊，仔细一盘，我这么出众一定是因为你的基因好。"

"少给我出洋相，滚一边儿去。"杨得意终于露出一点笑意。

王术脑海里回放着昨夜在门缝里看到的那道落寞拖地的身影，越发殷勤讨好，给杨得意捶腰，又问杨得意喝不喝水。

杨得意知道王术这是变相的道歉，让她给递了杯水，给了她个台阶下。当然，因为昨天的事情其实并不怪王术，所以也是给自己个台阶下。

"我同学想吃煎饼果子，"王术说，"你给我俩一人摊一个呗。"

杨得意闻言向李疏看过去，露出个分外和蔼的笑容。李疏时不常地来吃煎饼果子，她感念几个月前这个男生把王术背回家，所以总是不要他的钱，但是他早把车上的付款码拍下来了，总是低头摆弄两下手机就支付了。反正也就几块钱的事儿，她也就不纠结了。这个男生一看就知道家境好，能这么频繁地来吃饼，是对她摊饼手艺的最高褒奖。

"行，给你俩摊。"杨得意放下水杯，洗了个手，重新站到炉子跟前，她低头开火，随口道，"术术，我记得你以前说你俩不是一届的，也不同专业，怎么认识的？"

"在学校里碰巧遇到过几回，然后他家也在这附近，就认识了。"王术神色自然道。

杨得意抬头看看暮色中正望着王术的李疏，再看看面色如常的王术，轻轻勾了勾唇角。

……

两人在杨得意面前很自然地一左一右分开，作势要各回各家——仿佛真的是彼此住得近所以放学路上顺道一道啃张饼——然后各自绕半个圈一前一后出现在锦绣大道中段一家叫作"小美好"的比较高档的饰品店里。

"比较高档"的意思是一个巴掌大的钥匙扣百八十块。

"两块钱就能解决的事情为什么非得花八十……"两周前，钱慧辛曾与王术一道站在钥匙扣前这样抱怨，又目不转睛盯着那个手工编织的东西，迟迟不肯走开。

"你喜欢这种风格的？"李疏惊讶地望着躺在王术手掌里的叮当猫。

"我出门都懒得拿钥匙，要这个干什么？是给辛辛的。"王术仔细检查着叮当猫有无瑕疵，头也不抬地回答他。

王术昨天夜里听到胡同深处钱慧辛她姥爷冯大年的斥骂声。嗯，那个时间其实已经开始下雨了，但冯大年的叱骂声太大，都压着雨声传到她家院里了。似乎是因为钱慧辛又说了以后不结婚一个人过之类的"耸人听闻"的言论。

王术的人生阅历也并没有比钱慧辛多，不知道要怎么帮助她，只想让她开心些。

"店里现在有活动，满一百减二十，钥匙扣八十九，请问您还需要些别的什么吗？"收银小姐笑眯眯问。

王术就近扫了一眼，利落道："两包大白兔奶糖，谢谢。"

王术结账扫码，再分给李疏一包奶糖，然后做作地移开一步让出收银台前的位置，露出"轮到你了"的表情。李疏望着王术眼里明目张胆的调侃，忍不住笑了，松口承认："我没有什么要买的。"

两人稍早前吃着煎饼果子曾有如下对话。

李疏问："你直接回家吗？"

王术将最后一口饼塞进嘴里，鼓着腮帮子道："我顺路去买个钥匙扣。"

李疏说："我也有东西要买。"

王术揩着嘴巴面露疑惑："你要买什么？"

李疏认真回忆片刻，恰到好处地露出挫败神色："忘了名字，可能到那儿就想起来了。"

王术认真思索片刻："行，那我们分头走，不然回去我妈又要问东问西。"

王术起初以为李疏真的有东西要买，毕竟他的表情如此认真，而人们确实常常会碰到名字就在嘴边但说不出来的状况。此时王术独自前往"小美好"的路上，不经意望见一对黏黏糊糊的情侣时突然顿悟，于是风越吹脸颊越烫。偶像剧过于虚浮了，胸咚、壁咚、摸头杀、捧脸杀什么的也过于流于表面了，其实单单是知道你对象舍不得与你分开就足够你上头了。

……

既然眼下已经到了"小美好"，青铜街也就不远了。李疏的意思是，要不然我送你回家。王术颧骨上扬，开心得溢于言表，但仍保持着最后一丝的理智将之拒绝。王西楼和王戎都是这个时间点到家，让他俩看到又得被盘问。

李疏离开的时候内心颇有微词。天还没有黑透，为什么这么早就要回家？又不是未成年人早恋，为什么要躲躲藏藏？但他并没有表现出来。因为那样感觉有种长不大的小孩子气，而他非常讨厌长不大的人。

4

王术的礼物在两人交往的第四天终于送到了李疏手上。因为李疏说赠她手表是因为自己有块一样的，王术便给李疏也买了个同款——一件石板灰卫衣。

王术去年生日从王西楼手里接过这件卫衣时，听到了王西楼仿佛牙疼的"嘶嘶"声——那时他们老王家尚未一贫如洗。她自己前几天付款的时候，也不小心发出了同样的声音。王术账户里一共一千四百六十二块，下单付款以后，只剩下三十二块。

"你为什么买这么贵的东西给我？"李疏打开礼物袋子，沉默半晌，问。

是个非常知名的运动品牌，而这件卫衣又是品牌与某位名人堂运动员的联名款。

王术面露疑惑："啊？但是你自己身上的衣服说不定更贵吧？"

"你是按照我的消费水平送我礼物的吗？"李疏问，"那下回我想要个前不久刚出的徕卡微距镜头，M 系列，6400 万像素，画质和感光度都是同级别镜头里的巅峰……"

王术脑子里突然闪出一句轻描淡写的"太贵了得再考虑考虑"，她上前按住李疏的手，真诚道："僭越了，对不起。"

李疏面色稍霁，但仍是缓缓说出了最后一句："我要是再送你什么东西，我们会不会因为你没钱回赠而分手？"

王术与李疏四目相对，她踟蹰片刻，主动丢盔弃甲。她默默点开支付宝，给李疏瞧自己三十二块的余额，可怜巴巴道："一把就掏空了，以后不会了，客观条件不允许。我这点儿余额就只够再请你吃一碗牛肉面，而且还不能加牛肉的那种。"

李疏露出又好笑又无可奈何的表情。他其实很喜欢王术给他礼物时的傲娇表情，也很喜欢王术挑的这件衣服——跟他的日常穿衣风格很像，但他也非常明白王术的困境，他不希望她因为跟自己交往有任何压力。

王术说："我以后一定量力而行，再也不打肿脸充胖子了。"

李疏伸手轻轻搂了搂王术的肩膀，在她看不到的位置嘴角倏地上扬。距离王术越近越觉得她可爱，即便是打肿脸充胖子也很可爱。

王术害臊地左右回顾着，抬了两回胳膊，终于回搂上去了。她仰着脑袋卡在李疏肩膀上，絮絮叨叨："但是李疏，你凭良心说，衣服好不好看。我去年为了得到它，给我爸当了一个月的使唤丫头。"

李疏在王术耳边轻声道："好看。"

王术的鸡皮疙瘩肉眼可见地立起来了。

刚刚开始交往的人总是见缝插针地想待在一起，王术和李疏也不例外。所以一方有课时另一方如果不方便蹭课就去图书馆待着，就图个最后能两人一起骑车回家，即便回家的路只有十几分钟，几乎是眨眼就到。

嗯？钱慧辛？钱慧辛当先就说了，她不想跟个三心二意的人结伴上下学，就此别过吧。

——钱慧辛听到王术扭扭捏捏地坦白自己在跟李疏交往时并没有表现出意外，毕竟她老早之前就怀疑王术和李疏之间有点什么。

"……嘶，讨厌，哪有你这样接吻的，我舌头都麻了，叫声'师父'听听，我教你呗。你叫我声'师父'可不亏啊，我昨晚几乎是倾囊相授了。"一对情侣在图书馆肆意散发两人之间的荷尔蒙，他们挤坐在一起，一会儿用自以为很小的气声打情骂俏，一会儿脑袋抵着脑袋吻得难解难分。

王术心烦气躁中第N次抬头，瞧见对面两人又吻在了一起，她实在忍不下去了，啪地合上精读课本，不耐烦道："差不多行了，一个小时了，同学，让不让人看书了？"

情侣中"好为人师"的女生几乎是被人直唾其面，却一点也不害臊，她轻轻拂开黏在鬓角的一缕头发，要笑不笑道："羡慕你也去找个男朋友啊，同学。"

王术愤然道："男朋友谁没有啊，但请你不要偷换概念。我没有羡慕你，我只是提醒你和你男朋友注意素质，这里是图书馆，不是人体交流中心。"

——"你们都亲出水声了。"王术把最后这句指控咽下了。

那女生心理素质十分强大，她闻言嘲讽道："你真是很搞笑啊，是谁让你一直盯着看了吗？真的，听句劝啊，你去找个男朋友，就不好奇别人那点儿事了。"

王术被女生的倒打一耙气得倒仰，她瞧一眼突然从书架后面转出来的人，重重道："我没有好奇你们那点儿事，我说过了，我有男朋友，我男朋友现在就站在你们身后。"

王术话音刚落下，旁边座位几个一直敢怒不敢言的同学也迅速抬头向女生身后看去。

那女生转头见是李疏，脸上的表情更嘲讽了。她认识李疏，这朵高岭之花哪里来的女朋友，而且是如此貌不惊人的女朋友？

"点哪个哪个就是你男朋友吗？"那女生好整以暇支着下巴笑眯眯地说，"你醒醒回家再睡。"

"做这种事非得是在图书馆吗？你们真的不嫌挤？""高岭之花"突然这样问。

那女生缓缓露出震惊的目光，而震惊里又夹杂着隐隐的羞恼。因为李疏这些话是对着她的男朋友说的，而李疏的表情显然根本没有认出她，即便他们初高中都是一个学校的，且她还和他们班班长暧昧过几个月。

李疏只当他们是个不足挂齿的小插曲，他随随便便抛个问题出来，并不在乎他们回不回复。他好脾气地等着王术慢吞吞收拾书包，然后牵着她的手离开。

王术跟着他走，悄声问："距离下课时间还有半个小时呢，你怎么提前出来了？"

李疏说："是个小考，我交完卷子就出来了。"

两人刷卡出了图书馆大楼，李疏突然问："'人体交流中心'是个什么机构？"

王术一愣哈哈大笑："我杜撰出来的机构，是不是听起来就很有成人色彩？"

王术与李疏在 G 理工图书馆外说笑时，王戎正在被曹平求婚。

王戎被这场突如其来的求婚打得措手不及。她明明跟曹平说过家里人现在的态度，曹平也答应再给她一些时间的。正值晚餐时间，店里的客人以及曹平的几个朋友都在起哄叫她"老板娘"，她被架在那里，不得不点头应下了。

"你说过你愿意再等等的。"王戎悄声向曹平抱怨道。

"我真的想早点跟你过日子，早上出门和晚上回家时你都在。"曹平露出痞帅的笑容。

王戎皱起的眉头因为那句甜言蜜语松了松，她问："那我家里那边怎么办？我爸前些天都把户口本锁到单位保险柜里了。"

"悄悄去把户口本挂失再补办呗，你都奔三十的人了，这还需要人教？"

"我就是奔四十了，也得尊重我家里人吧。"

"……我开玩笑的，你急什么？戒指寄到了就顺便把婚给求了啊，反正现在跪也是跪，八百年后跪也是跪。"曹平微妙地顿了顿，声音骤然降低，不以为然道，"再说你家里人指手画脚的时候也没多尊重你吧。"

王戎一时气短，色厉内荏道："谁说需要八百年了？过段时间我爸生日，到时候你来。"

曹平面露狐疑："这回说好了？"

王戎其实也是一时上头这样说的，她爸下月月初的生日，此时已是这月中下旬了，只剩寥寥十来天的时间她想不出有什么办法能说服父母。但曹平露出这样略带嘲讽的表情一问，她颇不服气，立刻就把腰杆挺直了。

"说好了。"她说。

王戎离开曹平开车回家前把戒指摘下来装进包里了，但下车前细细琢磨片刻，又把戒指掏出来戴回手指上了。她给自己鼓了鼓气，以破釜沉舟的力道摔上车门回家。

结果家里全是睁眼瞎！那么明晃晃的一枚戒指，谁都没看见！

饭后收拾碗筷时，王戎在王术面前十分刻意地伸了两回手，可算是引来了王术的咋咋呼呼。

"爸！妈！妈！你看看她戴的什么！"王术抓着她的手腕，不许她缩回去。

——这要不是她故意自导自演，王术这种小人行径她真想给王术一脚。

王西楼和杨得意纷纷看过来，片刻，一个放下电视遥控器，一个放下手机，向王戎围拢过来。

……

王戎心机地假借戒指令父母以为事情已无可挽回，然后又峰回路转，诚恳又委曲求全地说，没有父母的首肯她是不会轻易嫁人的，只不过一枚戒指而已，能收也能退。

王西楼和杨得意心脏坐了回过山车，心有余悸地做出了让步：结婚仍旧不行，但可以先订婚，订婚的时间你们可以自己定，不过两家人坐一起吃顿饭就行，不必知会亲戚朋友。

当然，既然答应可以先订婚了，那么邀请曹平正式来家里吃顿饭也就没什么大不了的了。

"也不是学历或者经济的问题，我就是看不上他的面相吧，我总感觉他不是个正经过日子的。"三更半夜，杨得意心慌意乱睡不着觉，倚着床头坐着，与同样睡不着觉的王西楼说话，"而且上回在饭店偶遇，戎戎前面不知道说了句什么，你看他当时那坏脸色，要不是戎戎一抬头瞧见我们叫了我们，他那是想干什么，当众嚷她吗？"

"这些我都跟戎戎说过了。戎戎说知道他性子急躁，但他对她挺不错的，有什么都想着她。"王西楼犹豫不决慢慢说着，"我年轻的时候性子也比现在急躁。多接触接触再看看吧。"

"跟你年轻的时候不同，你急的时候我看着不害怕，但他我就觉得有点……吓人，"杨得意最后的"吓人"两个字说得有些重，并补充描述道，"眼神有点阴鸷，有点像辛辛她爸。"

王西楼倒是没有觉得曹平当时的表情有多吓人，年轻情侣间闹点小矛盾挂脸很正常，但杨得意提到"辛辛她爸"，他仍是犹豫了。

"我跟戎戎说让她多留意下，不行就买点防身用品。"他说。

"她肯定是不听的，她本来就嫌我们对她对象有偏见。"杨得意道。她想起王戎戴在手指上的那枚戒指，仍是有些隐怒和后怕。

"隐怒"是因为即便只是答应他们订婚也仍是不甘的，而"后怕"目前为止倒并没有什么依据。

杨得意半躺在自己母亲曾经睡觉的房间，愣愣地瞧着窗帘缝隙漏进来的微弱的灯光长吁短叹——也不知哪个讨债鬼上完厕所又忘了关灯。

第五章

/

顽强又茂盛的自我修复能力

1

四月以来，气温稳步上升，大家依序脱下了保暖衣、薄毛衣、外套，个别格外怕热的甚至直接跳到短袖。四月下旬突降大雨，气温一夜骤降，一波收割了无数"人头"。李疏就是无数中的一个。王术因此十分愧疚，因为怕热而穿短袖的那个二百五是她。突降大雨时李疏将自己的外套披到她身上了。

"你趴桌上闭眼休息会儿。"王术瞧着李疏时不时粘在一起的眼皮，实在不忍。她伸手托起他的下巴，引领着他趴到自己团成一团的摇粒绒外套上。

"……他们到了你叫我。"李疏趴下来时注意到她今天穿着同款卫衣，露出恍惚的笑意。

他们今天跟钱慧辛和林和靖约了爬山，那两个人不约而同地迟到了，他俩便索性先往上爬了一段，来到晋市最新的打卡地——决然庭。决然庭被打卡与它本身的历史文化底蕴没有关系，纯粹是因为大明星徐回前不久在这里拍过一张照片。李疏往小庭院里一坐就起不来了，呼哧呼哧喘着，没精打采。

"你都这么不舒服了为什么要答应出来？"王术问。

"林和靖抱着我的腿哭着求我的。"李疏困得声音都有些迷糊了。

李疏半睡半醒中，一只手臂蜷曲着拢在头顶，一只手臂耷拉下来松弛地握着王术的手。他的体温有点高，传染得王术的局部体温也跟着升高半度。

大半个小时后，林和靖和钱慧辛一前一后爬上来了。王术低声让他俩也去一旁休息会儿，顺便给病号再多一些休息时间。林和靖笑眯眯点头，顺便给王术递过来两瓶水，问她话剧社团最近有什么活动没有、柔道学得怎么样了云云。钱慧辛感觉王术一边回应一边痴笑凝望男朋友的模样有些伤眼，给了她个"你矜持点"的警告眼神，去庭外台阶上坐着背单词了。

"Because if you get too attached, you are just setting yourself up for loss. set oneself up for loss, set oneself up for loss……使自己处于失去的状态……set oneself up to loss……"

钱慧辛没什么语言天赋——高考时语文和英语都拖了后腿，此刻也毫无意外地在死记硬背，一句"set oneself up for loss"低声叨叨了两分钟，中间只是走神了一倏忽，就把"for"记成了"to"。

林和靖不知何时站到她身后来了，他给她纠正回来，顺便纠正了她句子的重读音节，得来她不知好歹的戒备一瞥。林和靖没跟她计较，他很和善地笑了笑，也给她留下一瓶水，继而戴上耳机转去一旁坐着休息了。

钱慧辛把自己写满四级高频单词和句子的小笔记本塞进包里，她屈起长腿瞧着膝下的石子愣怔片刻，一直绷着的劲儿松了下来，将脸徐徐埋到膝盖上。

她刚刚背短句时走神是因为突然想到了林和靖。

两周前，她在第三监狱门口坐着发呆，与林和靖偶遇。

　　她那时心情不好，因为她妈妈没有出来见她——这是偶尔会发生的事情。这回是因为她妈妈得知她没有离开晋市去一直向往的海市上学。在此之前，她一直假装她去了海市，她姥姥和她小姨来探监也没有拆穿她。

　　"真是多嘴多舌。"钱慧辛手里攥着薄薄的会见卡，暗骂那个泄露她秘密的人。

　　高考填志愿时，钱慧辛鼠标一转离开了海市的那所学校。她说，我得守着我妈，她在这儿，那我哪儿也不去。她的语气特别波澜不惊轻描淡写，就仿佛那座三面环海的城市只是短暂地在她的备选项里出现过一瞬，并不曾贯穿她从小到大的梦境。

　　钱慧辛将脑袋埋在膝盖上，开始琢磨下个月的今天是星期几，学校里有没有课。她有点后悔，昨晚应该坚持让姥姥一起来的，姥姥要是来了，她妈妈可能就能见她们了——总不能让老人家也白跑一趟。

　　不过这事儿拆穿了也不是全然麻烦，最起码以后可以月月都光明正大地来了，不必再挖空心思寻找借口，什么机票一折当然要占这个便宜、高中很照顾她的班主任住院了所以回来探望——此处真诚向高中班主任鞠躬致歉……

　　钱慧辛正烦躁不已，听到正前方有人在叫自己。她疑惑抬头，见是林和靖。

　　林和靖问她："你没事吧？"

　　钱慧辛面无表情地望着他，她觉得自己与这个男生偶遇的频率似乎过高了，偶遇的地方也过于邪性了。

　　"有意思吗？"她蹙眉冷冰冰地问，以为林和靖是个追求者——毕竟她长得挺好看的。

　　林和靖顿了顿，跟她后面正走出来的高大狱警打招呼："大哥。"

钱慧辛倏地收敛不耐烦的神色微感窒息。

"东西都塞进去了？没落下什么吧？"高大狱警问林和靖，没留意旁边的服刑人员的家属。

"应该没有吧，二姐是按照你的清单收拾的。"林和靖说。

路对面停着一辆黑色奔驰轿车，轿车车尾立着一只黑色行李箱——28寸以上，但先前林和靖在较近距离挡着，钱慧辛没有看到。

林和靖与狱警说话的时候，钱慧辛起身走了。她需要步行一段距离至衡河水库下游某处，在那里等个专线小巴回城，再转乘公交车回家。

一声清脆的"叮"小范围内打散了雨前的灰雾。

钱慧辛慢半拍掏出手机扫一眼过去，是来自林和靖的微信消息。他说自己要回城可以捎上她。钱慧辛假装自己没有读到这条消息，埋头在灰蒙蒙的天色里继续行走。片刻，林和靖又打来电话，钱慧辛抿了抿唇掐断他的电话，他便没有再打来。

王术忍不住一直看向钱慧辛，连男朋友的牵手都渐渐不香了。片刻，她终于下定决心，一点点挣脱李疏的手掌，起身走向石阶上的钱慧辛。

"辛辛，你不高兴啊？"王术蹲在钱慧辛身旁。

"没有啊，"钱慧辛脸压在膝盖上打了个呵欠，"我就是睡得晚起得早了，打不起精神。"

"你干啥了睡得晚？"

"我背单词啊。"

"你今年不是不打算考级吗？"

"那也得准备起来啊。"

"那也没有必要熬夜准备吧？"

"……你老是打破砂锅问到底真的很烦人哪。"钱慧辛笑得无奈又温柔，"行吧，跟你说实话。我姥爷昨晚睡前洗着脚又跟我说，我要是再说些疯疯癫癫的浑话，他就要把我赶出家门。迫于形势，我屈服了，说，行吧，那婚期就定在毕业当天，新郎到时候现逮。老头儿一听，又嫌我态度不端正不诚恳，给我上了半夜的思想教育课。"

王术露出痴呆脸，沉默了下，劝道："你就不能不跟他讨论这种话题？"

钱慧辛拧开林和靖给的水，仰头喝了一口，说："没跟他讨论，是上回说过以后，他从此就惦记上了，时不时地就得点我两句。昨晚我姥姥睡得早，也没个人给我俩调停。"

王术抱膝蹲着，跟着她苦恼，并没有什么良策能进献给她。

"事已至此，先吃饭吧。"钱慧辛慢慢直起脊背，露出不在乎的笑意，"走不走啊，再不走饭点儿赶不到山顶了。热搜上不是说了，山顶那家饭馆限量又限时。"

钱慧辛嘴里的"饭馆"是晋市本地最近特别有名的一家私厨，位于此山山顶，且仅此一家别无分号。这家私厨前不久在本地热搜前十盘桓了整整一周，热搜词条是"坚持不赚穷人钱的良心饭店"。它不仅限量限时，还是会员制，且不许自由点单。

李疏没有会员，但李疏一生致力于吃喝玩乐的舅舅有。

王术闻言表情一整，严肃道："啊，错过饭点儿可不行，我好不容易养出来的一百多斤的肉，一两都不能少。我去叫醒李疏。"

王术叫着李疏的名字离开以后，钱慧辛也起身走到道旁去研究木牌上的路线图，一直支棱着一只耳朵的林和靖默默摘下了并没有播放任何东西的耳机。

他眯眼望着天际的一行黑鸦，再度确认，自己真的是很喜欢这个不在防备状态下的女生。

两周前她掐断他电话的时候，他就位于她右手边不远处。他坐在车里，瞧着她似乎是有些愤怒地挂断他的电话，之后她目露迷茫在原地站了两分钟，然后抬脚继续往前走。她走到水库的时候下起了小雨，他正要下车，看见她撑起了伞，慢慢走远。

一行人又等李疏休整了一会儿，然后稀稀拉拉慢慢向山顶行去。"稀稀拉拉"的意思是钱慧辛在最前头，一分钟的空镜以后是林和靖，再两分钟的空镜以后是缀在最后面的王术和李疏。

今天气温 25℃，不高不低，再有几缕东风扑面，体感其实是非常舒适的，李疏补了半个小时的觉，精神回缓几分，慢慢领会到这种舒适。

"林和靖是不是想追辛辛呢？"王术面露狐疑瞧着走在前头的两人，问李疏。

"他表现得还不如我明显，为什么你就能看得出来？"李疏问。

"你表现啥了？"王术问。

"……"

李疏顿了顿，移开视线，说："不聊这个了。"

距离山顶越近，城市的建筑群就变得越灰扑扑的，而天地也越发辽远。四个年轻人百无聊赖地走走停停，至正午时分，终于登顶。白雾缭绕，碧波荡漾，最高处的风景果然是最漂亮的。他们用亲眼所见给这个结论盖了个戳。

王术以君临城下的气势缓缓叉腰，她在李疏盛着笑意的目光里，郑重阐述了自己此时此刻的想法："下山的路漫长得令人绝望，要是能有个共享单车就好了。"

钱慧辛轻轻拍了拍她的肩膀告诉她："能有，只要不选来时的路就有。"

私厨就在山顶白墙灰瓦的会所里，李疏报了舅舅的卡号便被放行。果然是只问忌口不许点单的。约十分钟后，一道道菜就端上来了，一路步行上来饥肠辘辘的年轻人没听完服务生的讲解就开动了。

"……平心而论，毫不夸张，是那种即便你撑得站不起来都还想用个馒头把汤底给蘸着吃掉的水平。"后来某天，王戎来跟王术打听这家私厨时，王术如此评价道。

果然，这家私厨霸榜上热搜有它的道理，从各个方面来说。

"不选来时的路"不单有共享单车，还有一座香火并不怎么鼎盛的观音庙。一行四人饭后又在山顶消磨半个小时，翻过山头，前行大约十分钟就来到了庙前——共享单车停放点还在观音庙斜下方一百来米处。

"来都来了，进去看看？"王术转头跟其余三个人商量。

其余三个人一致附和。

钱慧辛走在最后面，又本着"来都来了，上个香吧"的想法，去旁边花七块钱买了一札线香。她默然犹豫片刻，分他们一人三根。

——钱慧辛原本以为李疏和林和靖可能不会接香，他们精神富足没有宗教信仰，生活顺遂没有求而不得，而且这是个如此破落的小庙。但他们都面不改色地接了。虽然多少有些意外，但倒也合乎情理，因为他们都是非常有教养的人，只要不被触碰底线就不会给人难堪。

说是观音庙，但似乎里面各路神仙都有。"你要是观音菩萨，你也愿意多多去自己的床上休息，少少去大通铺的"，钱慧辛的姥姥曾这样跟钱慧辛解释她不就近来这里上香的原因，其他信佛的人大概也是一个意思，所以此处香火才不鼎盛的。

小小的庙院里参天大树遮天蔽日，倒是有四个香炉，但是因为此处麻雀比人多，只有特别靠近香炉才能闻得到隐隐约约的檀香味儿。

"你这求啥呢？"王术点燃线香，问。

钱慧辛把燃香插进香炉里，她也不知道菩萨今天来没来"大通铺"，只管双手合十低声说着自己的诉求，说完还很有礼貌地用一句"麻烦了"做结语。

"求我妈能安安稳稳的，每一天都能比前一天想得开些，"钱慧辛说，又问她，"你呢？"

王术一时想不到有什么可求的，很有心计地道："我就是简单串个门儿，跟菩萨唠唠家常，先混个脸熟。好钢要用在刀刃上，等我想到要求的事再说。"

林和靖听到王术要跟菩萨唠家常，不由得笑了，他目光从钱慧辛身上收回，说："我觉得你跟我奶奶说不定能当闺蜜。"

"你奶奶来晚了，她已经有个二姥姥了，饭点儿前老能见到她们蹲门口热火朝天聊天。"钱慧辛难得主动接林和靖话茬儿，"上周二姥姥把她聊急眼了，人家还上门给她道歉来着。"

李疏闻言露出恍然大悟的表情，他在落地窗前确实经常能见到王术跟一个老太太在胡同里或者院子里待着，大概就是她的这位"二姥姥"。

林和靖不动声色地鼓励钱慧辛继续跟他对话，问："她什么事儿急眼的？"

"我听她妈说，是因为争论狂犬病的潜伏期。她说潜伏期一到三个月，二姥姥说十年，她给二姥姥百度出来专家解释，二姥姥说专家解释得不对，她娘家邻居的亲戚以及她自己外甥媳妇家的亲戚就是小十年。王术有些词穷，说那他们可能是个例，二姥姥啐了口，说屁的'个例'，你读书读傻了……总之最后王术端着饭碗气冲冲回家了。"

林和靖根本没有认真听钱慧辛具体在说什么，他的全副心神只落在她说话时的神态上。他仍记得自己上回在李疏面前的大言不惭——可爱在漂亮面前还是有些局促，此时此刻，瞧着面前笑出梨涡的钱慧辛，他突然意识到他当时似乎没把话说完，后半句应是"但是可爱如果能和漂亮叠加，那出来的效果是直击心灵的"。他此时就感觉面前的人直击心灵，虽然那人戴着呆板的黑框眼镜，头发也跟狗啃似的剪得不齐整。

钱慧辛本人并没有察觉到自己无意间直击别人心灵这件事儿，她解答完林和靖的疑惑，又遥遥向大殿里慈眉善目的菩萨拜了拜，就溜达到一旁去了。

王术听到钱慧辛爆料自己被老太太聊急眼这个事儿有点羞愧，她正要狡辩自己那天根本没有急眼，余光瞥到旁边正等着她插香的李疏，倏地一愣。

李疏垂目凝视着她，眼里的笑容含糖量超标，甚至都有些不符合他的人设了。

王术的手抖了一下，差点断了香，她的脖颈耳根唰地红了。

"你怎么没有戴那块表？"李疏问她。

"爬山呢，要是摔一跤摔坏了可怎么办？"王术喃喃道。

半个小时前在山顶休息时，王术与林和靖趁着李疏不在聊起来。

"我总感觉他应该会喜欢小提琴学姐那样有气质有个性的女生，哦，小提琴学姐就是你姐。"王术顿了顿，谨慎地补充，"我并没有说我没气质……只是我的气质比较'五谷杂粮'。"

林和靖起先被"五谷杂粮的气质"这种描述给镇住了，半晌没说话，待缓过神，忍笑向她解释："李疏跟我姐认识十来年了，但能聊天也不过是近两年的事儿。他们这种人不喜欢跟自己类似的人的。"

王术抱膝蹲着，露出"我没听懂，你详细说说"的表情。

林和靖毫不犹豫地道："高冷慢热说话直，很容易生气，很难哄好。呵，他们自己最明白自己这种人的臭毛病了。"

王术听出了林和靖的怨念，轻轻拍了拍他的肩膀聊作安慰。

李疏全神贯注的眼神和高糖分笑容都太有杀伤力了，以至于王术的脑子都有些迷糊了，她此时突然忆起林和靖不明所以的怨念，不以为然地想，人非圣贤，谁没点儿毛病，他长得好，可以有两倍的毛病。

傍晚，王术与钱慧辛在锦绣大道上告别李疏和林和靖，并肩转入青铜街徐徐前行。

"五一假期你们俩有没有什么约会计划？"钱慧辛问。

"又不是异地恋，就隔着一条锦绣大道，半夜无人时吆喝一声彼此就能听见，咋还需要制订'计划'？随叫随到呗。"王术潇洒一摆手，"不过三号我爸过生日，王戎要带她不受欢迎的男朋友来家里吃饭，所以三号我没空，得留下来看场子，以防最后谁没忍住掀桌。"

"你姐的男朋友就这么不行吗？"钱慧辛问。

"……其实细想想，似乎她男朋友除了岁数大些，也没什么其他显著缺点。"王术公允地道，"可能就是他太着急跟王戎结婚，令我爸妈觉得不安。虽然也听说过有见面三回就去民政局的，但是我们都知道，王戎并没有长出一张令人迫不及待想跟她结婚的脸。"

"上回你姐抽你，我真不该拦着。"

2

五月二号，王术和李疏晚饭后临时起意乘着凉风一起出门看了场电影——只隔着一条马路谈恋爱果然方便——即完成了小长假期间的约会。之后李疏便不在晋市了。他之前答应成玥小长假要带他去舅舅的农场喂羊驼。"舅舅的农场"在两个小时航程的肃市。

五月三号，王戎的男朋友曹平如约上门了，拎着烟酒茶叶什么的。虽然内心实在不怎么欢迎，但王西楼和杨得意面子上一点没给人难堪，一直热情地"小曹""小曹"地叫着，问他母亲身体如何（曹平父亲早逝）、饭馆生意怎么样，当然也向他陈述王家的各种情况、讲一讲王戎小时候的鸡毛蒜皮的事情。虽然王术严阵以待，但是这顿饭吃得还算是平顺。

"妈妈，有没有改观？小曹这个人是不是还行？"王戎表情一本正经地把曹平送出门后便搂着杨得意晃来晃去撒娇，"他做的红烧鱼多好吃，王术都把盘底的汁儿刮到米饭上吃了……多给我丢人。"

"说话上是还行，不吹牛不抬杠；也还勤快，眼里有活儿。"杨得意说。

王西楼研究着曹平带来的云烟，微微点头，表示附议。

"那刚刚饭桌上说的订婚时间？"王戎觑着杨得意的神色小心翼翼道，"你们两次岔开话题，我也不好不长眼地顺着他的话追问你们。其实我也是一个意思，就定到这个月月底，趁着他妈妈来晋市出差。"

杨得意扒拉开王戎，重重点着她的脑门儿，恨铁不成钢道："你怎么心这么大呢？谁家订婚不得长辈来订？他两片嘴皮子上下一碰我们就得立刻点头同意？"

王戎悻悻点出一个事实："但是他妈妈在川市工作，不在晋市。"

杨得意深感无力，问："电话呢？电话也不能打一个吗？"

王戎在杨得意痛心疾首的目光里露出恍然大悟的神色。

王术向钱慧辛实况转播了这顿饭的全过程，尤其是饭桌上有关于订婚时间的极限拉扯过程，并断言：我跟王戎不可能用的是同一套基因。

杨得意和王戎收拾碗筷时，王术向王西楼献上自己借钱给他买的一台肩颈按摩仪，并附上一句脆生生的"生日快乐爸爸"，转头就舰脸接过本月的零花钱去还了礼物的账。

"术术，去我煎饼的车里把油瓶拿来，我灌点油。"杨得意在厨房吆喝。

"我在厕所呢妈，我爸在给你擦车，你让我爸拿。"王术仰起头声嘶力竭地回应。

"你油瓶放哪儿了？炉灶下面的小槽里没有，小斗柜里也没有。"王西楼跟着响应。

"啊？小曹？曹平又回来了？他落下什么东西了？"王戎扔下抹布喜滋滋地出来。

一家四口在小院里咋咋呼呼时，并不知道曹平开车回去的路上，跟电话那端的人是这样吐槽他们的："……啊，对，她爸是会计，嗐，会计也得分是什么公司的会计，有些公司的会计出门开保时捷，有些公司的会计也就能保证个温饱。至于她妈，就一个大街上卖煎饼果子的，我好歹还有个正规饭铺子呢。一家四口目前挤在她姥姥家的破屋里，我瞧着东边房顶有多次修补的痕迹，但是修补的手艺太糙了，搁不住两场暴雨，哈哈……拆迁什么拆迁，十五年前'三秋'那片就说要拆迁，没谱的事儿，再说她姥姥有儿子，拆迁款也轮不到她们一家……就这还好意思对我不满呢，也不看看自己家什么样儿，自己女儿什么样儿……"

李道非这边有个长辈四婚，在南都区高级酒店里办了场小型午宴，李道非软磨硬泡，李疏答应了携伴出席。但是这个"伴"他不接受指定，必须得是他女朋友王术。李道非十分稀奇李疏居然交了女朋友，他想知道是什么样的女生能收服自己的儿子，于是欣然同意。

王术属于是临危受命，她没有主家要求的黑色的礼服裙，但装大尾巴狼说有，结束通话立刻就去购物平台下单了。

王术特别想见识一下宴会是什么样的，是不是真的跟电视里演的那样，大家扬着天鹅颈轻言慢语，或坐或站规规矩矩的，就连握杯子的手势都很有讲究。

因为要得急，王术直接筛选晋市本地发货的店家，只翻了几页就选中了喜欢的款式。她顺利砍下二十块钱随即付款，殷殷叮嘱店家务必信守承诺第二天一早用同城闪送发货。

王术挑的是一款及膝的纯黑礼服裙，没有什么点缀，但胜在剪裁好，面料有质感，虽然日后似乎不大能当常服穿，但考虑到价格四百来块，不高不低，倒也能接受。

店家果然信守承诺第二天上午一早就发货了，王术出门前收到，往身上一比，笑得眼睛都不见了。这是什么物超所值的神仙裙子。

——王术在镜前啧啧称赞时，并不知道这条神仙裙子今天会给她带来什么样的屈辱。

李疏把车开到王术指定的地点，即胡同另一头一座人迹罕至的旧桥，在车里等了约十分钟，王术就鬼鬼祟祟地到了。

说她"鬼鬼祟祟"是因为五月天里她裹着一件略显厚重和笨拙的风衣。

李疏正要转身去后座取礼盒，就看到王术左右观察一番，趁着四下无人，向着他的方向敞开了风衣。王术在女生里属于不胖不瘦的体型，曲线也乏善可陈，但她胜在肤白腿长。李疏觉得王术套上这件并不是她往日风格的黑色礼服裙，不能再漂亮了。

"……我就是在网上随便买的，"王术坐上车，突然有些害羞，"不丑吧？"

李疏转过头轻咳了咳，低低应了一声："嗯。"

王术被这声"嗯"鼓舞得飘飘然，却故意道："说的假话吧？不然你为什么把脸转过去？"

李疏握在方向盘上的手指紧了紧，突然解开安全带向她靠过来，王术反射性压向座椅靠背，紧张得眼角都抽搐了，她两只胳膊推出去，"我开玩笑"只来得及说出个"我"，声音就消失了。李疏单手抓着她的腕子，微凉的唇瓣不轻不重地落在她唇角偏下的位置，呼吸随之扫进她唇缝里……车里的局部气温因为这个颊吻升高了十度。

一分钟后，王术涨红着脸说："……再不走就迟到了。"

李疏状若未闻，没有说话。片刻后，他伸手轻轻捏了捏王术的脸颊，说："你的脸软乎乎的，跟刚盛到碗里还没搅碎的豆腐脑儿似的。"

王术从来没有听过如此别出心裁的形容，不过因为是夸奖的意思，她便没有反驳。

南都区距离"三秋"极远，即便是在非高峰期，走高架桥也得将近一个小时。往常这一个小时很令人烦躁——李疏是真的很讨厌开车——但这日因为副驾驶位上坐的人是他很喜欢的女生，他感觉也不过是听王术像讲段子似的讲述了她身边三五件琐事儿的时间，居然目的地就不远了。

"……总之，最后二姥姥给我炸了红薯丸子，我才勉强原谅的她。二姥姥其实人挺好的，就是自大的毛病老也改不了。"

"你二姥姥早晚会改的，因为现在你搬来了。"

王术露出狐疑的目光，一时分辨不出来李疏这是在夸她还是损她，她仔细打量李疏的面部表情，妄图寻出些线索，但李疏脸上只有薄薄的一层浅笑——他最近越来越爱笑了，她便心里说算了，不计较了。

车子行驶至酒店附近的拥堵路段，因为不时地有电动车插缝横穿，前面的车子一再突然降速，李疏也不得不一再紧急刹车，"砰"的一声，后座的黑色礼盒在多次惯性作用下终于掉下来落在脚垫上。

王术转身捡起重新放回后座，随口问："什么东西这么轻？"

李疏正不知怎么回答，王术突然从手机屏幕里发现自己眼角卡粉了，她慌慌张张地翻出小镜子和纸巾解决迫在眉睫的卡粉问题，顺带不平地吐槽为什么用美妆蛋也卡粉，黑色礼盒里装的是什么也就无所谓了。

李疏默默松了口气，盒子里其实是他给王术准备的衣服——在林钰琪的帮助下准备的。不过他看着一路上王术不断在用后视镜打量自己身上的那件，显得既紧张又兴奋，就没有拿出来。

当然，李疏不知道的是，王术的紧张和兴奋并不全是因为她身上那件小礼服，也是因为出发前的那个令人意犹未尽的颊吻。王术后悔自己涂口红涂得太早了，因为……不然李疏就会吻她的嘴。

王术解决完眼角的卡粉问题，眼睛一转目光便落进李疏的唇缝里，她略微不自在地轻咳了咳，翻出手机打开搜索引擎，犹豫着输入自己的问题。

"嗯？怎么不说话了？你在看什么呢？"李疏问她。

"……给店家个好评。"王术瞧着跳转出来的图文并茂的网页，面不改色地撒谎。

王术输入的问题是"接吻技巧",而搜索引擎自动生成的第一个词条是"你不能不了解的接吻技巧十八式",王术认为自己身为一个有男朋友的负责任的人确实不能不了解,便点进这个口气很大的词条,一直"了解"到下车。

南都区的高级酒店看起来并不如王术想象的富丽堂皇,但不知道为什么,仍然散发着很贵的气息。或许是因为头顶很有质感的金色灯光,或许是因为一路檀香与皮革的香味儿,也或许是王术突然怂了——她突然记起自己今天穿的这双高跟鞋鞋头微微偏下的位置有两道刮痕。

酒店占地面积不小,是个中部空间打通的跃层,但上下两层加一起也并没有几间宴厅。令人不由得要为酒店方捏一把汗,如此浪费空间,一道拍黄瓜要是不卖五百块都回不了本儿。

王术正默默懊恼自己的高跟鞋,大脑中突然闪过一个类似鞋盒的画面,她脚下一顿,不及思索前面正微笑着向他们走来的男人是谁,一把扯住李疏的胳膊,踮脚附在他耳边悄声提醒:"你是不是把要给长辈的礼物忘到车上了?"

李疏瞧着王术紧张兮兮的表情很有意思,低头也附在她耳边,道:"那个礼物不是给长辈的。"

王术"啊"一声,露出不解的神情。那明明是包装成礼物的样子。

两人"俯首贴耳"的一问一答间,男人就到了近前,并用熟稔的语气叫了李疏的名字。

李疏闻声回头平平淡淡叫了声"爸",王术的眼睛倏地瞪圆。

李疏的爸爸李道非是影视剧里那种叔系男神的经典长相,个高腿长不说,衣着十分时尚,但从外形上就能把同辈人如王西楼之流甩到索马里海沟里去。倒也不奇怪李疏为什么能有个学姐小妈了。

李疏为两人简单做了介绍,李道非马上就夸起王术,是那种令人很舒服的恰到好处的夸奖，不敷衍，不逾矩。王术的忐忑立刻就散去多半，露出不好意思的笑，叫了他两声"叔叔"。

李道非打完招呼即离开，王术神思恍惚中，被李疏牵引着继续前行至前方的宴厅。

"你还没说，是你的哪位长辈要结婚。"王术悄声说。

"……我爸的表姑。"李疏沉默片刻，说。

李道非的表姑，即李疏即将第四次结婚的表姑奶奶，在宾客基本到齐后以银发红裙的形象现身。她以饱满的感情第四次向宾客介绍自己的未婚夫，介绍他们是如何认识的、有哪些共同爱好、同居生活的有趣情节，以及如果人生只能活八十年，剩下的十余年有什么规划。最后她徐徐以一句"祝愿我们所有人都能遵从自己的心意过自己的一生，遵从心意这件事什么时候开始都不算晚"结束。

王术站在角落里遥遥望着前方感情丰沛、眼里有光的"表姑奶奶"，突然体察出"生活"与"活着"的巨大区别。精神富足的人可太有魅力了。

她如此赞叹完又默默低头盯着自己高跟鞋轻微掉皮的鞋头不放。她耻于承认，但又不得不承认，自己物质不富裕，精神似乎比物质还不富裕。而在参加这场午宴之前，她一直在自己的一亩三分地自得其乐，并没有意识到这些。

"表姑奶奶"下台以后被人围着道贺，其他不打算上去道贺的就三三两两地聚堆儿享用美食。王术微微放松下来，脑袋端着不动，只眼睛悄悄四下里打量。结果竟然在人群中发现了一个"熟人"。王术愣怔半天，面色渐渐绿了。是图书馆那个"好为人师"的女生——王术那天离开前留意到她练习册上写的名字是"高尧"。

高尧也是一身黑色小礼服裙，但妆发做得十分精致，且配有简单又相得益彰的首饰。她与人交流时目光直给，嬉笑怒骂都十分从容。很显然，王术是好奇来长见识的，而高尧与这场上的绝大多数人一样，是来出席日常活动的。

高尧早就注意到王术了，王术是和李疏一起来的，很难不被人注意到。她眼见着李疏被李道非叫走了，领着几个同龄人过来跟落单的王术打招呼，自我介绍是李疏堂姐的同学。

高尧笑眯眯地问王术，你跟李疏怎么认识的、什么时候认识的、你们谁追的谁啊。

如果不考虑她眼里微末的失落和恶意，这并不是什么刁钻的问题，很容易回答。

王术稳了稳心神正要一一回答，高尧突然指着她的袖标，说："Star Valley 不是应该两个 L 吗？你这件怎么只有一个？什么情况？"她这样说完，不确定地转头询问同伴，"是两个 L 吧？"

得到同伴肯定的点头。

王术听明白这是什么情况了。Star Valley 大概率是个价格不菲的小众品牌。她仓促间选择的那家网店抄袭了这个品牌。而且，原版的单词是两个 L，她身上的这件只有一个 L，是非常可笑的李逵与李鬼的区别。

王术心里一慌，抬头向前看去，见李疏离开李道非，又被一个长辈叫住了。大概是因为李疏不常出现在这样的场合，所以备受人关注，王术跟他只在刚进来时和表姑奶奶讲话时曾站在一起，之后一直被分开。

高尧问："你是不是在东熙路上的那家店买的？东熙路店有时候是会特价出一些打错版的衣服，不过只肯给熟客买。我听说两三千的裙子一半价钱就能买到。啧，我怎么就碰不到这样的好事儿。"

王术有一瞬间很想就坡下驴，说"我就是在那家店买的"，但她踌躇半天，仍是老实说自己不认识这个牌子，是在网上随便买的。

"Star Valley 没有网店的，"高尧说，"而且你怎么会不认识这个牌子，武七七去年上春晚就是穿的这个牌子的毛衣，设计师 Hale

Valley 亲手量体设计的，都上了热搜的。"

"你就别给她举例去年的武七七了，李疏自己就有几件 Star Valley 的衣服吧。李疏妈妈开的甜品店就在东熙路上，跟 Star Valley 算是街坊。"高尧旁边的短发朋友道。

"我就说我熟知的那些品牌怎么纷纷倒下。他们雇知名设计师辛辛苦苦设计出来的东西，无良商家删个字母就敢销售，嘿，价格从三千落成三百，你看看那些买家谁还在乎你是原版还是抄袭。"一个端着车厘子经过的女生用不屑的眼神打量着王术，用不轻不重的声音搭了句腔。

王术无可争辩只能以沉默应对。高尧那句轻描淡写的"你怎么会不认识这个牌子"就已经给这件事情定了性。她其实知道自己正在被欺凌，但是她毫无还手之力。她其实一进来就很没出息地怯场了，这里不是她应该来的地方，跟她熟知的一切都不同。而因为怯场，她不太敢跟在图书馆里一样与高尧针锋相对，因为怕在不熟悉的场合说不合时宜的话出更大的丑。

王术突然觉得这个黑色小礼裙勒得自己难受，她穿衣服从来没有这么难受过。她又低头去看脚上的高跟鞋。其实出门的时候，甚至刚刚独自介意的时候，王术一直认为这么微小的刮痕除了她不会有人留意到，但此刻心里突然"咯噔"了一下，发现那刮痕是如此显眼，就跟秃子头上的虱子似的。

——小礼服裙上缺失的"L"这个字母和高跟鞋鞋头的刮痕就此一并烙进了王术心里。

"其实平价衣服也有一些设计得很不错的，"高尧旁边那个先前回答"两个L"的女生施施然道，"经济不宽裕的话也可以考虑他们的，那些本分做人做生意的比起抄袭之辈不更值得支持吗？"

高尧出够气了，她觑见李疏正向这里走来，给几个朋友使了个眼色，说："嘿，你别介意，我们中有人家里就是做服装生意的，所以我们对这些会比较敏感。"

王术用僵直的目光一一扫过这几个女生，慢吞吞道："其实我认识的品牌只有几个，而像我这样不认识品牌的女生也有很多。你们的嘴脸真的挺难看的。"

李疏是跟自己的堂姐一起过来的，因为堂姐也想认识王术。结果堂姐只是说了一句"你叫王术是吗？可真巧，跟李疏的疏同音不同调啊"，王术的眼圈就红了。李疏感觉当胸一击，立刻就顾不上堂姐了。

"你怎么了？是不是刚才走开的那几个女生说什么了？"李疏问她。

王术摇摇头："我刚刚把糕点的包膜都给吃了，我以为跟牛轧糖的包膜一样，是入口即化的。"她强忍着眼泪道，"你以后不要再带我来这样的地方了。"

李疏从来不知道王术的眼泪会让自己这么难受，他把她扯进怀里，用堂姐悄然避开前递来的纸巾给她揩了揩眼泪，轻声道："不来归不来，她们说什么了？"

王术再也忍不住了，她把袖标伸到他面前，哽咽道："我这里少个 L，但是我不知道。"

李疏立刻就明白这是什么情况了。

"跟我来。"他牵着她的手走向那几个女生。

高尧余光看到李疏牵着王术走来，眼角轻轻跳了跳，她没料到王术这个穿仿货的虚荣女生居然好意思告状。她表情不自然地企图装作没看到越走越近的李疏，继续与朋友们说话，却再也听不清楚朋友们说的什么。

"不好意思，打扰一下，"李疏打断那几个女生的交流，问她们，"请问你们知道钢中两条典型马氏体的晶体结构是什么吗？"他等了等，见没人说话，催促道，"没有人知道的吗，材料科学很基础的知识。"

高尧抿了抿唇，悻悻道："我不知道你女朋友是怎么向你转述的，但我们没有欺负她。"

李疏说："你们没有欺负她，你们只是聚众告诉她，她不认识这个品牌，穿了件仿冒品。"

——王术只是情绪崩盘下讲了那一句，并没有向李疏解释她们的意思其实是，她认识品牌，但因为买不起，故意穿了件仿货。

李疏说："什么品牌来着？Star Valley？我也不认识，怎么了呢？我并没有因为你们不懂钢中两条典型马氏体的晶体结构是什么而瞧不起你们。"

李疏这样说着，目光重重落在她们每个人脸上，碾了碾，然后移开。

……

"那边几个小辈儿是不是有什么不愉快啊？道非，你家小子似乎很不高兴哪。"银发红裙的美老妇人遥遥观望，跟李道非说，"多半是争风吃醋，这个年纪，这个样貌……"美老妇人断言。

李道非跟着瞧过去，不由得笑了。

3

李疏去跟表姑奶奶告了别，牵着王术提前离场了。

王术迈出酒店大门，被雨前裹着水腥气的轻风吹了吹，情绪就渐渐稳定下来了。李疏问她是不是没吃饱。她轻轻揉着鼻头小声"嗯"了一声，李疏便不急着开车回去，领她去了街对角一家连锁自助餐厅。

"我觉得我们不太合适。"火锅咕嘟咕嘟冒泡了的时候，王术突然低声说。

李疏握筷子的手不易察觉地紧了紧，问："什么样的女生跟我比较合适，认识 Star Valley 这个品牌的？"

王术察觉到李疏不高兴，默默把话憋回去不说了。

李疏收敛情绪，把刚刚烫熟的毛肚捞出来盛进王术碗里，说："先吃饭。"

王术觑着李疏的神色食不知味地吃完一小碗毛肚，又伸手接过李疏递来的蟹黄，说："你当我没说那句话吧，别生气。"

　　李疏没回应她，只催促："你多吃些。"

　　两人饭后从餐厅出来，恰好雨点落下。

　　餐厅到停车场有大约两百米的距离，王术穿着越来越磨脚的高跟鞋尽可能自然地快步跟在李疏身后，以求能在大雨落下之前回到车里。但是屋漏偏逢连阴雨，细细的鞋跟踩过十字路口的窨井盖，突然打了个滑，斜着卡进去了。

　　人行道的绿灯亮了，旁边几个行人都匆匆往前赶去，只有王术站立不动，满脸尴尬。

　　李疏察觉出异样，蹲下查看，当先便看到王术脚后跟磨破了皮。他仰头由下往上看着王术，后者露出疑惑脸，问他"怎么了"。李疏很难跟她说清楚怎么了，毕竟一步一疼的人不是他。

　　李疏避开破皮处抓握着王术的脚踝往斜上一送再一拉，鞋跟就出来了。王术长长松了口气，她留意到绿灯剩下的时间仍很长，正要轻快地说"那走吧"，李疏突然脱掉她的鞋子并将她背起。

　　"哎哎哎？"王术震惊脸。

　　李疏托着她的腿稳稳地向前走，说："你脚破皮了，你自己不知道吗？"

　　王术当然知道，一步一疼的，但只是破皮又不是断腿，忍忍就过去了。王术脑子里是这样想的，但并没有不开眼地这样解释。她脑袋缓缓低下来，轻轻抵着李疏的后颈，片刻，没头没尾地说"对不起"。李疏闻言脚下微顿了顿，轻嗤一声，没搭腔。

　　车子刚上高架桥，大雨就落下来了，车速不得不一降再降。王术裸脚踩在副驾驶位的脚垫上，敲打着方块字回复钱慧辛问她"去哪儿了"的信息，顺便大略告诉了她自己身边刚刚发生的事情。

王术觉得自己可真够丢脸的，居然被外部氛围给压制得没法动弹，最后要是没有李疏，她给大家留下的肯定就是个落荒而逃的小家子气的背影。

也不对，要没有李疏，并没有多少人会注意到她。

王术有些轻微骄矜自大的毛病，总是一副天老大她老二的德性——可巧她姐王戎也有这样的毛病，所以姐妹俩之间总是纷争不断。"破产"以后窘迫的生活将她的自大打击了一波，今天少了个 L 的小礼服和多了刮痕的高跟鞋又打击一波。要是再有一波，她的这点毛病估计就根治了。

钱慧辛读完王术长长的情绪十分鲜明的文字，就手把筷子往米饭里一插，立刻回消息问她：【他是不是嫌你丢人了？】

王术中肯地回复：【那倒没有。】

钱慧辛因为插筷子不当，后脑勺挨了姥姥一掌，不耐烦和不以为然溢于言表：【你别找事儿。】

王术转头瞧着李疏，再次想收回在自助餐厅里的那句"我们不合适"。

李疏的某品牌掀背轿跑曾经给了她很大的刺激，但是后来李疏问她是不是自己的追求不够明显时，她只顾高兴，忘了当时的刺激，之后她想，反正生米都已经煮成熟饭了，反正自己也没有占便宜的心思……今天再度乘坐这"小资"轿跑，她表现得十分妥当，暗暗给自己竖了不少回大拇指。结果却垮在了其他地方。

在餐厅里她突然蹦出那句话，是因为她挫败地发现，自己与李疏的落差不只在一辆车上，而是在衣食住行方方面面。她仍然不会花时间去研究 Star Valley 之类的东西，因为这并不是她的日常生活所需；她也仍然不会扔掉只是有轻微刮痕的鞋子，因为即便有轻微刮痕，也价值几十个煎饼果子。所以像今天这样的场面以后必定还会出现。

但是李疏就像身边其他女生的男朋友那样，因为她没吃饱带着她续摊儿，因为她鞋子磨脚背着她走路……以及因为她无理取闹跟她冷战。他与他们并没有什么不同。他没有任何地方对不起她。骄矜自大或是敏感自卑都是她自己需要克服的问题。

因为大雨，高架桥上的红色车尾灯从车头绵延到前方看不清的尽头，雨雾柔化了车尾灯的锐度，车窗玻璃阻隔了鸣笛声，整个世界骤然压缩至车内狭小一隅。

"还生气呢？"王术问。

"冷不冷？"李疏碰巧也在同一时间开口。

李疏没有回答自己生不生气了，王术于是也报复地不回答自己冷不冷。

李疏在下一次点刹后默不作声捞起车后座的小毯子盖到王术腿上，王术立即以"不受嗟来之食"的决然态度一把拎起来扔回车后座。

李疏盯着王术，眼皮微跳了跳，车子起步迟了五秒，被后车鸣笛催促。

"我要是烦一个人哪，他就算是盖着我都得给他掀开，我才不管他冷不冷。"王术突然慢吞吞地说，"最好是冷，像这样鸡皮疙瘩都冻出来，这才解气。"她这样说着，十分刻意地展示了自己胳膊上的鸡皮疙瘩。

李疏感觉自己的脾气就这样叫王术以退为进的一句话给压回去了，原本因为那句她很轻易就说出口的话起了皱褶的心脏一下子被捋得平平展展的，不知道是王术太会拿捏人还是自己太过不争气。

李疏在下一次点刹时再度捞回小毯子，给王术盖到腿上，并在王术又要故技重施掀开时重重压住，他不得已，说："我不烦你。"

"不烦我你笑一笑。"

"你不要得寸进尺。"

……

王术只拿出哄杨得意和钱慧辛的三成功力就把李疏给哄好了。她原本以为李疏很难攻克，还打算不行的话就试试亲他一下。可惜了。

车子下了高架桥在环城路商业街街口停了十分钟，李疏去距离街口最近的某运动品牌店里给王术买了一套舒适的运动服和一双平底鞋——那双平底鞋可太平底了，王术净身高164厘米，踩上这双鞋164.5厘米。

"你怎么还不上车？"

"你不需要换衣服吗？"

王术露出恍然大悟的神情："我就说怎么还给我买套衣服。"

王术顿了顿，道："我刚刚冷静下来想了想，不能因为品牌方打击仿版力度不够，就白白损失我四百多块钱。我回去把标剪了，外面罩个牛仔外套继续穿。上车。"

——就连日后怎么搭配都想清楚了，这顽强又茂盛的自我修复能力。

李疏上车并将一直扔在后座的礼盒也放到王术膝上。王术这下反应过来他在宴厅上的那句话了——那个礼物不是给长辈的。她解开蝴蝶结掀开盒盖，里面同样是一件小礼服裙，比她身上的这件略长一些，目测及至脚踝，非常漂亮。很显然他昨天晚上听出她在吹牛了，但是没有拆穿她。

"你给我挑的吗？"王术问。

"对，林钰琪推荐的尺码。"李疏说。

王术把衣服叠好装回去，蝴蝶结也规规矩矩系上，笑眯眯道："我以后争取每顿都吃七分饱保持体形，毕业的时候穿。"

"三秋"区域排水系统老旧，且多有堵塞，只要下雨路面就免不了会有积水。王术十分珍惜这双新鞋子，虽然雨已经几乎停了，仍是默认了李疏直接把她送到家门口。

"明天有柔道课，你别忘了带柔道服。"下车时，王术提醒李疏。

"你别忘了才对。"李疏说。

"我会记得你今天帮我出气这件事的，以后我会报答你的。吃饭时那句话是我不懂事儿，你别跟我计较。"王术又说。

王术这句"我不懂事儿"是用诙谐逗趣的宽慰的语气说的，以为能博得李疏一乐，结果李疏没有接话，只是用专注的眼神静静望着她。她一瞬就领悟了他的意思，她心说得赶紧走，这是在危险的家门口。

王术下车直接往门里走，听到背后一声轻咳，她顿了顿，继续走，背后又咳了咳，问"不报答了吗"，显得有些可怜，她便迈不开腿了，低头默默返回。李疏趴在车窗上沉默不语地望着她，她犹豫着低头凑近，又骤然害羞，伸掌把他的脸推回车内，自己也跟着把脑袋伸进去……

杨得意因雨提前收摊在家，王术下车时，她正送王术的二姥姥出屋门——下雨天都阻挠不了老太太串门——两人聊着胡同深处钱家的乌糟事儿，正往前走着，又齐齐尴尬地顿住。

雨后潮湿的空气里，她们都熟悉的姑娘正伸着脑袋热情地与车里的青年"相濡以沫"。

二姥姥的嘴唇微动了动，似乎要说什么，杨得意赶紧给她使眼色。两人默默回退几步守在墙内，等着外面不嫌害臊的小情侣饱足分开。

"姑娘大了。"二姥姥轻轻抓着杨得意的胳膊肘，压低声音劝解她。

王术的胜负欲有时候真的没必要，比如她一开始还沉浸在这浪漫的初吻里，不吝端出几个小时前刚学到的热腾腾的知识与李疏分享，感受他口腔的温热，也大大方方分开唇齿放他进来梭巡，后来就跟李疏比起了气长。

王术过后复盘，感觉有可能是自己要退开时李疏扣着她的后脑勺不放的动作引燃了她的胜负欲，她于是就有些不服了——行，那就看看我们谁会先憋不住，我高中体检测试，肺活量是女生的峰值三千五，你呢？

结束与男朋友的较量，再微笑目送男朋友驱车离开，王术托着腮帮子顶着一张涨红却不自知的脸转身进了大门。她暗自琢磨着在肺活量方面自己似乎是输了，一抬头便望见院里的杨得意和二姥姥。

两人正在东墙根底下就着一小撮青菜讨论。一个说，长得老了，不能吃了；一个说，用水烫一下再拌点佐料，能吃。

……

王术的手从腮帮子上移开掐到了心脏上。她转头用目光比画着杨得意的位置和她初吻发生的位置，片刻，头皮没有那么麻了，心跳和血压也降下来了。

从她们站立的位置直望出去，先叫半开的大门挡住大半视线，应该就连李疏的车头都看不见。而且，以杨得意的脾气，要是真的看见了，当先就得出去拧她耳朵，不可能还有心思和定力跟二姥姥讨论这撮蔫儿了吧唧的青菜。

"术术这件小裙子可真好看，我就说小姑娘还是得穿裙子。"二姥姥转头瞧见王术笑道。

"别提了，不认识牌子，买到假货了，丢了个大脸。"王术伸出袖标给两人看，但目光只落在杨得意身上，"妈，据说正品有两个L，但是这件只有一个L，我都穿一天了，人家肯定是不会退了，怎么办？"

杨得意道："这都留上你的油脂了，你退了让谁买去啊？多少钱买的？"

王术娴熟地张口就打了个对折："二百四。"

二姥姥惊呼道："哟，这揉一揉也就巴掌点儿大的布料就得二百四啊？"

杨得意握着那撮也不知还能不能吃的青菜，盯着王术身上这件并没有留下多少重新剪裁空间的裙子琢磨片刻，轻轻一挥手，破罐破摔道："我把袖标领标都给你拆了接着穿吧。"

王术乖乖点头，又跟二姥姥打了个招呼，低头进屋去了。

第六章

/

得让他认清这个事实

1

晚饭时又下起了雨，天气预报说本地未来接连两周都将是阴雨天气。

杨得意吆喝着王西楼和王术出来吃饭，向王戎抱怨："天是漏了啊，这还咋出摊儿呢。"

王戎用锅勺压实碗里的饭，不当回事儿道："我就喜欢下雨天，听着雨声睡觉多舒服。我现在越来越喜欢姥姥家这个平房小院了，雨雪天太有氛围感了。"

杨得意夺过锅勺，数落她"你少吃点儿"。她转头往窗外望，仍是倍感糟心。

王戎盛不了饭了又用另一只碗去盛汤，她不当回事儿地劝道："歇半个月就歇半个月呗，我跟我爸的工资加起来也不低，一家子吃喝拉撒花不了几个钱。"

杨得意忧心忡忡道："你怎么能只考虑眼前，以后家里谁要是生个病怎么办？没有存款这个家就没有抗风险的能力。再说哪个会嫌钱多啊。"

王戎不以为然仍然犟嘴："那也不能净考虑些没影的事儿，我舅妈的更年期焦虑就是这么得上的。"

王术扎着苹果头开门出来，刚好听到王戎最后这句，她不管前因后果，无脑站队，殷殷劝杨得意："妈，她再犟嘴你就掌她的嘴，你要是下不去手我来也行。"

王戎用筷子警告地指了指王术，后者做了个"你奈我何"的鬼脸，径直走进厨房。

杨得意瞧着这两个不省心的女儿，顿时食欲大减。

王西楼也上桌以后，大家就开始动筷了。王家没有食不言寝不语的习惯，所以饭桌上甚至是有些吵的。杨得意数落王西楼一到吃饭时间就上厕所，王西楼数落王戎车子都脏成磨砂的了都不去洗，懒得出奇，王戎数落王术没有随手关灯的习惯迟早要把她的爪子剁下来卤了……王术今天心情甚好，只无所谓地挠挠脸，继续吃自己的饭。

"下午婶子在我没法问你，你又是盒子又是袋子的，里面东西都不便宜吧？你朋友送的？"杨得意突然问。

"啊，不便宜，以后不收了，跟他说过了。"王术往嘴里扒着饭，面上故作自然，心里却悄悄打鼓。她再度怀疑杨得意那个位置到底能不能看到门外，以及杨得意是一开始就站在那个位置吗。

王戎露出狐疑的表情："什么盒子袋子的？我怎么不知道？"

王术翻白眼："跟你有啥关系？"

杨得意懒得理会姐妹俩之间的日常拌嘴，嘱咐道："交朋友都要有个分寸，"她顿了顿，补充，"各方面都得有分寸。"

王术不太明白"各方面"具体都指哪些方面。刚刚点过她的不能收太贵重的礼物是一方面，那其他方面是什么？她突然想到个可能性，倏地转头望向杨得意。难道是不能当街接吻？嚯！杨得意果然还是看到了吧！

杨得意神色未动，只是低头夹菜，并随口说"咸了"。

王西楼突然咳嗽一声，王术一惊转头看去，王西楼给了她个"我虽然不清楚你妈是什么意思，但你那点儿事儿我可知道，你给我注意点"的眼神。

　　王术试图把脑袋埋进碗里来掩饰突然而至的窘迫，但露在外面的耳朵仍是给了王戎某些信息。

　　"王大头你谈恋爱了？"王戎问，"跟谁？谁这么不开眼？"

　　"管好你自己。"王术色厉内荏道。

　　杨得意用勺子刮完碗底最后一口饭，起身去厨房了。

　　王术眼巴巴望着杨得意的身影，嘴角微微抬了抬，又可怜巴巴地耷拉下来。以杨得意的脾气瞧见她在家门口"现眼"——多半是看到了——居然没有气急败坏出去把她拎回来，真是给了她极大的面子。不过细想想，似乎从很久以前开始，杨得意就开始用不同的态度在对待她了，她开始听她的抱怨，问她的感受，尊重她的意见。

　　因为下雨没法出门遛弯儿，且雨越下越大，瓢泼似的，邻里间串个门也成妄想，王家便早早锁上大门打烊谢客。

　　王西楼仍有工作要做，回卧室去了——"三秋"这片没有"书房"一说，只分客厅和卧室。王戎尝试用二十块钱收买王术替她去洗碗，被后者断然拒绝，涨到五十也不行，唉声叹气地去厨房了。

　　王术待到这两人离开，慢慢蹭到杨得意面前。王术嗲声叫着"妈妈"，一会儿捏捏杨得意的胳膊，一会儿卷两下她的头发，还试图跟她探讨剧情——往常王术看到这样天雷滚滚的剧情就嗤个不停。杨得意任她抓耳挠腮各种小动作半晌不搭理她，她便索性耍赖钻进了杨得意怀里，枕着杨得意的大腿撒娇哼唧。

　　"你大脑袋有多沉你自己不知道啊？起开。别耽误我看电视。"

　　"我长身体了以后脑袋早就不大了。其实我'大头'的外号就是你先叫的吧，妈？"

　　杨得意伸手照她膝盖上轻轻一刮，嘴角微微扯了扯，继续盯着电视看。

王术耐不住了，她半起身，犹豫着道："妈，你别操心我了，我可不是王戎那种心里没数的，而且他你也见过好几回了，长得又帅，人又好。"

杨得意一直等到电视里女人歇斯底里地撒完泼转场，低头笑着问王术："他开那种车，家境很富裕吧，不嫌弃你啊？"

王术闻言笑容顿时僵在脸上。她推断出的结果就这样被杨得意轻飘飘地证实了，这感觉跟初中时给偶像哥哥写情书被杨得意截获一样令人羞耻。王术忆起下午自己钻车窗的举止，真想把自己就地埋了。

"不嫌弃。"她捏着声音尴尬地说。

柔道课上王术依旧一回回地被李疏摔倒在地。李疏精准地控制着力道，并没有摔疼她，但这仍旧令她逐渐急躁起来。

第十二次"扑通"摔倒在地时，王术有点急眼了，她低声叫道："你让让我怎么了？"

李疏伸手想拉她起来，但她耍赖不起，他便只好蹲下来，跟她解释："你这个人容易膨胀，我怕我让让你，你真觉得自己有点身手，出去走道儿都净挑机动车道走。"

王术两只肩膀抖了会儿，仍是没忍住"扑哧"笑出声来。

一个怯怯的声音在两人前方响起——

"你好，李疏学长，刚刚老师教的动作我没看懂，你能不能再教教我？啊，因为我搭档也不会，所以才来麻烦你，不好意思。"说话的圆脸女生今天第一回见，跟那边角落里的那几位一样，也是来蹭课的。

"你再问问老师吧，学长教学能力不行，教半天也没把我教会。"王术瞧着眼神些微闪烁的女生坦坦荡荡笑着，"我都快被摔散架了，也没反杀他一回。"

一个动作的分组练习结束，老师开始教下一个动作。平心而论，这个动作的分解步骤在王术这个半桶水看来，跟前一个动作并没太大的区别，仍是翻手腕，拉手上步、扫小腿或腘关节。王术也仍旧在重蹈覆辙。李疏站得笔直，跟一杆标枪似的，她即便是攻其不备——也叫无耻偷袭——也不能撼动他的重心分毫。因为一直受挫，王术的素质就渐渐开始捉襟见肘了。

"……你是故意的吧？"第四回被踩到脚背，李疏吃痛蹲下，终于回过味儿了。

王术沉默了下，伸手轻扫了扫他的脚背，推心置腹道："理解一下，打不过，确实火大。"

"……"李疏真是又好气又好笑。

"咦？怎么回事，你的脚比我的脚都白？"王术盯着李疏的脚背，突然像是发现了新大陆。不只是白，修长白净，骨肉匀称，脚踝也很漂亮。

"下课了下课了。"李疏糟心地推开她起身。

成荟和江云集商量过后将婚期定在了六月底。因为成家和江家都好面子，所以他们不约而同决定这场婚礼办得越隆重越好——务必能让风流浪荡的李道非和他的父母走到哪儿都能听到前妻前儿媳风光嫁人的消息。

因此成荟忙于配合两家人关照婚礼的琐碎，日渐不着家。成玥连续两个礼拜没能跟他妈好好说上话——甚至后来这几天都见不着面，叛逆心顿生，离家出走了。

李疏是在小学生放学时间过了两个小时以后才意识到成玥不见了这个情况的。

他当时正在教室听炼石的奠基人之一、三十年前毕业于 G 理工的一位教授讲课，在笔记本电脑上做记录的时候，他随手打开了装在家里的摄像头。钟点阿姨做好饭菜已经离去，而本应在桌前吃饭或者在客厅或书房打游戏的成玥不见踪影。他皱眉拨打成玥的电话手表和手机，均无人接听。

李疏出教室给成荟打电话。

"妈，成玥在你店里吗？"

"不在啊。为什么这么问？我在滇市你忘了？"

"你不是上午的航班回来吗？"

"忘了说了，我们改了航班，现在正准备去机场，估计要凌晨才能到家。你江叔叔许久不见的朋友邀请我们去他的酒庄做客，就多待了一天。成玥怎么了？不在家？"

李疏转头跟坐在门口的班长交代了句"下课帮我收一下电脑"，一边大步下楼，一边如实说了。

虽然李疏安慰成荟成玥可能去同学家了，但在接下来的两个小时里，成荟仍是打了六个电话回来，询问是否已经找到成玥。最后一通电话，成荟是从机场打来的，称她刚刚打了李道非，后者声称近半个月未见成玥了。

——李疏翻了好几个地方，也拨出去十来个电话了，倒是忘了去问李道非。

"九点了，他一个小学生，能去哪儿？"电话那端成荟忧心忡忡的声音与机场广播的声音混在一起，"……不会被人给绑走吧？"

"你不要乱想，绝对没有，他要是被人绑走了，你怎么能打得通他的手机和电话手表？你安心关机起飞，我等下找到他会给你信息，飞机降落你开机就能看到信息了。"李疏烦躁不安地紧紧皱着眉头，但与成荟说话时，却一点没有泄露自己的负面情绪。

成荟觉得李疏的话有道理，勉强被说服了。

江云集将电话取走，说："李疏，你去附近的游戏厅看看。上回吃饭时，玥玥向我展示了他赢来的游戏币，嘿，满满一大盒子。这个年纪的小男孩儿是会因为有趣的游戏有家不回的。"

你如果在关心你未婚妻的同时曾经稍微分出一些精力给她的孩子，你就会知道成玥不是那样的小孩——李疏不满地这样想，口中却说："嗯，我知道了。"

又一个小时后，李疏在离家不远的天桥底下的一个棋摊上找到了成玥。

李疏远远看到成玥，给成荟和刚好打来电话的李道非各回了条信息，便沉着脸走过去了。

成玥在托腮观看两个老头儿下棋。老头儿约莫看出了这是个离家出走的孩子，故意一直下到这个点儿等着他的家人来接。

"你看看几点了，放学为什么不回家？"李疏居高临下敛着怒意问成玥。

成玥在昏黄的路灯下仰头愣愣望着李疏，浓长睫毛像两把小蒲扇，无辜地一落一起，又一落一起。他涨红着脸半晌不作声。

两个老头儿收拾着棋盘忍俊不禁。这个小学生可太有意思了。他家人没来之前他蹲在他们棋摊前絮絮叨叨神气活现。"仕勿轻上，兵戒冒进，子忌弃弃，开局我就点过你了，爷爷你怎么不听呢""守中带攻，攻中带守，你得守啊爷爷，你棋法怎么一点不灵活呢""临杀勿急，催逼宜紧，勿手软，勿手软"……脆生生的"勿手软"的尾音还飘浮在夏夜潮湿的空气里，小学生抬头瞧见前方正板着脸走来的青年，仿佛被吞音兽吞了舌头，立刻就没了声音。

"小棋友，有机会咱俩单杀一盘。"

"小棋友，回家吃饭去吧。"

俩老头儿各自搬着马扎哼着小曲儿，一前一后地走了。

……

李疏两手插在口袋里，皱眉盯着成玥："问你话呢，放学为什么不回家？！"

"妈妈回来了没有？"成玥低声问。

"我问你放学为什么不回家！"李疏的面色又黑了些。

成玥微微提高了声音又问："妈妈回来了没有？"

与其说是问，几乎可以说是嚷了，且嚷完眼睛和鼻头就红了，嘴角也可怜兮兮地耷拉下来了——李疏目光一迟疑他就知道答案了。

李疏警告道："你把眼泪给我憋回去，你是三岁小孩吗？"

成玥的眼泪簌簌落下，他生气地大声道："她说的今天上午十点就能到家的，我回家她还不在！我天天回家她都不在！"

李疏平声道："她有她自己的事情要做。她现在在飞机上，很快就到家了。"

成玥委屈地横臂抹着眼泪，抽抽搭搭半天，挤出一句破碎的话："我不想让妈妈跟叔叔结婚了。"

成玥在江云集刚刚进入他们的生活里时，是欢欣鼓舞的。他就是个不长脑子的傻子，再加上那时候岁数确实也小，他简单地以为身边多一个叔叔多好啊多热闹啊，而且这位江叔叔还如此慷慨大方，他在妈妈那里磨不来的东西，江叔叔不声不响就给他放到桌子上了。

但是时间久了，成玥就渐渐明白过来了。江叔叔虽然如此好说话如此有耐心，却并没有真的把他放在眼里。江叔叔眼里只有他妈妈一个，其他人的存在对他来说都是不得不应付的"障碍"。

在意识到这个残忍现实的同时，成玥惊觉妈妈已经很久没有陪他去公园里练习滑板、带他去图书馆看书、履行一个月去一次海洋馆诸如此类的承诺了……偶尔他闹一回夺得了妈妈的安抚和陪伴，江叔叔总有办法在极短的时间内有意无意地再度将妈妈的注意力带走。

李疏转头在雨后带着咸腥味儿的空气里露出一抹无奈。

2

王术得知成玥找到了，这才松了一口气，从小跑变成了慢走。她从成玥两公里外的小学回来，此时正走在锦绣大道与繁华大道交汇处的四通八达的过街天桥上。八个方向此起彼伏的车喇叭声，吵得电线杆上的细脚麻雀待不住，王术却一点不觉得刺耳，只觉得雨后的空气好闻极了，尤其是在经历过一场有惊无险的意外之后。

她这样感叹着，伸了个懒腰，又轻轻揉了揉晚饭时只来得及填进去一口酸辣土豆丝的肚子，转头望向天桥底下……

李疏只哄了成玥寥寥几句就住嘴了，因为成玥正深陷于蛮不讲理纯粹发泄情绪的状态。他意识到这点立刻停止了说教，就那样面无表情地站着，默不作声地瞧着成玥，等着成玥闹够了自己平静下来。

成玥不小了，但大约是因为大家把他保护得太好，他至今都没能真正明白，有些事情就是必然发生无法阻挡。李疏遗憾地这样想着。

一个卷着笑意的声音突然插进了成玥的抽搭和李疏的沉默里。

"叫成玥是吧？你怎么跑这里了？你哥找不到你刚才都快急哭了。"王术信口开河。

成玥连绵不绝的抽搭倏地一顿，他缓缓抬头望向面前有些眼熟的姐姐，再慢慢转向李疏。

李疏用"你真是张口就来啊"的感叹目光斜睨了她一眼。

有不熟悉的人在，成玥就不好意思继续向哥哥撒泼了，他把脑袋深深埋下，小心翼翼地做着深呼吸，试图把眼泪和抽搭都憋回去。

"行了，把眼泪擦擦，姐姐请你吃'太四'去。"王术从口袋里掏出一张皱巴巴的纸巾给成玥塞进手里，她轻快地拍拍手，道，"你得多吃点儿饭啊，小朋友。"

成玥好不容易压回去的抽搭突然又响了一些。他最讨厌被人说是小朋友。

王术并未察觉小男生过剩的敏感，只自顾念叨："姐姐家里破产了，请一回饭可不容易。"

成玥眨巴着红通通的眼睛，不知道应该怎么回复这个似乎有点可怜的姐姐。

王术耐心地等成玥收拾好情绪，牵着他的手给李疏一个"跟上"的眼神往前走了。不过没走出多远，成玥就害臊地把手抽回去了，毕竟他虽然是小孩儿，但也是一个小男生。

太四店即便到这个时间也仍然人声鼎沸——夏夜太漫长，夜宵便成了必不可少的一餐。

酸菜鱼端上来的时候，三个人闷不作声各自闷头干饭。因为这对兄弟都不能吃辣，所以他们这桌的酸菜鱼并没有辣味，王术因此十分遗憾，但这并没有耽误她少吃一口。

大半碗米饭下肚，成玥先前愤懑的情绪就彻底消散干净了，但是人又开始变得萎靡。他垮着张小脸，一语不发，眼里一会儿一阵雾气。

王术一手支着下巴，一手缓缓搅拌着茶缸里的陈皮洛神花茶，故意用老佛爷又懒又长的调子逗成玥："什么情况？展开说说。"

成玥被她这样一问，悲从中来，他撇了撇嘴，一时不知道从哪处委屈开始说起。

李疏便简单道："我妈最近在忙她的婚礼，抽不出时间陪他。她前几天去了滇市，本来说今天上午到家的，有事儿耽搁了，不久前才上飞机。"

成玥对李疏这样轻描淡写的描述十分不满，因为这样听起来似乎像是他在无理取闹。他不等王术说话便气呼呼辩驳："她哪里是最近忙，她跟叔叔谈恋爱以后，就一直忙。我给她打电话，她总是在叔叔那里……她都半年没有带我去见我认养的王企鹅了，是她以前自己说的每月都要带我去的。"

王术听他情绪激昂地陈述完，立刻皱眉同仇敌忾道："我觉得这样不好，虽然说不管大人还是小孩儿各有各的忙碌，但是亲口答应的事情还是得要做到的，言而有信是非常重要的品质。我觉得你们需要向你妈强调这些。"

成玥闻言立刻露出"你说得没错"的眼神。

王术把茶缸推到成玥面前，嘱咐他多喝些水，话锋一转，又道："但是你离家出走错误更严重。我估计你妈现在人在飞机上，有可能正在哭，因为她收不到信息，不知道你被找到了没有，她怕你被人拐走了、被车撞了、掉水里了、掉桥下了……"

成玥闻言一愣，片刻后挖起一勺饭放进嘴里，干巴巴道："我五年级了，又不是小孩儿。"

虽然嘴硬，但眼里很明显浮现了忧虑。

两大一小吃饱喝足开始慢悠悠往回走。上天桥、下天桥、步上灯光明亮的锦绣大道。王术趁着成玥不注意忍不住又多问了李疏几句，拐弯抹角得知李疏之前也有过类似的被忽视的感受，眉毛渐渐拧到了一起。

"……他再大两三岁也许就能理解，"李疏望着前方怏怏不乐的成玥，"和接受了。"

"为什么要接受这些？"王术反问，"妈妈可以不是万能的，但是最基本的最起码要做到，给予孩子关注和安全感就是最基本的。"

李疏将王术的手从她裙子口袋里拉出来握住，他没有再就这个问题跟她讨论下去——毕竟他已经过了需要关注和安全感的年纪——向着前方的岔路口缓步走去。

"其实，'直'有'直'的好，'茶'有'茶'的舒坦。"王术踌躇半天突然语焉不详。

"嗯？"李疏一愣，以为自己听错了。

"那位叔叔似乎刻意在忽略你妈妈有孩子这个事实，我觉得你们得让他认清这个事实。"

"……我应该怎么做呢？"

"那就得分个首先其次了。"王术煞有介事道，"首先，你不能因为我心眼儿多歧视我。"

"不歧视，直接说其次吧。"李疏脸上笑容大盛。

王术于是殷殷给李疏出着坏主意："其次就是主动向你妈表达你们需要她的意思，不要等着她自己觉悟，因为那位叔叔会缠得她没机会觉悟。需要她花时间陪你弟弟去海洋馆看王企鹅或是去动物园看长颈鹿随便什么，需要她时不时地给你送落在家里的东西等等。"她这样说着，突然眯起眼睛啫啫地怪笑，"你们把握好时机，一打听到他们计划做什么，立刻用'小意外'把他们的计划给破坏了。"

李疏突然伸手扣住她的后脖颈，含糊说了句"听你的"，"啵儿"地在她脸上亲了一口带响儿的。李疏是真喜欢王术这副生动的模样，她使坏都使得比别人可爱。

成玥心事重重抬头，刚好目睹这个画面，瞠目当场。

与此同时，王戎打来电话，在电话那端用尖锐的声音叫嚣："王术，几点了还不回家？是去找男朋友了吧还跟我装？半个小时内回来啊，大半夜的你要点儿脸！"

王术收起手机，笑容十分平静："要回去跟我姐薅头发了，咱们明天见。"

不理王术"不用送"的连番推辞，一直把王术送至秋粮胡同里，李疏与成玥又转头一前一后往来时的路走去。成玥迁怒李疏，一顿饭下来都不与跟他搭腔，此刻终于忍不住了。

"术术姐是你女朋友对不对？你一直跟她说话，一直跟她笑，刚刚还亲她了。"成玥疾奔几步仰着脸迫不及待地问。

李疏给了他"都看到接吻了还问什么蠢问题"的一瞥，问他"作业写了没"，又问他"没去别的地儿吧"，一边听着他弱弱的回复声，一边大步向前走去。

凌晨一点，成荟风尘仆仆地回来了，她把行李箱交给刚好出来喝水的李疏，简单洗了把脸就去了成玥的卧室。成玥补完作业已经睡了，小呼噜都打起来了。成荟蹲在床前怜爱地盯着他肉乎乎的脸，半晌，撇开头轻轻抹了把眼睛。

成玥早晨起来看到成荟和衣躺在自己床上，高兴得一边道歉说"妈妈我错了"，一边往成荟怀里钻，一整天笑容都没落下。

李疏因为成玥溢于言表的高兴，开始认真考虑王术的建议。正如王术所言，能让江云集明确意识到在他和成荟的生活里不止有他们两人还有旁人未尝不是一件好事儿。多谢王术提醒，他之前的方向错了，成玥是个小学生，可以不用那么"懂事"。

于是，在接下来的一个多月里——婚礼前最忙的这段时间里，李疏和成玥一个接一个地给她找麻烦。成荟不得不扔下江云集，屡屡从珠宝首饰店、从婚纱设计工作室、从江云集的生日派对上……甚至最后这次从婚礼彩排现场离开。此时距离他们的婚礼只剩一周。

成荟到家不多时，江云集不满的电话追回来了。成荟蹲在地上一边用拖布吸水一边好言安抚他。在她身后不远处，成玥捧着 iPad 神情惶惶，屡屡望过来。

"嗯，就是水管裂了，毁了几件家具。他哥出门了，不在家。"

"你平静下来行吗？距离婚礼还有一个礼拜，这中间哪天不能再去彩排？而且不彩排也不是不行。"

"什么意思？是不想结婚了吗？"

"成玥是我的儿子，他有事儿找我不应该吗？"

"……我在听，没有把手机挪开，我只是不知道这种情况下你希望我说什么。"

"嗯，不如婚礼往后推一推。对，我都行。"

"……"

李疏回来时家里已经收拾得差不多了，门和窗都开着，高楼风大，用不了多久就能把剩余的湿气吹散。成荟站在落地窗前给家政机构打电话，跟人家预约明天下午的时间上门做深度清洁。

成玥殷勤地跑来玄关给李疏递鞋，偷声告诉他："妈跟叔叔好像吵架了。"

李疏下意识地皱眉，又慢慢松开。他问成玥："吃饭了没？"

成玥道："我想吃日料，妈妈说要等你回来一起开车出去吃。"

成荟开车载着两个儿子前去日料店的路上，江云集再次打来电话。她不需要接听就能大概知道他要说什么。他首先会很诚恳地向她道歉，然后说他是因为在乎她所以掌控欲比较强请她理解，最后说自己脾气有点急说话欠考虑请她包容。成荟叹息着拒绝了他的通话请求，点了个"在开车，勿扰"的自动回复信息。

成荟与江云集认识十几年了，他过度自我的毛病她当然也知道，甚至还时不常地替他遮掩一二。但最近李疏和成玥频频借机把她叫离他身边，她就明白他让他们不舒服了。

在距离日料店还有十分钟车程时，江云集第三次打来电话。成荟从后视镜里观望了眼两个儿子中断说话各自望向窗外的表情，毫不犹豫地再度拒绝通话。

前方十字路口绿灯开始倒计时，成荟减缓车速，最终将车刹停在斑马线前。她望着前方缓缓下沉的夕阳，突然再清晰不过地意识到，婚礼往后推一推真的不是坏事儿。

"有件事儿，我想跟你俩说一下。"成荟抬头瞧着后视镜，边思考边缓声说。

"什么事儿？"李疏问。

成玥也不明所以地望过来。

"跟你们江叔叔结婚这个事儿，我需要时间再考虑一下。我发现有些事情他还没有想清楚，他想不清楚我不能嫁给他。"成荟越说神情越坚决。

成荟从来也不期待江云集能对她的两个儿子视如己出，她甚至都没有打算过把他们聚集到一个屋檐底下生活——她可以在他们之间两头跑。但是江云集不能漠视她的儿子们的存在，仿佛她的身份单单只是他的女友和未来老婆，而不是李疏和成玥的妈。

最初江云集缠着她不愿意放她回家她是感觉甜蜜的，但后来就变成了不舒服，江云集说再多的甜言蜜语也仍旧是不舒服。尤其是在某次半夜回家发现李疏胃痛，难受得睡不着正撑在桌前倒水喝，又某次兴冲冲给成玥淘到一双他期待已久的限量版运动鞋结果发现足足小了两个码。

李疏和成玥最近一段时间频频有事找她，她因此不得不屡屡扔下江云集。她其实隐隐约约能感觉到两个儿子是故意的——最起码李疏是故意的，不过这没什么，因为她也是故意的。她想明确地知道江云集的容忍度，他对她有两个儿子这个事实的容忍度。坦诚地讲，当下她非常失望。

李疏望着后视镜里成荟平静的眼睛，轻声说："对不起。"

成荟说："没事儿。"

成玥不知道他哥哥为什么道歉，但是成荟说不能嫁给江云集这句话他听清楚了，这令他开心之余又不由得惴惴不安。他们结不成婚会不会是因为他最近经常缠着他妈妈，导致他妈妈都没时间陪江叔叔了？但是他哥说没关系的，江叔叔是个大人，大人不需要别人天天陪着的。

嗯！他哥不可能骗他！

江云集临睡前收到了成荟的信息。成荟并不是个强势的人，而且嘴不怎么灵光，每每两人之间有争端，他软磨硬泡一阵，再佐以适当的巧舌如簧，她就顺着他了。所以乍一读完这条信息，或者说是通知，江云集都蒙了。

成荟：【云集，到现在我才意识到，你其实并没有把交往前我说的那句"我有两个儿子"放进心里。你似乎一直认为他们可以由钟点阿姨照料，有吃有睡活着就好。很抱歉，我认为在这种状况下结婚不是个明智的选择，我已经跟我家里说了婚礼暂时取消，也请你尽快告知你家里。】

江云集终于意识到他负气的那句"你儿子一个电话打来，是不是婚礼也可以往后推一推"她听进心里去了。他慌慌张张兼气急败坏地立刻给成荟打去电话。

成荟发完信息就等在那头，手机嗡声振动时她眼角不自觉地抽动两下。片刻，她面色平静地拿起电话，跟成玥说"错了，把这道题再重算一遍"，起身走向露台。

江云集听到成荟的一声"喂"就激动起来："我没有想推迟婚礼！

我那是气话！对不起，荟荟姐，我不应该说那句话！我见你第一眼就想娶你，我说过很多遍，你知道的！荟荟姐，我们……"

不过他的道歉和剖白刚起了个头，成荟就少有地出声截断他了。成荟知道自己与江云集在口舌上的差距，所以不听江云集的"动之以情晓之以理"，是她早就想好的应对方式。

"我从不质疑你对我的感情，但即使这样，云集，我有两个儿子，我是他们的妈妈，你需要时间再想清楚这一点。"成荟语气温和地说，她说完便立刻挂断了电话。

高楼露台上风格外大也格外响，成荟伸手拢了拢罩衫，眼望远方，突然忍不住露出了微末的轻松笑意。她仍然喜欢江云集，也仍忘不掉江云集回国得知她离婚多年时惊喜的表情，和后来他围追堵截她时一声声叫她"荟荟姐"的炽热眼神，但此刻拒绝江云集却又如此地畅快，揪心又畅快。

3

盛夏的西瓜是真甜，如果切开又是个沙瓤的，那真是能让人把眼睛给笑没了。蝉鸣声不绝的夏夜里，一家三口饭后分食一个不大但甜滋滋的沙瓤西瓜，王术突然说有个美国大片很不错，王西楼和杨得意立刻积极响应让她投屏看看。

嗯？为什么是一家三口而不是一家四口？因为王戎那个见色忘亲的自打五月底订婚以后一周也难回来一趟，被王术单方面除名了。

王术这回投屏的是一部灾难片，并非最近上映的，是大概六七年前的老片，但剧情特效等都不落俗套。王西楼和杨得意很快就沉浸进去了。这对年近半百的夫妻原来是不喜欢美国大片的，瞧不上美国男女只要一对视转头就能上床的德性，但王术有针对性地给他们推荐了几部灾难片和科幻片以后，他们就渐渐接受了这点"瑕疵"。

电影看到接近尾声，邻居来串门了，问杨得意还要不要棉花。

五月底王戎和曹平订婚时，双方家长把婚期定在了农历年前。杨得意有一回听邻居说她老家的婶子有块棉花地，所以跟邻居说想从她婶子那里买三十斤棉花，到时候给王戎做几床棉花被。大都和晋市都兴这个。

"得意，你要是确定要了，我就让我婶子给你留着，就定死了。到时候我给你们个地址，也不远，开车半个小时就到了，你们自己去拉回来。"

"当然要啊马姐，定死了。你先吃口瓜，我这就把钱给你，你赶紧给你婶子。"

"嘿，这瓜可太甜了。也行，我问她了，她说邻居家别人上门收的是八块五，你给八块一斤就行了。"

"那你可得替我谢谢婶子。"杨得意笑着从口袋里数出二百四十块钱，"让婶子给我留三十斤吧，我估摸着三十斤够了，到时做几条买几条就行了。"

"够了够了。对了，你别全用完，留几斤，到时候给你外孙做棉衣。也不是多远的事儿。"

"嗳，还是马姐想得周到。"

"马姐"摇晃着八十斤的屁股施施然离开以后，电影的尾声就显得有些乏味了，最后字幕出来时，一家三口均带着"可算完了"的心态各自起身。

王术是最后一个进去洗漱的，她洗漱完出来爸妈的卧室就已经落锁了，这让她想卖个乖给他们送杯水都很难。她嘟嘟嚷嚷："警惕性会不会太高，我多大人了还能不敲门就进？"快快回自己卧室去。

【我爸这回买的西瓜巨甜，我今年夏天到现在也吃了得小三十个瓜了，今天这个瓜最有西瓜味儿。我给你留两口？嘿嘿。（西瓜照片）】

【留不住了，马大姨吃了。】

王术扯上窗帘抬腿上床，见李疏仍然没有回复自己的信息，不以为意地点进二手购物网站淘书去了。她想跟风考个商务英语高级证书，但是全新教材一套下来不便宜，她便打起了二手的主意。又便宜，又有前人的笔记，何乐而不为。

王术在二手网站辗转半个小时才把订单下了。此时差一刻钟不到十一点，李疏仍然悄无音讯。王术困扰地挠了挠鼻梁，直接拨了电话过去。前两通电话无人接听，第三通电话响至最后一声，李疏终于接了。王术当先便听到一句李疏在隐隐的音乐声里跟别人说的话"……她来电话了，应该快到了，你先回去吧江叔"。王术沉着气儿等着，两分钟后，李疏的声音近了，也清晰了，他说："王术术，我想你了。"

"你才是王术术，叫什么叠字，"王术起床打开衣柜，拎出一件宽松短袖和一条及膝卫裤扔在床上，"你在哪儿呢？说地址。"

"你要来找我吗？"李疏问。他精神放松了，吐字便也没有那么清晰了。

"你都骗人家我快到了，我能不赶紧到？再说我那么大个儿的一个男朋友，丢了谁赔？"

李疏脑袋埋进臂肘里笑了半分钟，给王术发来了定位，并附一句低而温柔的催促："你快点来，现在就出门。"

"呔，黏黏糊糊的。"王术默默腹诽，脖颈都红了。

王术蹑手蹑脚地打开院门，与正在掏钥匙的王戎撞个正着。

"你这么晚怎么出去？"

"你这么晚怎么回来了？"她顿了顿，"生病了？怎么戴口罩？"

两人同时顿住，然后一个说"去接个朋友，一会儿就回来"，一个说"对，重感冒，回家拿身份证，明天要用"。

王术向着胡同口走出几步，又被王戎叫住，王戎威胁她："两个小时内不回来我叫醒咱妈给你打电话，别以为我不知道你说的朋友其实是'男朋友'。"

王术回头不耐烦地"啧"一声。

李疏傍晚收到江云集的电话，说想跟他"聊两句"。李疏那时正在被林和靖和成玥联手游说去日本参加个二次元街游，不胜其烦，回复江云集自己"饭后就到"。结果他严重低估了林和靖和成玥的难缠程度，饭后又两个小时，他才成功摆脱他们。

江云集一贯的好脾气，即便多等了两个小时，见到李疏也并没有露出一星半点的不满。他给李疏点了一杯度数不高的酒，笑着问成荟在家干什么。李疏说他出门时成荟正押着成玥在上网课。

两人默契地都没有提，但今天本应该是江云集和成荟结婚的日子。

右后方未名乐团正在演绎一首没有歌词的音乐，是首大和风日式小调，婉转且阴郁。江云集听完嘴角微微提起，随口跟李疏说，成荟很喜欢这个乐团写的小调，因此他最近给这个乐团牵了个线，也许再过段时间，市面上就能买到他们的专辑了。

李疏诚实地说，自己没有遗传成荟的音乐鉴赏细胞，听不出曲子的好坏，就祝未来出专辑的那家唱片公司不赔本儿吧。

"李疏，我得向你和你弟弟道个歉，以前我确实没有顾及你们的感受。我一个四十来岁的人了，还反过来总是需要你们担待着。"江云集露出苦笑，举了举杯子，"你和成玥之前受了不少委屈，对不住了。"

"别这么说，江叔。"李疏跟着举杯喝了一口。

江云集说："但我还是想跟你妈在一起，今年结不成婚没关系，我们再往后看。"

李疏觑着江云集认真的神色，说："江叔，我没有向我妈表达过不希望你们结婚的意思，成玥也不会那么不懂事，所以结不结婚最后还是你们俩之间的事儿。"他顿了顿，又补充，"上回成玥离家出走，我妈回来挺伤心的。"

江云集点点头："我明白。"

李疏却觉得江云集并没有很明白，他小口喝着杯子里的酒，缓缓说："江叔，我也不太愿意有个人出现分走我妈的注意力，不只是小的时候不愿意，我现在也不愿意。成玥就更别提了。你跟我妈也交往几年了，但我们仍然会常常因为你突然给我妈打来电话而觉得……烦躁。"

江云集沉默半晌，再次举了举杯。

成荟说得没错，虽然交往的时间不短了，但他始终没有把她有两个儿子这个事实刻进心里，所以他总是因为他们占去了成荟的时间而感到烦躁。但是他却没想到，人家两个儿子也在烦躁，而人家是原有成员，他才是那个不速之客。他本应该做些什么消弭隔阂，但是这么多年来他心安理得地什么都没做。

"是我做得不好。"江云集说。

李疏将杯里剩下的就一口闷了，说："没事儿。"

李疏所在的音乐酒吧就在 G 理工附近，王术出了胡同叫个车十几分钟就到了。夏夜的十一点并不算晚，G 理工附近的大街小巷仍然人来人往，酒吧街更是如此，王术顺着酒吧的玻璃幕墙往前走，尚未走到门口，就瞧见了李疏。

王术额头抵着玻璃敲敲窗户，李疏及正与他说话的女人就望过来了。王术哈了口气在玻璃上画了颗心，李疏嘴角轻轻勾起，也用手在玻璃上回了她一颗心，女人识趣地收起微信二维码自行离开。

"学长行情真好，去哪儿都有人搭讪。"王术进来在李疏对面坐下。

"你答应交往答应得太快了，不然你去哪儿也都有人搭讪。"李疏说。

王术回首往事，"扑哧"笑出来了。李疏虽然有几回确实出现得有些莫名其妙，但他那哪叫搭讪，那对白清淡得跟白开水似的。她注意到他纯粹是因为他长得好看，不是因为他出现的次数多。

"什么情况？跟你江叔来的？"王术叉了块杧果送进嘴里。

李疏不知从何说起，他沉默片刻，言简意赅道："我妈和江叔本来是今天结婚。"

王术的叉子惊掉了："学长，你下手会不会太狠了，你是不是本来就是想让他们分手？"

李疏有点想收回自己刚刚画在玻璃上的心了。

王术抓起李疏的手，在他掌心里挠了挠，说："跟你开玩笑呢，你又不像我，是个没数的人。他们不结婚就是火候不到的意思，不着急，后面大把的时光呢。"

李疏可真喜欢这句"大把时光"，他合掌圈住王术的手指，说："坐过来，接个吻。"

王术显得很矜持："你嘴里有酒味儿。"

李疏："……"

王术端起李疏手边仅剩个杯底的酒仰脖喝了，说："解决了，来吧。"

这个吻用去了一支曲子的时间，李疏认真细致乐此不疲地探索着她嘴里的每一个角落。王术在招架不住回吻和任人宰割躺平里反复横跳，酥麻感如温度计里的水银，自尾椎骨而起，一路攀升至后脑勺。

"嗯？"李疏退后稍许，压在王术唇上目露疑惑。

王术手不停捋着李疏的后脑勺和后脖颈："没事儿，捋捋学长，继续。"

李疏的吻里一下掺进了浓重的笑意。

王术回家时王戎的房间已经关灯落锁，王术以为她早睡了，结果刚躺床上就收到了王戎的信息。

王戎问：【你男朋友就是那个咱妈打你时搂你脑袋的男生？】

王术瞧见这个描述一愣，她都快忘了这回事儿了。

片刻，她回：【不该你打听的少打听。】

王戎断定：【他肯定不知道你在家里是如何的奸懒馋滑。】

王术：【你要是没什么事儿的话我就睡了。】

王戎冒充老师谆谆教导：【跟人家好好谈，别使你的狗脾气。另外，有点分寸。】

王术敲了下墙，以示自己的不耐烦。

王戎消停了两分钟，又发来新的指示：【你暑假老实在家里待着，

159

不用出去打工，家里不缺你赚的那仨瓜俩枣的。咱爸咱妈还有我，三个王者能带你一个废铁。】

王术阴恻恻道：【你要是实在有说不完的话，你开门，我现在去你房间。】

王戎：【……】

王戎来去如风，第二天王术起床时她就已经走了。王术给自己绑着小辫儿哈欠连天地出来，听到杨得意一边择菜一边数落："说了多少回包里要经常搁把伞，一把伞而已，能增加多少重量？这可好了，淋场雨成重感冒了，这个天气重感冒说出去都被人笑话。"

"可是最近这几天没下雨啊，从我暑假起就没下雨了。"王术抠着眼角随口道。

"她说下雨，戴着个大口罩，"杨得意顿了顿，"难不成她这几天去哪儿出了趟差？"

"她身份证在家里，出什么差啊。不过我们地理老师说'十里不同天'，前天是个大阴天，说不定'三秋'没下雨，天合下雨了呢。"

——"天合"是王戎公司和曹平的苍蝇小馆所在的区。

"啊，那倒真有可能。"杨得意恍然回神。

4

钱慧辛暑假刚开始就给自己找到一份不错的工作——便利店收银。便利店就开在锦绣大道与繁华大道交汇处。便利店的店长年纪有点大，是个老人，熬不了夜，所以固定负责早上七点到下午四点的时段，钱慧辛负责下午四点到晚上十二点的时段。

"暑假两个月给六千四，你可以开始给自己挑礼物了。"钱慧辛大方地说。

"叮咚——"

有新顾客进门，钱慧辛给王术放下两根烤肠，走向收银台。

王术一口咬下烤肠的一多半，她目光追寻着钱慧辛的背影，贪婪道：

"我正好在两个手机壳之间徘徊不定，你要这么说的话，我两个都要。"

钱慧辛乐了："大家都是成年人了，就要两个手机壳埋汰谁呢，你把嘴再张大点儿。"

王术闻言不假思索啪地往台面上拍了一张花红柳绿的宣传单，说："G理工附近有个小区二期刚刚开盘，我瞧上个小三居，你有空去给我把首付交了。"

钱慧辛忙着给顾客结账，没工夫搭理这个人来疯，倒是货架后面突然转出来一个人，他从王术肩后探出脑袋瞅一眼宣传单"扑哧"就笑了。

"你男朋友在这个小区一期有房子，你别买重了。他高考前全款买的，用自己的压岁钱，特地选的G理工附近的房子。"

李疏高考前一个月刚好满十八岁，他瞧着账户里满满当当的压岁钱，做出个扎实质朴的决定，买房。不过李疏买房不为投资也不为长住，就只是当个偶尔住一宿的宿舍。当然，林和靖也被允许有需要的话可以偶尔去住一宿。

"林学长你什么时候来的？我刚进门没看到你呢？"王术转头笑着跟林和靖打招呼。

"我比你早进来五分钟。"林和靖抱着一堆零食说。

林和靖把零食放到收银台上，跟钱慧辛说："就要这些了，麻烦结一下账吧。"

钱慧辛埋头一一扫码，并在最后扫了下自己的微信代为付款，她利索地装袋，头也不抬地道："请你的。"

林和靖眼睛里带着笑意，问："是庆祝你即将赚到六千四？"

钱慧辛闻言极快地抬头扫了他一眼，说："是还你上回让我蹭车的人情。"

钱慧辛上个月去探监再度偶遇林和靖，因为一起爬过山的交情，钱慧辛这回应邀上了他的车。林和靖一路上话不多，不该问的不瞎问，这点令钱慧辛还算满意。

林和靖拎着东西离开以后，王术问钱慧辛："他家就住附近？"

钱慧辛说："对，就在繁华大道上。"

王术眼睛转了转，突然笑了。她想起来去年除夕李疏问她借碘伏和纱布的事儿。她气喘吁吁给他送过去，问他为什么不问林和靖借，是不是林和靖住得远？他沉默了一下，说，对，他住得远。所以你看看他的追求多么隐秘，像是生怕被追求者知道自己正在被追求。

"街对面人家小孩儿跌个屁股墩儿就那么好笑吗？"钱慧辛顺着王术的目光望向窗外，迟疑片刻，问。

"啊？啊！我不是在笑那个。"王术回过神，给了钱慧辛一肘，"话说回来辛辛，其实林和靖看起来脾气挺好的，而且他跟你说话的时候眼睛会一直看着你，眼神特别温……好了好了，我不说了，你别瞪我，你眼睛太大了我怵得慌。"

王术在钱慧辛这里待到晚饭时间，收到李疏的微信，李疏问她是不是在家里。王术觉得他这个问法有些奇怪，她正琢磨着是哪儿奇怪，李疏的新消息就到了：【你爸让你回来路上买两根葱。】

钱慧辛端着两个泡好的杯面回头，只看到王术的残影。

王术跑得耳边都有风声了，断不会去市场买葱。她一口气奔回家推开大门，瞧见李疏正与王西楼一道蹲在东墙根那个杂货铺一样的小菜圃前说话。说是"杂货铺"，是因为巴掌大的地方种着五六样蔬菜。

"术术喜欢吃生菜，有时候就地薅一把，洗洗蘸着酱油，她能吃半盆儿。术术妈说你之前经常去她那里吃煎饼果子，她那里头裹的生菜就是这片地里种出来的。哎，说到这里我突然想起来，前天收摊儿时术术妈还提到很久没见你去了。"

"因为阿姨后来总是不收钱，我就不好意思去了，不过也还是经常吃，因为会指挥我弟弟去买。"李疏伸手捋着地里的生菜叶子，耳根微红。

"嘿，以前术术也是她姐的跑腿儿的，多给五块钱，可乖了，一溜烟儿就去了。以后想吃就直接去，听叔的，先不论你跟术术现在是什么关系，就冲着以前你那么费劲把她给背回来，就不能差你嘴吃。"

"我知道了，叔。"

王西楼听到王术进门的动静回头，眉头微微皱起："嗯？怎么空手回来的？葱呢？"

王术大步上前随手薅两根蒜苗塞到王西楼手里："给给给，都一样。"她不由分说推着他往屋里走，声音十分不自然，发硬发紧，"赶紧去做饭。"

王西楼哭笑不得，叮嘱李疏以后常来家里玩，顺手从门口的铁钩上取下洗好晾干的围裙，反手往腰上系着进屋去了。

王术回头瞧着李疏，微微挑了挑眉。

李疏满脸无辜："刚到你家门口，正要给你发微信叫你出来，你爸开门出来扔垃圾了。"

……

两人一门里一门外面面相觑，最后李疏表情空白叫了声"叔"，王西楼便把他带进了家里。

李疏一直以为王术就在屋子里，结果跟王西楼蹲在墙根聊半天都没见她出来，他便开始怀疑她根本不在家里——老房子的窗户基本没有隔音功能，她如果就在家里，不可能听不到他的声音。跟王西楼聊了几句之后，有邻居上门借扳手，李疏趁着王西楼回屋去给人取扳手的工夫赶紧联系王术。结果王术的回复还未至，王西楼拎着扳手出来不紧不慢嘱咐了他一句"让她回来路上买两根葱"。

王西楼藏下王术不在家的事实叫住李疏当然不是为了跟他聊那几把菜的事儿。在王术奔回来的路上，王西楼坦率地跟李疏说了些别的更重要的。

"我们家里的具体情况不知道术术有没有跟你说过。术术妈让人把老本儿都给骗光了，还殃及了一些亲戚朋友，我们为了还债，就把原来的房子卖了，搬到了我老丈人家的这个老房子里。不过我们只是住的房子差，日子过得不差，一家四口人，三口都有收入，带得动她。当然跟你家的情况还是比不了哈哈。叔说这些话的意思是，你跟术术交往……不用特别迁就她。术术心大，适应了这里的生活以后，她自己都忘了家无恒产这回事儿了。"

王术往李疏眼前摆了摆手，叫他："学长？李疏？"

李疏恍然回神，嘴角微微勾起，牵住了王术作乱的手。

"大域音乐大厅七点半有音乐会，你要是没什么事儿的话，能不能陪我一起去？"

"我倒是没什么事儿，但是我只听烂大街的口水歌，没什么品味，去了浪费票啊，不然你问问林和靖呢？"

"哦，那我问问他，我这里刚好还有四海自助餐厅的两张券，就是大域旁边国贸中心里的四海，也顺带就跟他一起吃了，不然过了今天就作废了。"

"……不然还是我跟你去吧，我倒不是说馋自助餐，我就是想在音乐方面有点儿长进。"

王术在音乐大厅坐下来的时候是很有些忐忑的，她确实不是谦虚，她平常听的都是流行歌曲，音乐素养约等于没有，因此唯恐在这个票价不菲的音乐殿堂里露出茫然的神情显出自己的粗拙。

不过钢琴小提琴声响起后不久她就没有这方面的顾虑了，神态也逐渐放松下来，在某一小节时手指还不由自主和着乐声轻轻叩在大腿上，她甚至感觉此次约会的高光兴许不只在自助餐上。

王术聚精会神地享受着这场音乐盛宴，在或轻快或轻缓的音乐声里，她瞧见和暖春日里用一顿打换来的新滑板——腿上尚绑着石膏仍非要买新滑板可不得挨顿打嘛；瞧见悠长夏日里杨得意抱着个大西瓜推门进来；瞧见钱慧辛站在第三监狱外墙下笑中带泪，因为她妈妈终于肯出来见她并且在长久的沉默后训了她一句"你回去把秋裤穿上"；瞧见李疏在她窘迫地抱怨他"你被人抓了手怎么也不出声"后略勾了勾唇角。

王术"瞧"到李疏这里，就彻底挪不动道儿了，后面就都是李疏了。

李疏默默与她并肩站着，说"原味冰激凌，谢谢"；李疏把她的脑袋护进怀里，说"她也不是故意的，阿姨"；李疏伸出修长手指慢慢挑起道具喜帕；李疏将她逼至墙根，又弯下腰，查看她有没有咬到舌头；李疏在画室里低头注视着王术，问"我追求得不够明显，是吗"……

"嘿嘿！"王术不慎露出了几不可闻的游丝般的笑声。

李疏轻轻扯了扯她垂在座位扶手上的手指，虽然不知道她莫名其妙地在笑什么，却也跟着笑了。李疏的笑容持续了大概三秒，前排座位的女生偶然回头瞧见，立刻用手肘去撞同伴，不过遗憾的是，同伴回头时李疏刚好抿唇低头。

音乐会只有一个半小时，曲终人散时也不过晚上九点。而夏夜的九点时间还很早，最起码不影响去撮一顿自助餐。王术此刻不再宣扬"空腹听音乐，感情会更饱满"的歪理邪说了，扯着李疏走得很急，出了音乐厅直奔国贸。

"你是真的饿了。"李疏断定。

"嗯？啊，我是怕你饿。"王术犹自嘴硬。

第七章

今天天气这么好

1

钱慧辛整个暑假并没有挣足六千四百块，因为最后一周她的奶奶钱素珍突然住院了，她不得不提前结束暑期兼职去给老太太送饭。钱慧辛得有半年没见到她奶奶了，所以乍然得知她在买菜回家的路上突然昏倒被人送去医院了，很是迷糊了一段时间。

"得去看看她吧？"王术在自家门口啃着黄瓜截住去胡同口买酱油回来的钱慧辛。

"我姥姥说得去。她说下午要陪我去，我没让，我奶奶看到她还不得疯？"钱慧辛举着酱油瓶子推了推眼镜儿。

"你奶奶看到你不疯吗？"王术咬了一口黄瓜，问。

"也得疯，不过我能忍。"钱慧辛说。

"下午我陪你去，反正我在家也没事儿。"王术说。

钱素珍没什么事儿，就是上了年纪常见的那些病，输几瓶吊针也就缓过来了。钱慧辛和王术推开病房门进去，老太太正斜倚在病床上看电视。她瞧见她们，露出个讥诮的笑容，伸长脖子跟隔壁病床的老太太说："喏，戴眼镜的这个就是，没成年就敢下手帮她妈毁尸灭迹，后头上了法庭还跟警察撒谎，小小的年纪，又坏又狠，天生的坏种。"

钱慧辛就像是没听见，慢慢走过去，心平气和地问："吃不吃苹果？"

钱慧辛没跟任何人说过事发那天她做了什么，包括王术。

她放学回家，她妈妈一身血迹坐在厨房门口跟她告别。她妈妈笑得比哭还难看，说没别的办法了，真没别的办法了。她推开厨房的门，看到一地的血和趴倒在地上一动不动的男人。

钱慧辛至今也不知道自己那时为什么会这么冷静。她转头就去抓了拖把过来，两盆水泼下去，血迹就化开了。她是在警察破门而入时手才开始抖的——她妈妈在她拖地时自己报了警。

她妈妈反抗中砍出这几刀之前一共报警七次，她爸爸因家暴坐牢共计不到两年，且次次回来愈加变本加厉。离婚？早离婚了，但有屁用！她爸爸是个不要命的，在她姥姥家附近不怀好意地蹲几天，她妈妈就得乖乖跟他回去。

钱素珍虽然嘴上也不饶钱慧辛，但跟她确实没那么大劲儿，毕竟也是自己曾经抱在膝上喂过饭的孙女。钱慧辛给她削了个苹果递过去，她也就哼一声接来吃了。这之后钱慧辛每天来医院给她送两回饭，一直送到她出院钱慧辛开学。

王术整个暑假都在找兼职中，但由于拈轻怕重，每每铩羽而归。不过倒是把晋市给走了个遍。她家不出意外未来许多年内都得苟在晋市边缘的老旧胡同里，早点熟悉这个城市比较好。

当然对此王西楼有不同意见，他给她们画饼最多五六七八年他们就能"东山再起"。然而这个城市，即便是二手房，房价也已经飙升到四万多了，拿什么东山再起。

不过幸好一家人早就已经习惯胡同生活了，屋破，但是院子大，而且比楼房更能感受到季节变更。

当然，对于王术来说，还有一点好处，跟男朋友只隔着一条锦绣大道，什么时候兴起想见面的念头什么时候能见，哪怕是半夜三更。

至于为什么是半夜三更，反正有一回是王术独自在家看了场电影太过感动，又有一回是王术被王西楼批评了伤心难过；有一回是李疏在海市外婆家待得太久——其实也就两周——深夜的航班回来有"必须得连夜给她的礼物"，又有一回是李疏跟朋友喝得微醺不想"太早"回家。

"晋市是不是比大都靠北啊，怎么感觉秋天比大都冷。"

王术打着哆嗦来到 G 理工的篮球场准备上体育课，冷得十根手指都缩进了袖子里。

"是晋市冷，还是你的心冷？一贫如洗的滋味儿不好过吧？"个别关系不错的同学已经开始跟王术开起这样的玩笑了。

"……心冷，不过想起学长男朋友，又热乎乎的了。"王术嘴上从不吃亏。

——这位同学就是之前在群里回复举着学长号码牌排队的那位。

体育老师呜呜吹着哨子要大家集合，一番热身活动后，体育课代表推来了各类运动器材。王术缩着脖子，鸭子步跑到跟前，小推车内只剩下一副断了两根线又敷衍着系起来的羽毛球球拍。王术举起球拍转身向着同学堆里挥动两下，只有倪静琳默默上前。

王术分给倪静琳一个球拍说："我都不爱跟你玩，你这个人不讲武德。"

"你看看除了我有人响应你吗？你也照照镜子审视审视你自己。"倪静琳皱着秀气的眉。

王术打起羽毛球特别彪，球拍挥得风声倏倏，旁人只剩下捡球的份儿。日子一长，就没人乐意跟她玩了，她追着人说好话也不行。

倪静琳也是实在没有别的对子可搭了，只能屈就王术，但是即便如此，一刻钟后她还是扔了球拍"哑"了一声走了。羽毛球就是得有来有回循环往复才有乐趣，光东奔西跑捡球有啥乐趣。

王术叉腰站在原地露出孤独求败的表情。

"你这球打的……"

李疏感叹着，慢步走过来。李疏今天有个小考，这是提前交了卷来的。他其实五分钟前就到了。倪静琳要不是有帅哥在一旁围观激起了不愿意落于人后的好胜心，五分钟前就"呸"她了。

"是她输不起，我球打得可没毛病。"王术傲然道，"我们来一小局的？啊，时间不太够可能，我答应了小珊学姐一会儿去趟话剧社给她跑个腿儿。"

"够，五分钟就够了，我用你的球风打。"李疏弯腰拾起倪静琳扔在地上的球拍。

王术很快就知道"用你的球风打"是什么意思了。因为现在东奔西跑的那个人变成了她。

比分来到 1 比 10 的时候，倪静琳眉开眼笑地回来了，比分来到 1 比 17 的时候，班里早就悄悄关注这一隅的其他同学也都围拢过来了。

"我就欣赏学长这种即便是自己女朋友也一视同仁按在地上摩擦的认真负责的体育精神。"不知过了多久，有个男生清了清嗓子这样说道。

"你这个角度，我确实下不去嘴反驳。"他旁边的女生接茬。

王术呼哧呼哧轻喘着，第十九次弯腰捡球后，终于结束了这场锥心刺骨的赛事。她抓着没剩多少羽毛的羽毛球往回走，默默告诫自己不许垮脸，她跟输不起的倪静琳可不一样。

"你歇歇，我把球拍送回去。"李疏说。

李疏因为在原地没怎么挪动，一滴汗都没出，仍是神清气爽的样子——与他呼哧带喘的对手形成了鲜明的对比。

"不麻烦你了，学长。"王术露齿笑。

"……"

"我突然觉得美人论坛里你的颜值排行有些虚高，学长。"王术拿过李疏手里的球拍继续露齿笑。

"……"

当着同学们的面，王术与李疏牵手并行离开，表现出了"愿赌服输"的体育精神，显得十分大度。但是一转过弯绕到体育器材室后墙，王术就把手抽出来了，并握拳杜绝李疏再牵回去。

"你不是说你球打得没毛病吗？"李疏问。

王术被堵得哑口无言，只能"哼"声泄愤。

李疏在此之前因为一场比赛有四天没见到王术了，此刻十分想牵手。王术半带戏弄半带说不出口的憋屈，一路坚持握拳走到艺术系楼前，终于不敌男生力量，被男朋友一个指头一个指头地掰开。但这并不是终点。王术虽然迫于外力敞开了指缝，但五根手指头竖得直挺挺的，宁折不弯。李疏手动给她弯折两次，黑眸一弯，终于没忍住笑起来。王术最后看在他一笑颜值又有提升的分儿上作罢。

"小珊学姐，我来拿剧本了，蓝皮儿这两本？"

正在话剧社一角抑扬顿挫练台词的黄小珊听到王术的声音，小腹一收，用"播音腔＋翻译腔"回复："哦，是的，就是那两本儿，谢谢你，我好心的学妹。"

李疏向前的脚步已经迈出去收不回来了，也只好保持面无表情走出门框的掩映。

黄小珊没料到王术身后跟着个人，她面红耳赤喃喃自语："一天天的丢不尽的人……"昂扬的精神状态肉眼可见地迅速萎靡。

王术拎起剧本聊胜于无地安慰她："他不会说出去的。"

黄小珊"哈哈"两声，清了清嗓子，故作镇定："一本给赵瑜，一本给张莉莉，张莉莉纠缠，剧本给她你就走，让她有问题来社里问我。"

王术了然于心："黄鹂那个角色没给她？"

黄小珊挥了挥手："她想得美。"

"黄鹂"是他们新排的一出戏的女主角。张莉莉上周排练时向社里的学长——本戏的编剧——各种撒娇，说她的名字跟"黄鹂"有缘，非要演女主角。问题是她外形不符、口齿不伶俐、演戏信念感不强不说，排练都经常说不来就不来，谁会想不开给她女主角演。

赵瑜和张莉莉眼下都在女生宿舍楼，一个的理由是生理期生不如死出不了门，另一个的理由是"你既然要给她送就顺便给我也捎过来呗"——只字不提自己也可以跑一趟这个选择。

王术把李疏留在女生宿舍楼下独自上楼，很顺利就把剧本送到了赵瑜手上。赵瑜接过剧本还顺手给了她一小兜洗净的圣女果，感谢小学妹跑腿。给张莉莉送耽误了些时间，因为张莉莉看到自己被分配到的角色果然立刻就不满了。

"什么情况？不是说我演黄鹂吗？李东辉上回排练时可没说不行。"她不耐烦道。

"我不清楚，你去问小珊学姐。"王术表情无辜。

"一个破不啦叽的小社团里破不啦叽的剧本儿，当谁稀罕。"

张莉莉转身回宿舍，嘭地将宿舍门拍在王术鼻尖前。

幸好你长得不好看只能在破不啦叽的小社团里演破不啦叽的剧本儿。王术掏出颗圣女果塞进嘴里，一边下楼，一边默默腹诽。

李疏在公告栏前站着，瞧着王术嚼着圣女果走向自己，问："哪儿来的？"

"赵学姐给的。"王术挑出个粉调最盛的给他，"很甜的，你尝尝。"

李疏接住送进嘴里，确实很甜，但比不过王术刚刚说"不麻烦你了，学长"那个假笑甜。他嘴角扬了扬，低头看向她塞得鼓鼓的外套口袋，问："那你张学姐给你什么了？"

王术翻出口袋里硕大的钥匙扣给他看，又给他挑了颗圣女果，没好气道："啧，她可不是学姐，她跟我同级……给我白眼和闭门羹了，不满意给她分配的角色，想当女主角。"

李疏带着她往来时的路走，问："你不想当女主角吗？"

王术沉默片刻，语重心长道："你知道为什么社里的学长学姐都比较喜欢我吗？"她没给他时间回答这个问题，直接揭晓谜底，"因为我比她有自知之明。"

李疏问："是上回演军阀的那个学长吗？"

王术没听明白这个驴唇不对马嘴的问题："啊？"

李疏提醒她："社里喜欢你的学长。"

王术顿了顿，傲然道："那可不止他啊，民国戏里演军阀的，古装戏里演王爷、演土匪头子的，还有现代戏里演霸总的，你是不知道他们为了争夺我打得有多激烈。"

李疏问："你们社里还招人吗？我想去亲眼看看有多激烈。"

王术正色道："你还是用你有限的时间专心跟我谈恋爱吧。你们系这学期的课怎么这么多啊，除了周四几乎天天都是满课的状态。对了，下个周四我没空，我要陪辛辛去看她妈妈。那天她生日，我想在她来去路上都陪着。"

2

晋市早些年为了促进本地的经济和文化发展，各种生搬硬套撺出许多稀奇古怪的"节日"。"汉服日"就是其中之一。这些"节日"只在刚被撺出的那一两年有点人气儿，能吸引邻市甚至邻省的同好者汇集，大多长不过三年。"汉服日"也是如此。今年的"汉服日"基本只有本地高校的寥寥学生参与，有些人是因为情怀，有些人是因为前两年跟风买的衣服再不穿就过时了。

"来，一人戴一条小平安扣红手绳应个景儿就行了。"

王术一边说着，一边给李疏系手绳。她没有汉服情结，李疏更没有，两人纯粹是来凑热闹的。不过虽然只是简单的红绳玉扣，戴在女生手腕上平添柔顺婉约，而戴在男生手腕上……因为李疏肤白，白肤配上红绳，性感至极。

摊主用仓促低头的动作移开自己直勾勾的目光，声音低得几乎听不见："七十五一条，两条一百五，谢谢。"

王术面露不满："你怎么还坐地起价呢？"

摊主弱弱争辩："一直卖的是七十五。"

王术气愤道："你刚刚卖给前面那对情侣的价格是一百一我可听到了，我专门等着他们跟你砍完价才来的。"

摊主一脸"大意了"的表情，再度勉为其难接下了一笔少赚钱的买卖。小本生意果然不容易，顾客竟会埋伏在人群中伺机购买。

王术满意至极把钱付了，叨叨着"前面怎么围那么多人，快去看看"，兴冲冲拽着李疏向前走。李疏对前面的人群没什么兴趣，只低头认真调整自己手腕上的红绳，再把平安扣拨正，一边拨一边忍不住笑。他跟王术在一起总是忍不住笑，但他自己没有留意，至于王术，因为她很少见到他不笑的样子，所以也没特别留意。

前面是一家遥控车模公司在用堆叠游戏吸引流量。

虽然他们的职员都穿着汉服，但堂而皇之售卖奔驰宝马产品还是过分了，跟这个节日氛围格格不入，你哪怕做个步辇或马车应付一下主办方再应个景呢。

但偏偏这个摊位前人最多。因为他们摆在最上面的那台车模实在是大气又精巧。

大气是说它的长宽比，精巧是说它的结构技艺。车模是 1:12 的比例，车顶篷、引擎盖、保险杠、四个车门都是可活动的，并且还还原了原车各个位子的锁扣机构。它可以遥控在崎岖路面跑速度、跑性能，也可以静置于玻璃柜中当个精美摆件。

"欸？居然不是金属的，像是塑胶的材质，真好看。"王术说着，征得商家的同意，双手举起车模掂了掂重量，"不轻啊，得有十斤以上。"

李疏的目光从腕间红绳上移开，不怎么感兴趣地扫了一眼，说："是塑胶，喷了金属漆。"

"我想要这个。"

王术耳边突然响起一个嗲而略尖锐的声音，紧跟着自己手里的车模就被人拿走。她转头看去，那个夺人东西的单眼皮女生给了她并不怎么抱歉的敷衍的一笑，向自己的男朋友微扭了扭身体撒娇。

王术横了女生一眼，转头望向李疏，用同样的姿态扭了扭，龇牙道："我也想要。"

李疏表情僵了僵，慢条斯理地折起衣袖，跟王术说："好，这辆悍马是你的了。"

王术闻言"啊"了一声，轻轻挠脸，心说这是辆"悍马"啊，我就是瞅着有点仿像《猎鹰行动》里黑道头子的座驾。

之后就是两个男生的时间了。他们拿出对待高考卷子上最后一道大题的问题三的严谨态度，用目光比量着角度开始堆游戏币。一开始是三五个地堆，之后变成一个一个的。这在李疏日后回忆起来必定是丢脸的一件事情，但此刻他可不觉得丢脸，他全力以赴要把眼前的游戏币垛堆到最高。

……

"那最后谁赢了呢？"二姥姥问。

"倒是都没赢。车模三千多呢，厂家又不傻，哪能那么容易让人赢走？我问了旁边摊主，一整天都没有人能堆到他们要求的高度。"王术遗憾道，"不过有些不要脸的既输了比赛又输了人品。"

"什么意思？"二姥姥十分好奇。

王术嘴唇微动了动，没出声儿，是两句脏话。

李疏遥遥领先时，那个女生待不住了，她假借此处无聊要去隔壁摊位看展，在经过李疏时，肩膀上的粉嫩嫩的单肩包"不小心"蹭到了他的胳膊肘，李疏的成果一瞬归零。

"啧，这姑娘心眼儿挺坏啊。你没收拾她吗？你该不会是个窝里横吧？"二姥姥顺手收拾着小菜圃旁边的碎砖块，笑着拱火。

王术当然不是窝里横，她当场就怒了，转头就要跟上去，却被李疏给扯回来了。

"你干什么？"李疏问。

"去薅她头发！"王术怒气冲冲道。

李疏甚至都懒得看那对输不起的情侣一眼，他对悍马车模本身也没什么兴趣，之所以参与这样幼稚的游戏纯粹是因为王术绿着一张脸学人家扭动的那两下，又好笑又可爱。

李疏一手牢牢攥着她的手腕，一手打开手机支付软件，说："天气这么好，没必要为这点儿事生气，我们买一辆吧。"

王术奔腾的情绪突然就被一句简简单单的"天气这么好"给扑灭了。

上体育课时太阳将露未露她觉得甚冷，与李疏在并没有什么热度的太阳底下压了半晌的马路，她不知不觉就遗忘了体感上的冷，不知何时竟也生出了"今天天气这么好"的感慨。

"不知何时"这个形容或许有些不准确，可能是她跟李疏分享着一小袋圣女果并肩向校外走时，也可能是她低头给李疏戴平安扣红手绳时。

王术将李疏的手机按回去，转开头没去看他的眼睛，嘟嘟囔囔："买什么买，我就是瞎起哄的，你要不说我都不知道它叫悍马。"

……

二姥姥笑模笑样地望着王术，在等她的答案。

"……我在背后诅咒她了。"王术顿了顿，悻悻道，然后在二姥姥开口取笑她之前起身快步往屋里走，"姥姥，我妈在屋里吗？"

"在屋里呢，给我找个你家多出来的油瓶儿。"

王术进门却并没有去找妈，而是径直回了自己房间。她的手机在回来的路上电量耗尽关机了，她趴在床头给手机插上数据线开机，收到李疏的微信。没有文字，只有一张图片，图片里是王术后来在别的摊位看到奇景时眯起眼睛龇牙笑的样子——十分近的距离，传说中的男友视角。

王术把图片下载到手机相册里，给自己瘦了瘦脸又开了开眼角，再将修过的照片发回给他，并故作骄矜指示：【原片删了，存这张。】

李疏嗤笑她：【没有审美，修得不如原片。】

王术窃喜又嘴硬回他：【眼睛大下巴小就行。】

李疏大约忙去了，没再回复，王术便美滋滋地去翻阅手机相册里女友视角的李疏。她近距离给他拍了好多照片，就在他说完"天气这么好"以后，在这些照片里，他或神采奕奕地笑着，或凝神望着前方，十分英俊的青年模样。

大约是因为王术在高墙外面等着，钱慧辛这回坐在冷冷清清的小房间内等着她妈妈冯淑萍，内心十分平静。

王术刚刚在来的路上说了，一会儿不急着回去，去衡河水库旁边坐坐，听听滔滔水声，再抒发抒发人生感想。啧，可别听她胡说八道，她一个天天只琢磨下顿饭吃点儿什么好，万事不往心里搁的人有个屁的感想可抒发，她就是想给自己"安利"最近热播的那个电视剧里的少年将军。

根据钱慧辛的观察，随着电视剧的播放接近尾声，王术澎湃的感情正渐渐从少年将军这个角色身上转移到演员本人身上，具体表现就是隔三岔五给钱慧辛转发演员本人在成长和从业的过程中在各个犄角旮旯里发生的趣闻轶事。

外面空地上传来口哨声，似乎是管教在领着监舍的人做什么活动。"哐当""哗啦"下面楼层里某个房间的铁门被关上并锁紧。钱慧辛回神轻轻抠了抠手背。

冯淑萍跟在管教后面走进会客室。钱慧辛起身又坐下。

——因为冯淑萍最近表现得好，所以管教特别允许她们母女俩在会客室见面。

"上回跟你提过一句，你妈妈中秋参加监狱举办的手语操竞赛以后就开始自学手语了，前两天我路过一看，都能用手语跟同监房的狱友简单交流了。"管教把冯淑萍带到钱慧辛对面的座位，跟钱慧辛说。

"啊，我买了几本手语教材这回带过来了。"钱慧辛赶紧说，从背后拽出个透明塑料袋。

管教欣慰地点点头，没再说什么。

因为这些书进来时已经被翻检过了，所以钱慧辛征得管教同意直接就将它们交到了冯淑萍手上。两人交接书时，手指碰到了一起，钱慧辛抖了一下，被冯淑萍轻轻握住了。

钱慧辛一愣，眼圈立刻就红了。她低低叫了声"妈"，眼泪滚滚落下。

管教见状嘴角微不可察地向上提了提，她默不作声走开了些，给她们腾出方寸之地抒发情绪，但仍尽忠职守地保持关注着这边的姿势。

冯淑萍说："去年就跟你说了，过生日自己过就好了，来监狱找我晦气不晦气？"

"不晦气，谁在这天生的我，谁就得这天陪我过。"钱慧辛粗鲁地横臂擦掉眼泪，露出开心的笑容。

冯淑萍看到钱慧辛的笑容愣了一下。她有两年的时间没见过钱慧辛这样由衷的笑容了。不，其实不止两年。冯淑萍就这样瞧着叫着自己"妈"眼里湿意未退又染上了笑意的女孩，忽而自己也笑了。

冯淑萍虽然个子不如钱慧辛高，但五官可比钱慧辛精致多了——"三秋"胡同的老街坊们都是这么评价的——她这一笑就露出了美人相。管教在不远处望着，虽然面上做到了不露声色，内心却无限唏嘘。

钱慧辛前脚刚迈出第三监狱大门，王术便摘掉耳机往口袋里一揣小跑着迎过来了。她觑着钱慧辛的神色，一时不知道应该说些什么，纠结半晌，斜勾着脑袋小心翼翼地问："吃不吃面，来时经过的那家？"

钱慧辛故作严肃地盯她十来秒，突然露齿一笑："不吃面，我想吃蛋糕。"

王术神情一松嘿嘿笑着大力点头："有，有有，水库下游就有个大拇指（面包房）。走，去大拇指端个蛋糕，到水库边上赏赏景。"

因为这一天遇到的全是好事儿，早上姥姥一边抱怨她赖床一边几乎强行喂到她嘴里的长寿面，上午冯淑萍阔别已久的亲近和下午王术掏空钱袋买的甜而不腻的生日蛋糕，钱慧辛趴在石栏上望着滔滔河水甚至惬意地哼了几句电视剧插曲。

王术舔掉食指指腹的奶油，走开几步扔掉纸托，用两根手指从口袋里夹出张湿纸巾，慢悠悠擦拭着双手在落日的余晖里走回来。

　　"昨天我去图书馆借书，见到你和林和靖坐在一起，你们什么时候熟起来的？"

　　"没熟，是碰巧遇到。阅览室没空座儿，他朋友刚好提前离开了，我就去坐了他朋友的位子。"钱慧辛漫不经心地解释，又蹙眉不满地继续道，"我辈真是越来越卷了，以往都是考试周才一窝蜂拥去图书馆抱佛脚，现在平平无奇的日子里也都是风雨无阻。"

　　王术回忆起王戎及大舅家的表姐刚毕业时四面八方碰壁的焦虑，心有戚戚焉："可能是越来越清醒地意识到，没有点知识傍身，毕业以后的日子不好过。"

　　"也没见你去几回图书馆跟人卷啊。"钱慧辛斜眼看她。

　　啧，长得好看就是吃香，斜眼看人也赏心悦目。王术望着钱慧辛不由得感叹。而像她这样长得一般的人，一斜眼，杨得意就要抄家伙。

　　"我只要想卷，在哪儿都能卷，根本不需要图书馆的氛围烘托。"王术说。

　　"这一点我信你。我听你妈说，你高三决定奋发图强时，去楼下小商超里买包卫生巾的工夫都能背一篇英语范文。"钱慧辛顿了顿，无奈道，"可我不行，只要周围一吵，我就很难集中精神。"

　　王术屈指在石栏上梆梆磕了两下，露出严肃脸："跟你说林和靖呢，怎么扯到这里了？"

　　钱慧辛伸手勾开被风吹到脸上的头发："不是告诉你了不熟嘛，有什么好说的？"

　　王术听着钱慧辛理所当然的轻飘飘的语气，在心里提前给林和靖点起了蜡。

　　"我觉得他喜欢你。"王术认真道。

　　"我也觉得……"钱慧辛虽然笑着，但也是很认真的态度，"但那是他的事。"

王术抿了抿唇，实在不知道说什么好，给钱慧辛竖起个大拇指。

王术跟钱慧辛在水库旁吹着风聊天时，王戎正对着镜子给自己上药。她上完药顶着花花绿绿的一张脸抄起个酒瓶就出去了。然而遍寻不到曹平——大约是被他的那两个朋友劝着出去喝酒了。王戎将酒瓶砸碎在墙上，在原地急喘片刻，掏出手机拨打了报警电话，说自己卡里的钱被人偷走了。

在等待警察上门的时候，王戎突然笑起来了。曹平早在几个月前被她发现的时候就说过，她没法证明那些钱不是她自己转出去的，她确实如他所言没法证明。他们夜里睡在一张床上，他多精明，早弄清楚了她的支付密码，而且他转账的那个朋友她也认识，曹平欠着那个朋友的钱，欠挺长时间了。整件事情唯一的不妥之处就是转账以后转账记录被删掉了，如果真是她自己转的，她没必要删记录，但这点"不妥"过于薄弱了。

王戎想起来去年祭灶节时，她还嬉皮笑脸让王术转告三秋胡同里最漂亮的小姑娘钱慧辛，"男人都可会伪装了，不要上男人的当"。嘻，她自己都没有把这句话放在心上，让人两句关心就给哄得找不着北了。

王戎最初对曹平并没有什么印象，只知道他在她们公司附近的巷子里开着一家以面食为主的苍蝇小馆，面的味道倒是还行，但也只是还行，而且店主三天打鱼两天晒网的根本留不住客。

她那晚加班至九点多，关机下楼时实在扛不住，拐去了他的小馆吃面。结果刚点好面付了款，店里就进来了几个醉醺醺的男人。他们把店里的塑料凳子拽得哗哗响，大声喧哗，满嘴脏话，并时不时不怀好意盯她一眼。

王戎对自己的长相和身材都很有自信，除非黑灯瞎火，不然极少有人不长眼地来调戏她。然而当下那几个男人看起来都醉得不轻，很难说他们酒后的审美是什么水平。王戎正犹豫着应该怎么办，曹平掀帘用熟稔的语气招呼她进后厨："王戎，你进来吃。"他后来说是因为曾听过她的同事叫她的名字。王戎搬了个小马扎坐在后厨吃面，她瞧着他忙碌的背影，不自在地跟他搭话："我其实一般还是安全的。"曹平回头笑道："不要这么说自己。"

"王戎，你进来吃"和"不要这么说自己"，仅仅如此。

王戎拖着疲惫的脚步去卫生间取来扫帚把地扫了，又弯腰去拧拖布的时候才后知后觉地上有血，她直起身疑惑地望着地面，一时搞不明白哪儿来的血，片刻，突然顿悟，撇着胳膊向后看，在胳膊内侧发现个寸长的斜长伤口。是曹平摔碗时溅起的玻璃碗碎片割过去的。

"叮"的一声，一条新消息至。王戎麻木地用未擦干血迹的脏手掏出手机。是杨得意的信息。杨得意问，这周末回不回家，回家的话给你炸小鱼吃。王戎抬头观察着对面镜子里自己凄惨的模样，终于忍不住哭了起来。

　　3

话剧社新排的励志剧最终在校庆时搬上了舞台。张莉莉再不愿意也只能跟王术一起演配角，高光是主角赵瑜的。一出啼笑皆非热热闹闹的大剧后，幕布徐徐落下，观众渐次离场，演员们各自卸妆，只剩下张莉莉一个人满口抱怨郁郁寡欢。

"王术术，谁给你送进来的糖葫芦？给我尝一颗，我明年校庆给你写个剧送你个女主角当当。"社里的笔杆子学长李东辉突然斜向王术，跟她开玩笑。

王术多机警，立刻就点出了人心险恶："嚯，一竿子就给我支到明年了，你根本没想让我当女主角，就是馋我的糖葫芦。"她把糖葫芦放远一些，凉薄道，"不给你，这是我男朋友给我买来预祝我演出成功的，你想吃也让你男朋友给你买去。"

学长把头缩回去，怨念道："我还不至于为了串糖葫芦把自己掰弯了。"

张莉莉满腔愤懑正找不到出口，闻言瞧了王术一眼，突然幽幽地插嘴："是因为我真的不适合角色，还是因为我不如有些人会来事儿？"

王术一愣，忍不住提醒她："我也是配角。"

而演主角的那位没卸妆就急匆匆赶讲座去了。

张莉莉说："配角跟配角也有不同，你即便被分到丑角，也是讨喜的丑角。而且据我所知，这个戏里一开始甚至都没有写你这个角色。"

张莉莉拉长脸这样说着，借着卸妆将台面上的瓶瓶罐罐重拿重放，把后台的氛围搞得非常尴尬。无关人等默契地寻隙一一离开。后门不断开开合合刺激着所有没卸完妆的人的神经。

黄小珊警告道："你别犯神经张莉莉。在修改剧本的时候增添角色和剧情都是再平常不过的事儿。而且我们本来就是奔着尽可能全员参与的目标去的。王术讨喜是因为人家有心，人家知道自己给角色丰富细节，你倒是说说，你做了什么？差不多就得了，这个剧过去了还有下个剧，这回角色不满意还有下回，本来就是因为兴趣相同扎堆玩玩的事儿，你这样就没意思了。"

张莉莉露出讥讽的笑容，冷冷道："你们话剧社抱团排外已经到了都不必遮掩的地步了吗？那新学期为什么还要招新？你们这些人自己玩就好了。"

黄小珊气得头发倒立，全力以赴积极争取是好事儿，但是到了蛮不讲理的地步就令人反感了。她张嘴就想喷人，但是细一打量，张莉莉似乎已经是强弩之末了，虽然仍在振振有词抗辩，但眼圈微红，又有些泫然欲泣的意思，她便只好忍气住口了。

笔杆子李东辉受不住这个尴尬的氛围，劝解学妹："都少说两句，不至于，下回再写剧本，我一定好好琢磨，给你们都琢磨，好吧？"

张莉莉不领情，不屑地啐道"不稀罕"，长公主脾气尽显。

大约真是觉得委屈极了，在一片静默里，她到底没忍住，喉头溢出了一丝哽咽。

王术可不惯她这"自怜自苦"的毛病，她咬着糖葫芦，慢吞吞地回复她前面的诘问："我们招新的时候没料想到会招进来个你。既然彼此都错付了，反正话剧社是不可能因为你解散的，那不如你自己退社吧。"

黄小珊和李东辉齐齐倒抽一口气，李东辉椅子向后一划拉，做出"待不住了快让我走"的架势，黄小珊悄悄给王术使眼色，意思是"得了得了，她都哭了，你可别火上浇油了"。

然而王术一直被王戎吐槽"疯起来跟狗似的"，那必然是有原因的。她忍张莉莉着实是有一段时间了，本来这出剧排好了演完了过去了也就算了，但张莉莉不依不饶又来阴阳怪气，那她就不能再忍了。毕竟大家都是初来乍到，谁没有点不为人道的破烂脾气。

张莉莉用红通通的杏眼死死盯着王术。

王术此时是标准的坏女配做派。她说完这话故意不去看张莉莉，半起身眯起眼睛对着镜子撕扯自己的假睫毛和双眼皮贴，费半天劲撕扯下假睫毛和双眼皮贴，余光见镜子里张莉莉仍恶狠狠盯着她，又慢条斯理去摘落进头发缝里的金纸。

"王术你什么意思？"张莉莉怒声道。

黄小珊起身挡住镜子里王术的目光，虽也烦躁却十分娴熟地哄着张莉莉："你别理她，她可能是还在人物里没出来。你赶快擦掉油彩去洗脸吧，这油彩一罐不到十块钱，很伤皮肤的。"

"……我是真心的。"王术在黄小珊身后用推心置腹的语气道，"学校里社团挺多的，你别净逮着一个祸害，也去瞧瞧别的社团吧。"

"你有病吧？！"张莉莉狠狠一捶桌子，眼泪喷了出来。她习惯用"积极争取"的方式扇别人巴掌，这是第一回被人用这么硬的话反手扇回来。

"你污蔑我是因为会来事儿才能分配到角色的，你没病吗？"王术沉着脸说。

头发缝儿里的金纸太碎太多了，根本摘不完，王术快刀斩乱麻给自己扎了两个支棱着的小翘辫儿，决定回家找杨得意摘去。

"起开！不服报警去吧！"她寒声道，扬长而去。

然而攻击一个已经流泪的女生并不会真如王术表现出来的那样轻松，即便真正不讲理的其实是那个女生，她只不过是在据理力争。

步出礼堂大楼，王术仰天望着，渐渐开始气弱，她烦躁地抓了抓头发，神色讪讪，嘴唇微动着，不出声地道："……你哭你也没理。"

两天前的一句承诺突然炸雷般劈进脑海里，"就定这个时间没问题"。王术抓头发的动作一顿，手忙脚乱地去口袋里掏手机。果然，上台前设置了静音的手机现在屏幕上有四个未接来电。

王术跑得气喘吁吁的，仍是迟到了半个小时。她接连跟李疏道歉，但并未取得李疏第一时间的原谅。

在王术与张莉莉翻脸的时刻，李疏这里恰巧也不大平和。

胡泊最近联系不上李道非，电话打不通，公司及住处也都寻不到人，她索性就来李疏这里碰运气了。李道非接起了李疏的电话，这让胡泊出离愤怒了。

"我就知道，你儿子的电话能让你装死途中惊坐起。"胡泊笑了，"你有意思吗？弄得好像我缠着你似的。我缠你了吗？我就要个有始有终，你屎成这样吗，大叔？"

李道非当然不是屎，他是习惯了用这样的方式结束一段感情。他上个月临出门前给胡泊买了两个爱马仕的包，那包转手出去就是大几十万，他觉得自己结束的方式真的很体面了。他与胡泊交往将近三年了，感情消磨得涓滴不剩了。最起码他的感情是这样。

但胡泊手里拿的是李疏的电话，这表示李疏就在旁边，他再渣也不能当着儿子的面不做人。所以他很平心静气地劝："我就是到英国办点事儿，顺便跟朋友聚聚，你电话打得不是时候。乖，我喝了大半夜的酒，现在脑子不大清楚，你等我下周回去，回去再说。"

胡泊冷冷道："大叔，我跟你儿子考上的同一个大学，我还是他的师姐，你真把我当个蠢货糊弄事儿呢？"

李疏坐在教室最后面一排一圈一圈转着手里的笔。他的电脑屏幕因为长时间未操作暗下来了，他在回车键上一敲，屏幕重新亮起来，映入眼帘的是未敲完的非均匀形核热力公式。

　　李道非揉着脑袋下床，给自己倒了一杯冰水一股脑灌进喉咙里，他定定瞧着窗外晨霭里树梢上的露珠，片刻，叹道："胡泊你这样没意思。你把手机还给李疏，去个别的地儿，我给你发视频仔细谈谈。"

　　李疏在他们说最后几句的时候开始收拾自己的东西。他拔下电脑充电线，合上教材和笔记，从胡泊手里接过尚未结束通话的手机，不理胡泊口中的"他有话要跟你说"，直接捎了装进口袋里，然后拎起背包向外走。

　　李疏走到教室门口的位置停下，交还刚刚借用的教材给同学："谢谢，有个公式引用错了，给你圈出来了。"

　　"啊？什么？圈出来什么？"同学尚悄悄琢磨着胡师姐那通信息量丰富的电话，没有反应过来。

　　李疏屈指敲了敲桌面，他突然惊醒，尴尬地向上推了推眼镜，赶紧去翻看教材："我是不是套反公式了。"

　　胡泊听到李疏与人说话惊诧地望过来。胡泊刚刚是从后门进来的，她眼大漏光，以为下课同学都撤了，没留意到前面第一排趴着个小个子男生。胡泊上次是酒后失言暴露的"他的父亲是我男朋友"，这次也不是存心的。她暗恼恨狠狠掐了把自己，追出去叫住李疏。

　　"你还有事吗？"李疏转身瞧着她，面色十分平静。

　　天空灰蒙蒙的，前天起便是如此，风里的湿意越来越盛了，不必去查气象软件，体表就能感知到，一场连绵秋雨在所难免了。

　　"我真没看到前面座位有人。"胡泊略感抱歉地说。

　　李疏想了想，回道："没关系，我并不丢人。"

　　胡泊感觉这话如此刺耳，她问："那你是觉得我丢人？"

　　李疏觉得她问出这个问题很奇怪，道："我们并不怎么熟，所以你丢不丢人，我觉得没有和我讨论的必要。也希望师姐以后不要再来找我，因为真的很打扰到我。"

李疏走出教学楼，接到李道非打来的电话，李道非向他道歉，说回来给他带礼物赔罪。

李疏难得地直接跟李道非发火，说你自己其实一点都不觉得抱歉，你道个屁的歉，我对你没有别的要求，就是把跟姑娘的那点破事儿藏好了，别让我看见跟着尴尬！

第八章

失信于男朋友也不行

Wang Zhu

1

天空突然开始发亮，但这并不是天要转晴了的意思，而是城市上方积雨云多，各种角度多次折射的光也多造成的。两个原本商量好了要去密室逃脱的人在学校门口相向而立，因为各自经历了些不愉快的事儿，一个比一个脸黑。

"你为什么就不能说我两句就算了，这又不是多重要的事情，出发晚了就晚了，即便今天去不成也还有明天。"

"我跟你确认了两遍你都说没问题。你失信于人却根本没觉得自己做错了。"

"……我失信于男朋友也不行？"

"不行。"

王术静静瞧着突然与她针锋相对的男朋友。其实她小跑过来的一路上，道歉的腹稿都打好了，但是一照面他皱着眉头仿佛很不耐烦的样子一下子就把她给打击到了，她便故意不道歉胡搅蛮缠。

一阵沉闷的雷声过后，有两滴雨珠滴落在王术鼻梁上，她抬手揩掉鼻梁上的湿意，转开目光，鼻腔一下子就酸了。

"好吧，我道歉，是我跟人吵架忘了时间。"王术哑着嗓子说。

李疏看到王术的眼睛突然泛红不由得愣住，压在心头几乎凝成实体的沉甸甸的烦躁一下子化成无足轻重的黑色雾气。所谓"失信于男朋友也不行"的坚持瞬时瓦解。他低头趋近王术，有些慌乱地低低叫了两声她的名字。

王术不愿意在李疏面前掉眼泪，因为觉得有伤自尊。她轻轻吸了吸鼻子，向后退开一些，正要假装无事嬉皮笑脸两句，口袋里突然传来手机嗡响。

电话是王戎的朋友翟欲晓打来的。

翟欲晓跟王术说，王戎出了点儿事现在在医院里，要王术不要声张悄悄来医院一趟。

王术没反应过来，直愣愣问："王戎她为什么在医院里？为什么不能声张？"她顿了顿，一个炸雷劈进脑海里，倒抽一口气，哑声问，"她怀孕了？"

翟欲晓虽然一直知道王大头的脑回路异于常人，但闻言仍是没忍住扶了扶墙，她急赤白脸批评道："你小点儿声，别让你爸妈听到。别瞎猜……她跟人打架。总之你来了就知道了。"

王术在翟欲晓的呵斥中切断通话。她点进叫车软件，低头避着李疏的视线，讪笑道："对不起，虽然迟到挺让人扫兴的，但肯定不比游戏刚刚开始就走人更让人扫兴……"

李疏沉默了下，伸手把她的脸抬起来，他想跟她道歉，但那几个字却堵在喉咙没能说出来。

王术与李疏赶到医院，在影像室外走廊里等待王戎检查骨头的时间里，迅速弄清楚了事情的来龙去脉。简单来说就是，王戎与曹平这段不被人祝福的感情，在重创了她的身心之外，还差点令她一贫如洗。

翟欲晓倚在墙上絮絮叨叨在跟王术讲述今天的事情。

"我明明听到卫生间里有声音，曹平非说里面没人，而且表情看起来也不太对劲儿。我给林普使眼色，说要去借卫生间，他急哄哄地推开林普就要来拦我……我那时以为他多半是偷偷劈腿了，里面极有可能是藏了个乱七八糟的女人，没想到拧开门里面是王戎。

"你别着急听我把话说完。王戎没有伤到不能呼救，她就是……自个儿嫌丢人，所以蹲在里面一直没有吱声。脑子被驴踢了。我听曹平骂骂咧咧那意思，似乎是王戎从他那里要不回自己的钱，昨天晚上就背着他联系了他妈。也是赶巧了，他妈那时正躺着跟同事一道做脸，王戎丢下的炸弹让同事听了个大概，十分丢人，他妈当即就替他把钱还了。哦，没还完，最后少给了两千七，估计他妈也就是被架到那里了，只好端出'不就是欠你几个钱'的姿态，其实也不富裕。

"王戎在来的路上跟我说了实话，这是曹平第四回跟她动手了。这一回是因为她联系了他妈让他现了个大眼，所以他下了重手。之前都只是瘀青。她不是离不开他，她继续与他周旋着只是想要回自己的钱，你妈那儿以后她各种省吃俭用攒下的，四万多不到五万吧。"

……

影像室的电动铅门突然滑开，王戎托着胳膊跟里面的医护人员说着话倒退着出来，王术终于瞧见了王戎的模样。除去颧骨、耳后、下颌和胳膊上的瘀青之外，她颈侧有暗红的指印，显然是打斗中被人掐了脖子，右眼眼周肿胀，眼球有淤血。

王戎跟翟欲晓和林普打了个招呼，把右胳膊微微托高一些向他们示意。

"片子还得一会儿出来，我听他们在机器后头讨论，应该是骨裂了。"她说，转头瞧见王术一愣，继而长长地"嘶"一声，皱眉道，"行了，事情都解决了，哭什么哭？心疼我啊？"

王术眼泪簌簌往下落，张了两次口才终于能出声，她狠狠抽着气，哽咽道："我才不心疼你，爸妈跟你说了多少遍那个人不行，你就非得犟劲！"

王戎一愣，哂笑："我这不是也得到教训了嘛。"她顿了顿，向王术身后的李疏露出个变形的笑脸当作打招呼，继续跟王术说，"我在曹平那里的东西已经都收拾好了，现在就放在林普的车后备厢里。我最近没法回家，得去林普那里住。嘿，林普下楼去跟他晓晓姐住。"

王戎这样说着，给林普了个"不客气"的眼神。林普从小就招架不住这位"戎戎姐"的玩笑，不过看在她负伤的分儿上，他这回没有直接忽略，而是配合地点了点头，露出"我谢谢你"的眼神。

翟欲晓一时都不知道应该怎么评价自己的这位朋友了，没见过这么心大的，眼睛肿胀得跟鼓眼蛤蟆似的，都不耽误人家挤眉弄眼开她和林普的玩笑。呵，身残志坚，令人感动。

王戎用两声咳嗽扯回正题："叫你来是让你串供的。主要是你最烦人，这事儿不让你知道个清楚，日后保不齐你在爸妈面前怎么抖机灵给我找麻烦。总之，爸妈要是问起来，我会说去海市出差了，出差时间跟以前一样是两周。到时看情况我再'请年假'在当地'玩'一周，这样除了胳膊骨裂，其他应该就能恢复得差不多了。骨裂没事儿，我不小心摔一跤也能骨裂，这个好解释。你也得这么给我圆，你记好了。"

至于曹平，等她"出差"回来就会假装跟他出现矛盾搬回家里，之后再演两场冷战顺理成章分手。王戎早在来医院的路上，就把自己这段恋情的结尾安排得明明白白的了。

王术在王戎的絮叨里走神了。她突然想起来，大约两三个月前，有一天深夜她要出门，正遇到王戎突然回家。王戎戴着很大的口罩，一直藏在阴影里，说自己淋雨感冒了。她后来还跟杨得意讨论那段时间晋市有没有下雨。王戎那次不是感冒吧？

王戎见王术一言不发，也不指望她了，目光向后移动落在李疏身上，和颜悦色道："我这边事情都解决了，这些伤也都不严重，你们俩回……"

"曹平在哪儿？"王术抬手抹了把泪，大声问。

"要去给我报仇啊？"王戎忍不住笑了，一笑扯动脸上肿胀的肌肉，又嘶嘶叫着去托下巴，"那真不用了，他俩上门前我就蹲在卫生间里报警了，在警察上门之前，林普很有可能把他给收拾了。你看，晓晓断了指甲，林普伤了脸。"

而事实是，曹平当时看到事情败露就要溜，但翟欲晓哪能让他溜，她带着哭腔骂了句脏话越过林普就去抓他的脸——指甲就是那时候断的。林普当然不能放任他晓晓姐单打独斗，而且王戎伤成这个样子他也恼火，所以反手抄起了椅子——那椅子是老式的，椅背由很多镂空木片组成，脸就是被椅背崩出来的木片划伤的。

王术顺着王戎的话望向林普，这才发现林普受伤了，而且就伤在眉骨那里。她突然觉得奇怪，她以前多么喜欢林普，瞧见林普心里就酸酸涩涩的，现在居然就连他脸上明显位置的伤她都没注意到。王戎只能是一半的原因，另一半原因……就不必多言了。王术收回视线，控制着自己没有回头去看李疏。

"我没有答应你不告诉爸妈，你要钱不要命就欠爸妈收拾你一顿。"王术悻悻道。

王戎面色一黑，正要翻脸，被翟欲晓截住了。

"你爸妈岁数都不小了，你们一家四口要是往后一直平平顺顺的，日子倒也差不到哪儿去，但就怕遇上点儿意外。你妈说过你家现在扛不住任何意外，王戎把这话记心里了，所以那钱必须要回来傍身。当然，用这种方式要回来肯定是蠢的。"翟欲晓道。

王戎三番五次要王术和李疏先走，说他们等片子出来缴个费领个药也就走了，王术推拒了两回不成，便撂下脸色真的扯着李疏先走了。

王戎盯着王术僵硬的背影和右耳旁的小翘辫儿——仿佛在表演怒发冲冠——嘴角微微勾起，片刻，用无名指轻轻揩了一下眼角。

在王戎能瞧见的范围里，一直是王术气咻咻扯着李疏，走得迅疾且决然，但转过回廊王戎瞧不见了，王术脑子里的那股邪乎劲儿就下去了，她越走越慢，甚至没留意堵了两回道儿——又忙不迭跟人道了两回歉。

翟欲晓待到王术的身影消失不见，咬着指甲上的小毛刺口齿不清地道："难得你们家大头表现出姐妹情深。你刚刚从里面出来的时候，我看她眼睛突然瞪大眼眶一下子就红了。这么一看也不过是个色厉内荏的小姑娘，不但不像狗了，还有点可爱。"

王戎瞧着翟欲晓指甲缝里干涸的血迹面色复杂，心说你拧开卫生间的门时跟她是一样的反应。她低头清了清喉咙，趁着林普离开去拿片子，跟翟欲晓开着玩笑："你可千万别让她听到你说她'可爱'，被情敌夸赞可爱是种蔑视。"

翟欲晓握拳给了她一捶，自己却又忍不住笑了。

李疏牵着神思恍惚的王术来到医院停车场，王术一抬眼便看到林普的路虎。他们来的时候没留意，林普的路虎就停在斜前方的车位里。王术向李疏指了指那辆车，李疏便明白她什么意思了。

两人各自上了车，在沉闷的雷声里等着王戎，也等着一场秋雨。

李疏从车窗玻璃里望着红着眼眶一语不发的王术，心脏跟着她发酸发软。

大约一刻钟后，秋雨来了，再一刻钟后，王戎吊着右胳膊，左手拎着印有"人民医院影像科"字样的塑料袋也来了。她的脸上敷了药，不知道为什么，看起来更肿了，眼睛也挤得更小了。

王术瞧着王戎偏着脑袋龇牙咧嘴说笑着，紧跟在翟欲晓后头弯腰上了林普的车，眼泪突然再次决堤。她一直嫌弃王戎，因为王戎总是在杨得意面前给她上眼药，不大方，不温柔，还老是叫她"王大头"。但是看到王戎脸上的肿胀和眼球里的淤血，她愤怒得恨不得手刃了曹平。

王术正尽情流着眼泪，眼前突然黑了。她反应迟滞片刻，忆起早前他在学校门口的不耐烦，故意恶心他，用微颤的鼻音道："沾你一手鼻涕。"

李疏抽出张湿巾纸糊到她脸上，轻轻揉了揉丢掉，又抽出一张低头给自己擦手，说："别哭了，哭没有用，你告诉我他住哪条街上，等他从里面出来以后，我两条胳膊都给他打折。"

王术转头愣愣望着面无表情的李疏，一时居然分辨不出来这人是开玩笑的还是认真的。她吸了吸鼻子，说："一条就行了，不然他没法上厕所……还是要有人道主义关怀。"

王术这么说完，自己都被自己给逗笑了。那又哭又笑的模样看起来既狼狈又可爱。

李疏给她系上安全带，又给自己系上，缓声说："我准备把这辆车卖了，你坐这辆车哭两回了，可能是哪儿不干净。"

王术擦着眼泪清了清喉咙，点头道："对，是车的问题，不是你的问题。"

李疏伸手揉了揉她的发顶——揉掉两片金纸，他转着方向盘倒车出来，说："是我的问题，我心情不好，对不起。"

王术大度地认为，人在心情不好的情况下说一两句不悦耳的话，是可以被原谅的。

李疏问："你跟谁吵架了？吵赢了吗？"

王术三言两语跟他讲明原委，悻悻道："不止赢了，我都把她气哭了。"

李疏听出她又抱歉又不服气，忍不住笑了："是她自己的能力强不过野心，不用理她。"

王术喜欢李疏这样的解释，张莉莉不光是能力强不过野心，脸皮也强不过野心。

"你为什么心情不好？"她问。

因为不是什么光彩的事儿，李疏并不想说，但是王术目光灼灼望着他，一副跟他交换故事的样子，他便不得不开口了。

王术听得直皱眉，说"跟你爸之间的事儿跑来找你她就不能是什么好人"，李疏又跟她说了最后的插曲。

王术听完深深替他尴尬，他们专业统共就那么一小撮人，本科生和研究生都差不多互相叫得出名字。她伸手抓起旁边李疏喝过几口的水默默送到嘴边，几度要喝又几度止住，犹豫道："我感觉虽然可能是她不小心，没留意到教室里有人，但她打从心底里也不怎么在乎给你带来困扰，你看看要是她爸给她找个小妈，她肯定就不会三番五次不小心了，必定捂得严严实实的。"

李疏听多了"小妈"这个称呼，已经不怎么破防了，面色如常道："没事儿，我不丢人。"

王术拍了拍他的胳膊，咽下一个哭嗝，劝他："你别嘴硬了。"

李疏降低车速避让行人，嘴角的笑意渐渐扩大。

行至半路阴霾的天空倏地一明，跟着"轰隆"一声炸响，雨点立时又大又密，须臾之间在天地间荡起了白雾。李疏打着双闪靠边停车，解开安全带，侧头吻向王术。

王术仿佛被绑架了似的，后脊梁紧贴着座椅靠背，后脑勺把真皮靠枕压得陷下去三寸。

"……好好的这是干什么……唔……你别……"

李疏是个性格挺冷的男生，且略略有些独大，他不喜欢与人起争执，因为一旦起了争执就很难善后了，会是旷日持久的拧巴别扭，甚至分道扬镳。但这点在王术这里就不是问题。王术随便说几句话，他心里就能翻篇儿，也不知道是王术很擅长哄人，还是他特别识哄。总之一场争执从起头到结尾极难超过半天。

2

王术怀揣着王戎的秘密回到家，杨得意正在跟大舅和大舅妈视频聊天。王术坐过去，就听大舅妈说："咱妈在病床上不是还说过，戎戎是个有主心骨的，幼儿园时就看得出来，出门要穿哪件小裙子必须得听她的，自动铅笔买印小狐狸的还是印小熊猫的也必须得听她的……你以前都扳不过她，现在也甭想，踏踏实实给她做几床被子，一脚踢出门得了。我说，也就在我这里说说得了，你可别再去她跟前唠叨了，都到这时候了，不落好。唉，术术回来了？下课了？"

王术点点头，向大舅妈问好，并向大舅妈身后端着茶缸的大舅挥手致意。

杨得意回头不满地盯了王术一眼，道："她下午就没课，天下着雨谁知道上哪儿疯去了。不过话说回来，她也不满意那个曹平，我说曹平不行你们劝我可能是因为我上了岁数好挑剔，那术术这个二十啷当的大学生呢？"

大舅弯腰凑向镜头，习惯性拿王术当个小孩儿逗，问她："术术，跟大舅说，你为什么不满意你姐夫啊？"

王术此人心里确实有城府，但真不多。她闻言开口便唾弃道："贼眉鼠眼，含胸塌背，一看就不是个好东西。"

大舅一愣，牙疼似的"哎哎"两声，一时竟无话可说。

大舅妈斥道："术术，你们以后是一家人，可不敢这么说！"

王术辩称："以后再说以后，现在可还不是呢。"转头瞧见杨得意露出意味不明的神色，又讪讪补充，"我又没当他面儿说。"

曹平的话题草草被掀过去以后，几个人凑在手机屏幕前又聊了会儿其他有的没的，杨得意便说"到点儿做晚饭了"，把视频掐了。

"晚饭做鸡蛋汤吧，再配个牛肉焖粉皮、酸辣土豆丝或者醋熘白菜。"

王术仰脖抵着沙发靠背，一边查看班级群里的课程变动通知，一边向杨得意点餐。

杨得意伸手没收了王术的手机，在越来越暗的天色里面带犹疑仔细盯着王术。

"你为什么那样说曹平？是不是知道什么事儿？"她问。

王术不露怯与杨得意对望，皱眉道："我烦他能说他什么好话？"她这么理直气壮反问着，不自觉做了个吞咽的动作。

杨得意越发笃定："你说'以后再说以后'的时候语气不对，你现在直接告诉我，我可以不记你的过。或者我也可以给曹平打个电话，让他上家来吃顿饭聊聊，总能打听出点蛛丝马迹。"

王术听到她要给曹平打电话立刻急了，曹平现在正在派出所扣留呢。她面色赤红，高声道："我告诉你什么啊！你也烦他你才这样疑神疑鬼！我真的就是随口在背地里编派他两句而已！"

王戎收到杨得意发来的微信时，车子刚刚抵达八千胡同——翟欲晓和林普居处的胡同叫这个名字。因为暴雨堵车，原本一个多小时的车程硬生生走了三个小时。

"公司给你批假了？"翟欲晓打着伞出来到这边车门来接她。

"嗯，只要不是月中和月底那前前后后的两个礼拜，公司批假都爽快。"王戎回复着翟欲晓，微微举起手机。面部识别失效，只好用密码打开手机屏幕。

杨得意的海棠花头像在联系人列表的第一位：【我跟你爸在来大都的路上了，不要在别人家里养伤，养不好还麻烦人。】

王戎已经年近三十了，这要在结婚早的那拨人里，这个岁数三胎都能下地跑了，早就失去了当个小孩的资格。所以她乍然读到这条信息，脑子一麻，眼睛瞬间酸胀不已。

"喂，坑、坑，看着点儿脚下啊你，你踩水坑里了，你眼睛到底有事没事，我怎么这么不放心呢。"翟欲晓扯了王戎一把唠唠叨叨。

"行李不用拿上去了，我爸妈来接我了，正在路上。"王戎伸手挠了挠鼻子，哑声道。

王戎抓着手机缓了缓，突然看到微信列表里王术的头像上有个红色的"1"，她没好气地点进去，瞧见王术又隐晦又狗的信息：【不是我的错，我只是败给了一个母亲无人能及的敏感和洞察力。】

王术的信息是一个小时前发来的，但那时王戎被堵在高速公路上，只顾应付翟欲晓的各种提问，没有留意到这条信息。

王戎把手机往兜里一揣，跟着翟欲晓和林普上楼，根本没有回复的意思。王戎一直知道王术指望不上，但万万没想到她这么指望不上，谎言在她那里居然都过不了夜。

从秋到冬过渡并不怎么明显。十月以后太阳就不怎么常见了，连阴雨一下就是三五天，下一场温度骤降一回，温度降下去以后就很难再升上来了。如此往复。以至于今年十一月下旬就迎来了初雪，比去年早了整整四十天。

一开始是雨夹雪，不知何时起，刺骨的雨没了，只剩下雪。

"……是这样啊。"王术转头瞧一眼落在院子里的细雪，起身坐到镜前，伸手打开粉底和修容，"咳，没地暖，我家里有点冷，要不然去你家暖和暖和？你妈妈真的不在家吧？"

老城区"三秋"这片没有地暖，家家取暖都靠空调。家里有老人的可能还会唠叨一下电费，年轻人不会，因为老城区电费本就低，政府还有额外补贴，再配上一级节能的空调，一个月下来其实并没有多少钱。空调当然不如地暖暖和，供热也不如地暖均匀，但王术现下在室内只套着件薄毛衣的状态仍是证明了她要去别人家里"暖和暖和"是一句再明显不过的瞎话。

"嗯，不在家，跟江叔叔出去了。你来。你中午想吃什么？"电话那端的人缓缓说。

"我到了再说，反正肯定和你表妹和她的朋友想吃的不同。"王术抻着脑袋对镜上底妆，手法前所未有的细致。

李疏盘腿坐在落地窗前的单人沙发里，他膝上摊着两本书，《材料性能学》和《金属学与热处理》，但他的眼神却并未落在任何一本书上，而是落在锦绣大道那一侧的三秋胡同里，确切地说，是某个不起眼的却被收拾得很干净的小院里。小院的屋檐和墙头都白了，他刚刚坐下来时，刚好瞥到女朋友罩着妈妈围裙戴着小兔子发箍出门去帮二姥姥搬白菜的身影——三秋胡同的老人冬天都有囤白菜的习惯。因为她一趟一趟跑得热火朝天的样子太可爱了，他便寻了个托词给她打了这通电话。

王术向上望着修饰自己的泪沟，与此同时喋喋不休："她们都知道了你有女朋友还这样，真是的。高中生周末不待在家里好好复习，瞎琢磨什么呢一天天的？我高中时可比她们乖多了。"

李疏问："嗯？那你说说，你多乖啊？"声音里带着浅浅的笑意。以他对她的了解，她接下来不会是什么正经话。果然——

王术细细刷着眉粉，傲然道："我当时一心想着中华民族的伟大复兴就落我肩上了，绝不能被儿女私情绊住脚步，"她顿了顿，悻悻补充，"……虽然那时也没人绊我。"

李疏向后靠去笑起来了。

表妹成意未的朋友出现在书房门口，她悄悄呆望李疏一分钟，两只眼睛一弯，露出甜美可爱的笑容，高兴道："哥，我做了椰奶冰粉和红糖冰粉，你想吃哪种？或者你想吃杧果的也行，我看冰箱里有两个杧果。"

李疏闻声掀起睫毛："谢谢，先不用了，麻烦你跟意未和成玥说声儿，等等王术，她来了再点餐。"他温和地把话说完，不待女生回话，便低头翻起了书。

成意未正把成玥压在沙发里揉，她只听到朋友的声音——因为比较高昂，没听到李疏的声音，开怀笑着指点朋友："炎炎，我哥他吃杧果过敏这你得记住啊。"

……

成玥听到门铃声跑去开门，见到王术眼前一亮，感觉她跟去年在胡同里用震惊脸说他"嚯，是个弟弟"时的模样不太像，漂亮多了。他仰头叫了声"术术姐"，握着门把手回头，刚好看到他哥李疏拎着本书出来。

李疏抬腿走向王术，途中顺手把书反扣着搁到一边，他给她拆出一双新的室内拖鞋，俯身亲手给她送到膝前。他静静瞧着王术，眼睛里都是笑意，又回头跟表妹成意未说："意未，过来打个招呼。"

成意未从未见过李疏对人这样，她怜悯地轻轻一拍朋友的肩膀用肢体语言让她"节哀"，单膝跪在沙发上露齿笑着，向王术打招呼："你好，术术姐，我叫意未。"

成意未早就告知朋友表哥有女朋友了，但朋友就是深信自己仍有机会，因为以她之见，这个年代的男生女生可以在半年内完成暧昧、交往、分手、和好、再分手这样的戏码。成意未被朋友说服了，也希望对方能如愿以偿，所以就带着她以"需要表哥辅导功课"的理由上门来刺探军情了。结果敌方是个硬茬。或者说，并非敌方是个硬茬，而是表哥为敌方配备了核武。他看到她时眼睛里的光就是核武。

成意未这位叫"炎炎"的朋友失神了六七秒钟，也牵起嘴角，不自然地道："你好，术术姐，我叫霍炎炎，是意未以前的邻居，也是意未哥哥的高中学妹。"

王术把挂在手腕上的袋子交给李疏，避开李疏帮忙的手，自己把脱下来的短靴收进鞋柜里去。她眼里嘴角都是笑意，自觉自己虚假热络的模样像极了王熙凤。

"你们好你们好，路上经过一家新开的奶茶店，顺手买了几杯奶茶，你们挑挑看有没有想喝的口味。"王术抬手摘掉帽子，以指为梳草草理了两下。

"我刚刚做了冰粉，最近刚学会做这个，看到材料就想练手。"霍炎炎说着说着露出赧然的笑容，"不过，冬天做冰粉，好像是有点不对季……"

"屋里二十多摄氏度，哪里是冬天？可太对季了！我用奶茶换你做的冰粉吧，炎炎？你做了什么口味的？"王术顿了顿，感觉李疏给自己压了压后脑勺的头发，不好意思地一笑，继续道："我喜欢老式的，红糖的就最好。"

霍炎炎心里一松："有红糖的，还有椰奶的。"

王术开心道："做得多吗？多的话我都想吃。"

虽然总是被家里人诟病"属狗的""狗东西""厉害起来跟个狗似的",虽然早前化妆的时候还在不高兴地数落"她们都知道了你有女朋友还这样,真是的",虽然两手插兜儿慢吞吞走过来的一路上脑子里同时播放着至少六部韩剧的相关情节,但是王术自打进门却并未给过霍炎炎难堪。因为王术并没有感觉到这个高中生的恶意,只感觉到她的诧异、委屈……和一点点的小心眼儿。不过在留意到她上厕所时顺道也默默洗了把脸的情况后,王术大度地原谅了她不痛不痒的小心眼儿。

"意未哥哥是不是挺不好追的?"

"啊?"

"我们有两个同学的姐姐都追过她哥哥。但她们都没追上,说可难追了。"

"啊,我给他带了两顿早饭他就同意了。她们可能是没给他带早饭吧。"

一顿外卖热热闹闹地吃完——霍炎炎大概只觉得吵闹——两个女生在李疏的辅导下象征性地各自订正了几道错题就回去了。李疏开始向王术追讨那两顿没影儿的早饭。王术满嘴跑火车习惯了,她伸手比量着成玥的个头儿,娴熟地转移话题:"弟弟你这一年长高了不少啊!"

3

这场雨夹雪是从破晓时分开始的,不知过了多久,雨停了,只剩下雪。李疏在窗前观察王术搬大白菜时只有墙头、屋檐和树梢有积雪,地上人行的地方满是冰碴子湿漉漉的。一顿午饭的工夫,所有脏的湿的全不见了,整个世界银装素裹。

"我们出去溜达吧,雪大了,把路上的冰碴子都给埋住了,不会弄湿鞋子的。"

"你感冒流鼻涕还没好,要不然看电影吧,不出去了。"

"最近没什么好片。我羽绒服厚着呢,你看还连帽。哎,弟弟,今冬第一场雪呢，不要在房间里窝着了，跟我们出去转转？"

　　成玥迟疑片刻，最终仍是不敌游戏的诱惑摇头拒绝，并在他们出门前拎了六本书出来让他们顺路去趟图书馆帮忙还书。

　　有句话叫"下雪不冷化雪冷"。虽然鹅毛大雪纷纷扬扬，但室外却并不怎么冷。王术出门往三秋胡同的方向望过一眼，初雪日赶上周末，胡同里许多小孩儿在打雪仗，包括她那个致力于"埋人伟业"的"大侄子"。她以为小区里也会这样热闹，结果乐颠颠搭乘电梯来到一楼，小区里却空无一人，天地间只有落雪声，静得出奇。

　　王术遗憾地揉着自己的红鼻头转头四顾，这小区里的雪尚没有几个人踩过，厚而蓬松，分明有最好的打雪仗的条件。她正深感"可惜了"，脑袋突然一重，是李疏在后面给她扣上了帽子又使坏往下压了压她的头。

　　"去哪儿呢？"李疏问。

　　王术也没有明确想去的地方，她迫不及待地出来，只是因为觉得如果在屋里待着就辜负了这场初雪。不单辜负了初雪，还辜负了以往看过的狗血偶像剧……

　　"就随便压压马路吧。二十世纪八九十年代，年轻人谈恋爱的主要消遣娱乐就是压马路。"王术沉吟道，"我爸我妈就是在压马路时被我姥爷逮着早恋的。"

　　李疏对这样漫无目的的行程没有半点异议。

　　李疏是个非常讨厌浪费时间的人，他对自己的时间安排细化到以一小时为单位，在每个单位时间里他都有自己要做的事情，也许是研究感兴趣的电子产品，也许是弄清楚某个知识点，也许是翻开终于到货的一本学科文献……但是假如是跟王术在一块待着，哪怕只是漫无目的地压马路，他也觉得是有意义和有意思的。

　　两人牵手压着马路去图书馆替成玥把书还了，然后去图书馆前面街区的商场看了场并不怎么好看的电影，再溜达着买了两顶帽子，这一天就差不多到头了。

200

因为李疏有成玥在家等着，王术也有三口人在家等着，两人并没有一起吃晚饭的计划。当然两人也都不饿，下午看电影的时候嘴没停下过。王术特别知道什么零食好吃，在电影院门口的自动贩售机买了一堆。一起往回走的路上，王术打出溜滑没稳住自己，摔了个五体投地，她倒下后又使坏伸腿在地上划弧，成功把李疏也给绊倒了。

"没事儿，天黑，谁也看不见。"她笑哈哈地安慰李疏。

天黑是很好的借口，摔一跤丢人现眼不会被人看清，索性就地接个吻也不会被人看清。

王术被吻得不断后退，却怎么都挣不脱，她的轻笑声便落在了两人的唇齿间。

"我还是会吃醋的，本来今天不打算接吻的。"她说。

李疏与她贴着额头，轻轻压了压她的后颈，说："没必要吃那些没必要的醋。"

王术赶在最后一道菜端上桌前回到家。王西楼正在看重播的《父母爱情》，听到门响剥着砂糖橘转头瞥王术一眼，见她跟人约会回来笑得眼睛都没了，有感于"女大不中留"，不轻不重地咳嗽了两声。

王术听到意义不明的咳嗽声轻轻揉了把脸，她回身整理好厚重的棉门帘，又把屋门合紧，确定一丝热乎气也泄不出去，叫着"爸爸"蹭到王西楼身旁坐下。

"坐这里干什么，去洗手准备吃饭。"

"你怎么不去？"

"你妈不让我多吃砂糖橘，说再吃一个就不做我的饭，我又吃了一个。"

"这么大岁数的人了咋突然叛逆起来了？"

"你妈那训狗的语气太气人了。"

最后一道菜上桌，王西楼给王术使了个眼色，王术便配合地假装不知道前情，若无其事催着王西楼一道洗手吃饭。杨得意懒得在女儿面前重提夫妻间的几句拌嘴，轻哼一声，伸着脖子让正在厨房里盛汤的王戎把辣椒罐捎出来。

一家人在落雪声里埋头吃饭，杨得意瞧着父女三人安静扒饭的模样，忍不住弯起了唇角。

杨得意把家当全部赔光的时候恨不得一头撞死，感觉生活再没有奔头了。一家四口单是租房就得花去一个人的工资，然后四口人的各项生活开销、米面菜钱、汽车油钱、水电费，即便再紧缩，又得花去一个人的。四口人剩下的两口，她年龄太大不好找工作，王术年龄太小正在准备高考。她又后悔又愤恨又忧愁，一天天地不回家满城去翻那些骗她的人，但那些人早消失了，警察都翻不出来，她就更不可能了。如此，只不过短短的两个月，她瘦了十一斤。

有一天她正要出门，王西楼出来把她拦住了。他跟她开玩笑，说，我其实挺担心人被你瞎猫碰上死耗子翻出来的，到时候肯定得有冲突，人家伤着你，我还得去医院伺候你，你伤着人家，老王家后代政审过不去耽误前程。她听不出他什么意思，是挖苦她还是真心劝她，没搭他话茬儿，挣开他低头继续朝外走。他便又说他其实早就不生气了。

"你人没事儿就好，我俩往后还有三十年呢，从头开始不算什么。"

"我想好了，去你娘家的老院子过渡几年，你以前不是还跟我商量着想让我当上门女婿？这回我可真上门了。"

当夜她嫂子也打来电话了，说她和杨得中专门回了趟老院子拾掇了两天，把一些没法用的旧家具扔出去了，又添了新的，犄角旮旯里也打扫得干干净净，再住十年不成问题，回家吧。

——嫂子那句带着笑意的轻快的"回家吧"让杨得意一下子破防了。

两个女儿面对生活骤然的落差也没拖后腿，她们只在初初听闻时嚷嚷过几天，后来一声不吭。尤其是王戎，因为几万块跟曹平那狗娘养的周旋了好几个月，回家也仍旧一声不吭。

"咔嚓——"院外传来轻微的树枝被积雪压断的声响，杨得意回神，给自己盛了碗排骨汤，瞧见王西楼的汤碗空了，手腕一转，也顺手给了他一勺。

初雪就是场大雪，断断续续下了两天一夜，之后就是长达两个月的干冷。

王术是个糙人，只感觉到冷得出奇，并未感觉到干得离谱，直到瞧见钱慧辛流鼻血。

"真的有这么干啊？"王术打量着手忙脚乱的钱慧辛语气十分惊讶。

钱慧辛终于翻出深藏在抽屉底部的湿纸巾，她懒理王术的明知故问，一边擦一边给她"解惑"："不是，是你男朋友身材太好了，我没把持住。"

——两人此刻正挤在王术床上翻看王术的手机相册。上周李疏带着王术去体育馆打网球，王术休息时随手拍了李疏拎起毛巾一角擦汗的视频。室内暖气充足，又刚刚结束运动，他白色短袖运动衫汗津津贴在身上，腹肌影影绰绰。

王术屈肘给了钱慧辛一下，把手机丢到一旁，伸长胳膊懒洋洋打了个呵欠。

"日子过得真快，下周考完最后一科，大二上学期就结束了，我感觉我前不久才收到的录取通知书呢……G理工的录取通知书可算是让我妈开心了一点，当时。"

"你再往回倒倒记忆，在你跟李疏交往之前，你可没觉得日子过得快，你觉得度日如年，你搬来三秋胡同的那天，往床上一躺蒙着脑袋不声不响，净让我替你干活儿了。"

王术闻言哈哈大笑，半跪在床上给钱慧辛揉肩捶腿。

她也不知道生活是什么时候开始有了起色的，大概真的是跟李疏交往以后。

啊，说错了，并非生活有了起色，是情绪有了起色。生活仍旧是那样，比如眼下买条三百块不到的加绒运动裤都得货比三家，而即便货比三家也迟迟下不了决心。

"所以你就跟我这样闷头往前走，以平和和包容的心态面对生活的挑战，走着走着就亮了。我都给你打过样儿了。"王术鼓励道。

钱慧辛前两天被她奶奶堵在回家路上，她奶奶突然张口向她索要赡养费，说问过居委会的人了，她儿子没了，孙女有赡养她的义务。钱慧辛是个没有经济收入的学生，当然不需要赡养她，而且她奶奶领着政府给的补贴，也不缺钱慧辛那点毛票儿，她就是独居的日子过得又不舒坦了间歇性发作而已。

钱慧辛不耐烦地绕开钱素珍要走，钱素珍拽不住她的胳膊，就撒泼坐到地上去搂她的腿，钱慧辛很是丢人了一把。不过当她在围观的人群里看到林和靖时，丢不丢人的就无所谓了，她长长出了一口气。

你看这是多么好的时机，林和靖亲眼看到了她生活的周围都是什么样的人，以后就不会再对她有不切实际的幻想了。她奶奶是这样胡搅蛮缠的人，她爸爸是那样暴力极端的人，那么遗传他们基因的第三代大概也好不到哪儿去了。

王术是刚刚在饭桌上才从杨得意口中得知这件事的，所以钱慧辛恰巧饭后来她这里消食，她便绞尽脑汁地开解钱慧辛。

钱慧辛不知道在想什么，没有立刻回复，约一分钟后，她唇角微微一扬，道："一个只会下方便面的人鸡汤熬得香气扑鼻的，可把你能坏了。"

王术正帮钱慧辛揉肩的手往下一拐，在她饱满的屁股上狠狠拧了一把。

钱慧辛吃痛"啊"一声，一把打掉王术的手，起身要回家了。

"那条裤子啊，我感觉你不买回来看看是不会死心的，要不然你买个运费险，行就行，不行就退。"她这样说着，俯身去解鞋带，结果不小心扯成死结，垂着脑袋解开死结的工夫钱慧辛差点大脑充血——不解鞋带直接脱鞋的习惯要改。

王术也跟着下床穿鞋，她听到"运费险"满腹怨念："现在运费险是越来越贵了，居然要收四块五，那要万一质量很好不用退货，我岂不白白丢了一个桶面的钱？"

钱慧辛沉默了下，把脚伸进鞋里，道："继续纠结吧，穷鬼。"

钱慧辛离开以后，王术被也来串门的二姥姥叫到跟前。二姥姥打趣道："我刚听半天了，不就是一条裤子，去让你男朋友给你买，听你妈说他家住锦绣大道的那一边，有钱。"

王术分外不喜欢这样的说法，只是龇牙笑了笑，在杨得意的眼神暗示下，轻飘飘道："我妈不让。"

二姥姥看完黄金剧场扶着门框离开以后，王术陪着杨得意收拾桌子，仍是没忍住皱眉发起牢骚。

"二姥姥有时候说话真是让人火大啊。怎么就得让男朋友买，男朋友欠我的？她上回说王戎，没结婚就不应该住到一起，最后婚事也没成，多不好看。哪儿不好看了？大清亡了没通知她？"

杨得意因为那句"大清亡了"笑得抓不住抹布，说"到底还是大学生会埋汰人"。王术用胳膊肘把杨得意顶开，替她把抹布搓洗干净，气呼呼晾到窗棂的铁钉上。

"你姥姥跟你二姥姥的关系并不怎么亲近，她嫌你二姥姥说话做事因为没心眼儿所以显得没个分寸。但是她后来生病，你二姥姥一周两三回地往医院跑，她一来病房里就有活泛气儿了，你姥姥愿意多说几句话，我跟你大舅的心情也能松快些。你姥姥断断续续住院一年多，她往医院跑了百来趟。

"你姥姥没了大概小半年以后，有一回我在房间里哭，她刚好掀帘进来，非问我怎么了。我就说我想你姥姥做的烩饼了。其实是想你姥姥了，没好意思说。你二姥姥一个吃什么都对付的人就开始学做烩饼。后来我回回娘家来，你二姥姥都会给我端来一碗烩饼。也不知道是她的手艺长进了还是我的记忆模糊了，后来越来越觉得她做的味道跟你姥姥做的一模一样。"

王术愣愣盯着那块已经看不出原色的抹布，一时不知道说什么好。她想收回那句奚落中带着怨愤的"大清亡了没通知她"了。

"我在广场上卖煎饼果子，也常常听到有些年轻的孩子因为长辈几句不中听的，特别不齿地要跟人'翻脸'、要划清界限再不往来，仿佛之前所受的长辈的恩惠都跟这几句不中听的抵消了……倒是挺会算账的。他们其实知道自己年纪正好在走上坡路，而长辈日渐衰老在走下坡路，翻脸也就翻脸了，又能怎么样。"

王术低头对手指嘀嘀咕咕："你别说了，明天二姥姥家的白菜车到了，你还叫我，我还去给她搬。"

——二姥姥之前腌的白菜给邻居分完了，刚刚闲聊时她顺口说明天又将有一车送到。

杨得意给了王术一个赞许的眼神，她伸手捏了捏王术的颊肉，想了想，又道："你二姥姥这辈人出生的时候新中国都还没成立呢，不能跟他们计较这些。"

王术直着眼睛，面无表情道："妈，你的手刚刚还在洗抹布水里泡着。"

杨得意仿佛失忆了："啊？我？我泡了吗？啊，那你再去洗遍脸吧。"

王术重新洗脸以后，往回一算，二姥姥今年七十六了，哎哟，那可不只是新中国还没成立，三大战役都还没开始呢。她揉了揉鼻子，怀着"我真该死啊"的歉意给自己定了个早起搬白菜的闹钟。

第九章

/

奇迹的内核

1

因为大一只顾哀叹一贫如洗，以十一分之差错失了八千的奖学金，王术大二早早就瞄准了这笔巨款，学习态度非常端正，最后一门课考试结束，全班只有三五个人是笑容满面迈出教室的，王术就是其中一个。

当然，倪静琳也占据了一个名额。G理工的老师都不肯在考前划出题范围，不给学渣们临时抱佛脚的机会，这让倪学霸十分满意，她瞧着周围愁苦满面的同学，笑容愈加如沐春风。不过当目光落到王术面上时，她的笑容顿了顿。

"别挣扎了，明年奖学金怎么花我都想好了。"倪静琳用鼻孔看人。

"真巧，我也想好了。"王术面不改色。

"我计划去趟北海道，尝尝那里的刺身，虽然空运过来的味道也不错，但到底不如去原产地直接吃新鲜。"倪静琳露出经典的富家小姐脸。

"八千块去北海道，恐怕是趟有去无回之旅。"王术温和道，"我要拿去给我男朋友花，就是你在图书馆偶遇过的我那位男朋友。"

两人正驻足在教室门口一本正经胡说八道，团委拎着保温杯从两人之间穿过，留下一句："话剧社下回表演没有这段我不看。"

　　王术和倪静琳各自给对方点评了一句"神经病"就此分开。王术往前走了两步后脖领子突然被揪住，她顺着力道回头，居然是李疏。

　　"大冷的天，你怎么来了？"王术惊讶地问。

　　李疏所在的材料科学专业上周五就考完最后一门课正式放寒假了。

　　"你打哪儿冒出来的？我刚刚怎么没看到你？"王术不待李疏回答，又问。

　　李疏给王术整理了下脖领子，直接忽略她第一个问题，轻描淡写道："我刚刚距离你只有不到三米……但可能是因为你把全部的注意力都放到拿奖学金给男朋友花这件事情上了吧。"

　　王术力持镇定背着双手领着李疏朝前走，用老干部的语气道："啊，考得不错，卷面答满了，题目十拿九稳，下学期继续保持。"

　　李疏上前两步与她并肩走着，突然出手把她的脖子扳向自己，低声问："不算数了？"

　　王术面色微红，眼里都是色令智昏的笑意："算数，必须算数，说吧你想要什么，八千全给你花。"

　　李疏就是故意逗她，他哪有什么想要的，但是王术期待地望着他，他便微妙地顿了顿，真心道："我想要一双鞋。"

　　王术轻轻拍拍他的胳膊，用阔绰的语气向他许诺："咱买两双，一双正常穿，一双给你踩水玩。"

　　李疏的手缓缓往前挪去，捂住了王术的嘴。

　　王术的奖学金即便真的有幸拿到，那也是明年十月以后的事情了，"给男朋友花"是个没影的承诺，但是李疏却突然"恋爱脑"深信不疑，一路扬着嘴角，他本就长得惹眼，这样一直笑着，不断有路过的同学回头再多望一眼。

　　"曹平的小饭馆现在挂着转让的牌子，消防罚款和卫生罚款一起来终于让他顶不住了。"王术抓着背包兴奋得手舞足蹈，"我爸在家气得要操刀断了他打人的胳膊，我说曹平比他高小半个头，他不是人家对手，他还呸我，问我到底站哪头。喏，你看这就解决了嘛。断他打人的胳膊不如断他生计，你说得对，这个世界到底还是我们年轻人的。"

李疏截住她一只手装进口袋里攥着，道："使坏的样子也可爱。"

王术可不敢居功："可爱也是你可爱，我就是跟在你后面加油助威的。"

李疏本来就不喜欢那辆招摇的轿跑，前段时间把车卖了，给自己订了一辆科技感十足的电车，价格比较朴实，约莫是轿跑的五分之一。电车要年底才能到货，所以最近一段时间他出行完全靠打车软件和公交系统——单车这个季节骑不了。不过这并不会给他造成困扰，因为他本来在有条件的情况下就不喜欢开车。

"你走快点，公交车进站了。"

"为什么要坐公交车？"

"……可能是因为我就出生在一个需要坐公交车的家庭里。"

李疏想说往前走二百米就有地铁站，顿了顿，把话咽回去了。乘坐地铁回他家方便，但是回她家不方便，她出了地铁还得往回走十来分钟。锦绣大道那边的三秋胡同因为过于老破旧是没有地铁口的。

公交车上总是很多人，尤其是途径学校的公交车，不过因为是考试周，大家离校时间不固定，所以今天倒还好，虽然没有座位，但是也没有很挤。

王术与李疏站在中段靠后车门的地方，因为李疏一上车就接到了李道非打来的电话，王术也干脆抓着头顶的吊环刷起了微博，两人并未交谈。大概也正因为如此，旁人不知道他们是一起的。

"你在干什么？"

王术正沉浸在网友缺德评论合集的博文里突然听到李疏的声音。她以为李疏在跟自己说话，还没来得及做出反应，李疏目光一凝，突然怒了，抬腿便把王术侧后方的中年人给踢出去四排座位。

是柔道里非常标准的腿法，在老师播放的演示视频里看过。这是王术当下的第一反应。

王术其实并没有明显感觉到自己被蹭到。她穿得太厚了，保暖衣、毛衣再加羽绒服，羽绒服又很蓬松。她只是在低头玩手机时隐隐约约闻到些酸腐味道，就是那种起码得一个月没洗衣服没洗澡才能闷出的味道。但她考虑到有人可能生活就是如此窘迫，没有收拾自己的条件和功夫，所以只是悄悄屏住呼吸，并没回头往谁脸上瞅，以防给人难堪。

李疏的那一脚踢在酸腐男下腹部，踢得很重，酸腐男的黑色鸭舌帽飞出去落在前车门的台阶上，人也半天爬不起来。他的牛仔裤拉链只来得及拉回去一半，裆部微微鼓起，王术受惊看过去时，那鼓包居然像是又胀大了一些。

整个过程中酸腐男的挣扎十分微弱，几乎可以忽略不计。眼下碰到硬茬，根本不敢嘴硬狡辩，更别提颠倒黑白，只捂着脑门上被撞的伤口讪讪地小声应着："下去了下去了别打了别打了……"

王术头脑发蒙，她想回头看看自己羽绒服的后面，但又怕看到脏东西。

我刚买的羽绒服今天第一回穿。她干巴巴地想。

"人脑袋叫人打成狗脑袋了吧？该！"

"你这个岁数家里小孩也不小了吧，你要点脸也给你小孩积点德不好吗？"

"不值当的，交给警察就好了呀。"

……

王术怔怔瞧着坐在地上腺眉搭眼的人，又突然忆起去年冬天那个骑着电动车从后面过来突然伸手抓她屁股的人，她恍惚间觉得这两张脸竟丑得如此相似。

李疏接过前排一个女生递来的湿巾，转头望向王术，后者面呈猪肝色，眼里有隐约的潮意，屈辱、愤怒又不知所措。他一边撕开湿巾包装，一边用臂弯把她的脑袋搂进怀里。

"别生气，不回家了，带你去玩。"他说。

公交车五分钟后在两站路中途的派出所门口停下，李疏就跟拎小鸡仔似的拎着男人的衣领就把他扔下了车。两位民警望着一头栽倒在自己面前的嫌疑人神色均十分复杂。

在派出所陈述情况大约用了一个小时。酸腐男是个惯犯，在这趟公交车上偷摸过十来个女学生，大多数女生都没敢出声，只神情窘迫地躲他……后来他们围观这男人的老婆提刀过来呼天抢地要剁了他的脏东西又用了十分钟，在笔录和登记表上签完字要出门时，王术仿佛突然回神，她闷不作声掉头回来拎着装满书的背包照着男人的头脸处狠狠砸了两下。在场的谁都没有反应过来。民警嚯着牙花子"哎哎"过来警告的时候，王术已经收手了。

"我衣服是不是脏了？"

出了派出所大门，王术终于忍不住问。她仍是不敢回头检查。

"没有。"李疏替她拎着书包盯着她的眼睛肯定地说。

王术"啊"一声，心里稍微松快了些，她扭头向后看，果然看不出什么痕迹，然而要伸手掸掸又仍是嫌弃，最后低头揉了揉鼻头，又清了清喉咙，极力自然地挤出一抹未达眼底的比纸片都薄的笑意，道："那叫个车回家吧。"

她话音未落李疏已经低头去翻找手机里的打车软件了。她迫不及待地要回家，去王西楼和杨得意面前哭诉，听他们或许带着脏话和诅咒的同仇敌忾与安慰，也要把这件羽绒服泡上一整夜，用王戎前两天刚买的不知道是不是智商税的不伤衣服的消毒液。

——去年碰到这种事情时，杨得意的煎饼果子摊才刚有起色，老王家破产的阴云尚未散去，王术不得不当个贴心的小棉袄自己把这糟烂事儿给消化了。然今时不同往日。王西楼一年内连涨两回薪水，杨得意的煎饼果子摊收入稳定破万，两人重拾生活信心以后一顿饭能吃两大碗，是时候履行父母职责陪她一道消化了。一家人坐在一起骂骂世风日下贱人繁多，说不定她心里就能翻篇儿了。

李疏一直注视着王术，因此她的心思他看得非常清楚。她心里并没有因为砸出去的那两下释怀，她仍然觉得愤怒、委屈又无奈，想回家去寻求安慰。他眼睫微垂琢磨片刻，突然伸手把王术羽绒服的牛角扣给解了。

"怎么了？是不是还是脏了？"王术一愣，随即嫌弃地皱眉，她也不怕冷了，立刻配合地解开剩下的扣子并往外抽胳膊。

"没骗你，没脏，但是不要了，去买新的。"李疏这样说着，没等王术反应过来，就顺手把她的羽绒服扔在了前面的垃圾桶里。

王术"啊"一声，睫毛倏地一掀目瞪口呆。

"我妈刚给我买的羽绒服，今天第一回穿。"她心疼地盯着自己的衣服喃喃自语。

李疏把自己的扎染夹克外套给她穿上，再把拉链一直给她拉到下巴颏儿，眼神直直地盯着她。

王术有些不自在地伸出手指勾开眼前的碎发，嘴角微微上扬。

"学长，今天零下9℃，你不冷吗？"王术挠着脸咧嘴笑着。

"你学长不冷。"李疏叫到了车，收起手机。

"你衣服大，要不然你穿着搂着我？"王术说着就要去拉开拉链。

"你别折腾感冒了……"李疏按住她的手，他低头望着她的眼睛，问她，"怎么样，还想哭吗？"

王术愣了愣，侧过身在他肩膀上埋了埋脸，说："不想了。"

李疏说不回家了就真的不回家了，两人各自给家里打电话交代一声，便直奔机场去了海市。一千多公里，需要搭乘飞机的那种。王术直到飞机落地走进长长的廊桥里都还不太敢相信这趟行程的真实性。

飞机落地时间是夜里十点。海市在地理位置上虽然属于南方，冬

212

天最冷时温度也到了零下，尤其是刚降过雨的深夜，湿气直往人骨缝里钻。李疏出发前在机场给王术买了件新的羽绒服，趁着她去上厕所的工夫，这件穿上去一点也不臃肿的及膝羽绒服在雨后的冷风里给了王术极大的慰藉。

"之前听人说北方人来海市也得被冻哭，我一直不信……"王术喃喃道。

"是刚下过雨的原因，明天出太阳就好了。"李疏拎着王术的背包和在机场仓促买的其他物品，与她一起坐进出租车后座。

王术出远门的次数不多，都是与父母一道，目的地也是同一个，即西北肃市姑奶奶家。突然与李疏买张机票就跑到千里之外的海市，给她带来极大的新鲜和刺激——前面经历的不愉快突然就变得没那么鲜明了。

王术在钱慧辛那里听过太多与海市相关的内容，比如海市三面环海，是个极具风情的半岛城市，比如海市的仲月街区是国内外多部电影的主要取景地，所以此刻乘车穿行在五光十色的大街上，望着与北方城市不同风格的高楼大厦，竟生出了一种奇怪的感动。

2

"辛辛应该来海市读书的，跟她以前给我描述的特别像，她肯定会喜欢这里。"

"她以后读研可以来。"李疏闭着眼睛随口道。他有些晕机，但并不想让她知道。

"她不读研，她毕业就要开始工作，可能会去中学当个物理老师。"王术对钱慧辛的人生计划了如指掌，她顿了顿，"要不然我的奖学金你俩一人一半吧，我想让她也来海市逛逛。我肯定会拿到奖学金的。"

"我考虑考虑吧。"李疏笑道。

奖学金鹿死谁手还不一定，王术已经把用途安排得明明白白的了。她要是最后没拿到第一梯度最高额的，只拿到第二第三梯度的，说不定还得自己往里面贴钱。

"我们现在是要去哪儿？"

"去个主题酒店。"

"什么主题？"

"你猜猜看。"

"……我不敢猜。"

王术最后这句"我不敢猜"是在沉默片刻后悄声说的，她以为只有李疏能听到，结果前座正开车的司机大姐突然"扑哧"一声笑了。

李疏把王术的脑袋压进了怀里，忍不住笑了，低声道："你可别给我丢人了。"

出租车最后在一个度假酒店门口停下。两人下车登记以后，又在酒店工作人员的引导下上了一辆敞篷摆渡车，敞篷车在夜幕里穿行十多分钟，停在一个巨大的人工树洞前。这就是他们要住的房子了。

"我是来到平行时空了吗？"王术喃喃自语。

李疏没有回答她，只伸手捏了捏她的后脖颈。"平行时空"的形容有些夸张了，但他的确是特意把她剥离出既定的生活轨道，这样往后她回忆起这一天，最鲜明的情绪就不是屈辱了。

王术特别不喜欢那些去哪儿都要拍照留念证明"到此一游"的人，但是此刻痴痴望着这个只在小时候的童话故事插图里看过的树屋，她忍不住伸手挡住要去推门的李疏，说："你等等，我要拍照……把门留给我推。"

树屋的设计师信念感极强，就连屋门都做成了树皮的模样，仔细去看，树皮门上甚至还不规则分布着几个能以假乱真的虫洞。树屋的窗户分布在两面墙上，一高一低错落安置，均有两个摊开的高中历史课本大小，四角饱满圆润，似个大南瓜。窗户里透出类似古早氙灯或煤油灯的黄光，仿佛下一刻就要有个戴着小红帽的小姑娘挎着草编的篮子拎着裙摆走出来了。

王术一口气拍了二十多张照片才罢手，凝神屏息推开门又再愣住。

童话故事里出现过的元素，燃烧着的壁炉、实木机械座钟、仿制兽首、粗呢毛毡、复古烛台基本都齐了。

"途中看到舷窗外的月亮，突然想起你之前说的天庭，估摸着你也许也会喜欢这里，所以落地后退了美高梅的房间。有点潮，将就一下吧。"李疏放下在机场临时买的各类物品，解释道。

"……天庭和森林小木屋是东西方两个体系。"王术由衷道，"不过我真的也很喜欢这里。谢谢你。"

树屋总体面积不大，三十平方米左右，内部有个小小的复式结构，可供多安放一张小床，上下层之间的台阶由长短不一的原木橡子制成，极有意趣。

王术把每个角落都观察一遍后才在李疏的催促下意犹未尽地去浴室洗漱。浴室里尚未散去的水蒸气和属于李疏的淡香卡着脖子掐住她满腔的激荡，她突然回神，面红耳赤。

王术磨磨蹭蹭地洗漱完出来，李疏已经在下面的床上面朝小南瓜窗趴着了，她扯了扯身上的睡衣，暗暗松了一口气，去爬原木橡子。

"睡衣你买大了，虽然大一些舒服，但你得知道我其实穿不了L码。"王术爬着橡子提醒着。

——睡衣也是李疏趁着王术上厕所的时间买的。而王术总共上厕所五分钟。

"就是大一些睡觉舒服才买的。"李疏转过脑袋，瞥见女生收进护栏里的一截细白小腿。

墙角的座钟响了一声，响声又闷又钝，并不会吓到人。午夜十二点了。

王术其实有些困了，但舍不得睡，从现实跳进童话里的经历太美好了。

"我这里窗外有几个小灯柱，很小很小，跟萤火虫似的，可太好看了。"

"你闻闻木头上为什么有小时候的水果糖味？"

"是不是有狼叫？不对，听岔了，肯定听岔了。"

……

王术的盎然兴致在卧床一个小时后终于渐渐褪落，她由上往下静静观望着李疏。李疏趴在软枕上，碎发遮眼，看不清是睡是醒。

"学长，你是喜欢我哪儿？"王术突然发问。

"为什么突然这么问？"李疏乘机的不适此刻才彻底退去，他闻声望过来，声音有些懒。

王术沉默了下，扬起嘴角："我想强化强化。"

王术尚未干透的头发贴在后颈，有些刺挠，她干脆将头发倒过来扮成贞子："你对我太好了，我感觉我受不起这份好。"她的声音藏在头发后面，听起来闷而轻。

"你下来跟我接个吻，我就告诉你。"李疏笑道。

"这样不好吧学长……"王术赖赖唧唧这样说着，抬手把头发兜回脑后，乖乖地起身去爬椽子，不忘给自己找补，"不过童话屋里留念一下也不是不行。"

王术在李疏柔和的目视下来到南瓜窗前，也不知道她脑子里突然是怎么想的，伸臂把微仰起脑袋的李疏压回枕上，用一个比较"恶霸"的姿势俯身趋近亲吻。一开始只是矜持地俯身，李疏的胳膊从后面兜过来以后，右膝就提起来压在了他棉被上。

"……可以说了吧。"王术艰难离开李疏的唇，低垂眼睫望着他。

"松弛感，因为跟你在一起有松弛感。"李疏眼里映照出王术一小撮翘起的呆毛，他低声说完，伸掌扣住王术的后颈，微微仰起头重新吻上去。

睡衣衣领本身就大，王术这样俯着身子就近，胸前的沟壑就一览无余了，李疏敛目提膝轻轻一别，两人倏地更换了上下位置。

王术吓得一抖睁开眼睛，瞳孔里映出李疏令人心动的乌黑眉眼，但是再心动也不行，杨得意是断掌，断掌打人可疼了。

"不然走光了。"李疏额头贴着她的下巴，模糊不清地解释道。

王术突然反应过来自己刚才的姿势有多不妥，哪里是"不然"走光了，是根本就走光并被他看到了。她徒劳地把手插进两人身体之间，将衣领往上扯了扯，极力忽略窘迫，微带鼻音悄声问李疏："没有一点点原因是我长得好看？"

李疏一时没有反应过来，片刻，在王术薄薄的耳垂上轻轻咬了一口，然后翻身下来跟她并肩躺着，肯定道："主要还是因为你长得好看。"

然而王术只是嘴贱，她对自己还是有很清醒的认知的。自己首先肯定是不丑，如果非要说好看，也是属于那种见仁见智的好看。不像李疏这样，即便是审美标准各不相同的也都必须得承认他长得的确不错。

王术慢吞吞地爬起来，准备要上去睡觉了，因为李疏的眼角有些红，似乎是困了。但李疏伸手握住她的胳膊肘轻轻往回一拉，她颧骨升高，乘着皎洁月光，便又有些舍不得离开了。

……月光？王术突然意识到什么，倏地转头望向窗外。

"啊，月亮！你往那边看！"王术眼睛一亮，咧嘴笑了。她抬手拍熄了屋里的灯，屈膝坐下，叹道，"这亮堂堂的大圆盘子可真好看，唔，里头如果修建宫殿，宫殿一定得用白玉砌成，不是汉白玉，是和田的真白玉，五百年前吴承恩写《西游记》的时候估计也是这么想的。"

王西楼和杨得意出身平常，一个在三秋胡同里放养着长大，一个在甚远郊区的中石油家属院里放养着长大，他们两人，包括由他们养大的两个女儿，都属于现在年轻人口中自嘲的"小镇做题家"的范畴。

所谓的"小镇做题家"擅长应试，缺乏视野。但也并非全无益处。因为不在考试范围内，所以他们没有动力去研究月亮的物质构成是什么或者虫洞与广义相对论的关系，但他们赋予了月亮与虫洞其他蒙昧而美好的意义。这些"意义"因为曾经太深入人心了，并没有因为多年后接触到了相关的学科知识而被摒弃。

而李疏小学尚未毕业课外藏书即便不算那些启蒙期标注拼音的就

多达六百二十本了。他很早很早就知道月亮上根本没有广寒宫，只有一个个大小不一的丑陋坑洞，而那些回到过去的故事很有可能是因为碰上了虫洞，他们大概率无法再回来了，因为虫洞的出现毫无章法且转瞬即逝。

李疏转头也一并望向窗外的圆月。他是在父母离婚以后领着成玥长大的过程中才开始特别关注它的。因为成玥的问题太多了。他倒是想像自己小时候被对待的那样，直接丢给他一本书自己去看，但成玥的智商和耐性都令人绝望。

因为晋市连着半个月都没见着晴天月亮了，眼下在千里之外的海市突然见着，王术实在兴奋，不由得跟李疏聊起自己记事以来第一次挨打的情形。

王术因为又皮又犟，小时候没少挨打，但一般都是杨得意打，不过这第一顿打却是王西楼打的。原因她到现在都还记着，就是跟小伙伴们过家家，把厨房里的各种佐料全部倒进沙土里做"大锅饭"糟蹋了。王西楼下班回来气不过抬手给了她一掌，她就噙着眼泪绷着脸离家出走了。

"我那时估计也就四五岁吧，本来是要去我妈单位找我妈，但后来不知道被什么东西吸引，走岔路了。那夜的月光就跟今夜差不多，又大又白，亮堂堂的，一直跟在我身后。我感觉自己走出去很远，走得又累又困，但后来长大了才知道，也就二里地吧。我妈当晚找到我又给我一掌，不过这回我没哭，她哭得挺厉害。"

"特别能理解你妈给你的那一掌，你个一米不到的小孩儿怎么胆量和气性都这么大。"李疏胳膊往旁边挪开了些，手心无意间碰到了王术的脚背。

皓月银光里，王术的脚白皙瘦长，脚趾头像嫩藕芽似的。王术要把脚往回收一收，却被李疏握住，她的脸立刻热了。

"即便地球之于整个浩瀚宇宙，也如蜉蝣。从广义上来说，你现在看到的月亮，仍是你离家出走那天晚上看到的那个月亮，她一直在跟着你。"

王术望着漆黑高空里皎洁的明月，揉着眼睛笑了，由衷道："嗯，对的，她不但跟着我，还能把我送走。"

李疏忍不住笑了，他放开手，说："脚有些凉，去睡吧。"

王术实在舍不得月光，一步三回头地爬梯上床。

3

你有没有一觉睡醒看到孔雀在门前小道上溜达的经历，而且还是两只，一只白色的，一只彩色的？没有？王术也没有，因此她迷迷糊糊又躺下了，以为自己睡蒙了，起床的姿势不对。

"你怎么又躺下去了？没睡醒？"李疏在下面问。

"……"

王术盯着床顶眼神迷茫，半晌，转头迟疑道："这里其实是个动物园对吗？"

"对，是园区内的自然主题酒店。"

"我昨晚听到的狼叫声是真的？"

"都听到了就大概是真的吧，我没有特别留意过动物园里有没有狼。"

因为信息量有些大，王术的大脑一时不能完全解析，反应就有些迟缓，大约半分钟后，她眼睛笑眯成一条缝，在床上无声打了两个滚。

园区里能住人的地方只有一些可近距离接触的没有攻击性的动物，如梅花鹿、斑马、黑天鹅、孔雀等。但即便是这些动物，也让王术高兴得龇牙了。她甚至顾不得填饱肚子，洗漱后就跑到屋外去了，不断发出声响希望孔雀能赏脸给她开个屏，李疏在屋内叫了四遍都没能把她叫回来。

静谧的月夜小木屋、不肯开屏的倔强孔雀、屋后湖里缓缓游走的傲娇黑天鹅联手让王术彻底忘了昨日的遭遇。她急匆匆吃过早饭就开始催着李疏出门。李疏瞧着王术露出的一排小白牙自己也跟着乐，故意拖拖拉拉，王术急得一会儿扒肩一会儿拽手，许诺以后吃饭都替男朋友挑出香菜。

乘坐园内敞篷车离开所住的园区，绕过一片湖泊，穿过一丛树林，再往前开，就是传说中亚洲最大的野生动物放养区。王术搜到的资料显示放养区有三百多个品种、一万多只野生动物，七大洲四大洋的猛兽水禽应有尽有。她倒不贪全部看完，只点了包括海豚、大熊猫在内的四种。其他三种很顺利地看到了，王术甚至还跟跃起的海豚合了影，到重头戏国宝大熊猫这里，事情却变得不顺了。

首先是志愿者名额没了，他们没办法借着给大熊猫铲屎的机会近距离观看大熊猫了；其次是大熊猫在游客热情的千呼万唤中终于慢吞吞出来了，但两人站的距离太远太偏只能看到它们半拉身子或一只粗壮的毛爪；最后是一大片灰云罩过来天空突然飘起了雨丝——据说海市一天两场雨是很正常的现象。

"我看不见我看不见……"王术焦急得踮着脚尖，脖子仰得高高的。

"在那边半截树上趴着的两只是不是上周刚入园的双胞胎？啊，我只能看到其中一只的脸，学长你给我拍张照片，我看像不像？"

双胞胎大熊猫大概是因为刚到新家尚有点拘谨，一直待在同一个地方玩耍。王术被堵在人群后头，听着前面人惊喜的叫声，心尖儿痒得厉害，不住扒拉李疏的胳膊。

雨丝从似有若无开始变得绵密了，几个饲养员交头接耳几句，纷纷招呼着大熊猫回去避雨，大熊猫赖皮不动，他们就亲自上前或抱或拖捉拿归案，排在前头的游客被逗得一阵阵发笑。

"他们在笑什么？咦？树下那个竹筐在动，大熊猫钻进去了？"王术在脑袋与脑袋之间的缝隙里不住腾挪，越看不到越好奇。

李疏低头给了王术怜悯的一瞥，突然半蹲下去，右手扣住王术的膝盖，右臂微一发力，单肩将王术给托了起来。

王术猝不及防轻轻"啊"了一声，上身向前一倾，视线高度一下子就飙到了两米八，几只正与饲养员拉扯的憨态可掬的大熊猫跃然视野。

"我鞋底蹭到你衣服了，太重了，你放我下来吧……多不好意思学长。"王术的羞赧大约只存在十五秒，她的注意力很快就被国宝拉走了，"哈哈哈，你看爬架那块，它快被拉长成面条了，咋那么犟呢。啊，石头后面那只最圆滚滚的直立起来了，它是不是在跺脚要抱抱？哈哈哈真是啊，这抱不动啊……"

有人在侧后方掏出手机默默拍下了细雨里这温馨平常的一幕：一个白皙瘦高的男生一肩托起女朋友，跟随着她的指令左右腾挪。男生下颌线清晰流畅，眉眼乌黑仿佛带霜，一眼看去是会在毕业典礼上致辞的不浮不躁但离你的生活很远的高冷男生，能给你的最大情绪反应也不过是嫌你挡道微微蹙眉，不像是会当众做出这种事的人。但是他就是在这样的和风细雨里稳稳当当地举着他的女生，极富耐心地陪着她看大熊猫，直到大熊猫全部被饲养员带回去。

告别大熊猫的两个小时以后，王术跟着李疏踏上廊桥准备飞回晋市，再两个小时后，两人在晋市落地并坐上了回家的出租车。王术望着车窗外飞驰而过的越来越熟悉的街景，恍恍惚惚觉得过去二十四小时的行程离奇得都不像真的。

"离奇"这个词当然是仅针对王术本人来说的。在她过去的二十年人生经验里，如果要远行，最起码提前一个月就得开始计划行程和安抚振奋的心情，像这样说走拎着来不及放回家里的书直接就走，是从来没有过的。

至于那个猥琐男，谁还记得他是谁？

海市虽然温度也低，但风轻雨细，感觉就像个即便发脾气也不过是扭个腰跺跺脚的年轻姑娘。晋市就不同了，风又大又重，里头仿佛裹着斧钺钩叉在街道上呼啸而过撞得乱响，仿佛电影里拥有绝对力量的大反派吹着口哨提着刀在翻遍每一寸土地斩草除根。

"不知道为什么心脏突突直跳，仿佛在预警。"王术说。

"它是在预警什么呢？"胡同昏黄的路灯渐渐逼近，王术转头盯向李疏。

李疏把王术示好的脑袋拨开，若无其事道："是吗，你不知道吗？我觉得可能是'长本事了，敢夜不归宿'之类的。"李疏把她的书包给她放到膝上，并轻轻拍了拍，袖手旁观的态度非常明显。

王术露出沮丧脸，她昨天只微信简单向家里交代了一句"我跟李疏出去玩了"，杨得意问去哪儿玩，她说海市，杨得意便没再说话了。她当时心慌意乱没有精力多做打点，现在开始头皮发麻了，早知道就编个丰满的谎话了。

王术战战兢兢回到家，却并没有被诘问。杨得意问她都去了海市哪里，她老老实实说去了哪里，说着说着眼睛里就又开始有光了。杨得意耐心地听完，带笑点了她句"瞧你那样儿"，便让她赶紧洗漱去了。王术临走悄悄瞥一眼一直盯着电视不说话的王西楼，试探地叫了声"爸爸"。王西楼仿佛这才留意到她回来了，回身笑道："厨房冰箱里给你留了块蛋糕，一会儿你记得去吃了。"

王术拎着书包回屋，一边庆幸大难不死，一边暗自犯嘀咕。他们会不会是在故意让自己放松警惕，你看甚至没有一个人问她新羽绒服哪儿来的——他们兴许是觉得天太晚了没必要大动肝火，把严刑拷打留到明天精力充足时？

算了，那是明天的事儿。

王术洗漱完哼着歌儿出来，王戎正在翻她的衣柜。王戎公司年底了要办年会，她来借王术上个月刚买的那件廓形白毛衣穿。

"唉唉，你穿得上吗？你别给我弄脏了。"王术皱眉道。

"你那毛衣宽松得我怀胎十月都能穿得上。"王戎对着柜门上的镜子比照着，懒得回头理她。

"怎么听不出来人话？是不想借你的意思。"

"由不得你。"

王戎比照半天发现问题似乎出现在自己的裤子上，自己的裤子跟毛衣的风格不搭调，于是又埋头在衣柜里刨，刨半天突然意识到王术的裤子她基本都没可能穿得上。两人差了足足两个号。

"大头，你有没有……松紧腰的裤子？"

"咱妈为什么没有生气？"王术突然在王戎背后幽幽问，她贴得极近，跟个背后灵似的，"也没问我太多，不应该啊。"

王戎抬手把她推开了些，不让她黏那么紧，没好气道："因为你男朋友给我打电话了。"

李疏的电话打来时王戎刚刚下班回到家。他用简单几句话陈述了王术的遭遇，然后交代说自己跟王术正在机场，将要前往海市，只住一晚就回来，他有办法让王术在最短的时间内不再关注那件事儿。哦，这通电话也是在王术上厕所的那五分钟里打的。同样的五分钟，有人用来蹲在厕所隔间里揉眼睛，有人用来解决一切麻烦。

王术听后微微张着嘴露出吃惊的表情，因为她完全不知道李疏是什么时候做这件事儿的。李疏有王戎的电话号码这事儿她倒是知道，某天她突然想吃顺子家的卤味，但自己手机没电，是借用李疏的手机给王戎打的电话让王戎下班回家路上给她捎的。

"你个中看不中用的东西，这有什么可难受的，下回你就忍着恶心回头盯着他看，或者你直接给他拍个照片，带脸一起拍进去，就说要发给他父母孩子一同欣赏。"

王术面色复杂，一时竟不知道回什么好。

杨得意在外面听墙角实在听不下去了，敲门喝止道："王戎你给我出来，跟你妹瞎说什么呢！"

夜深人静时分，整个世界只剩下反派北风斩草除根的声音，王术了无睡意在床上辗转反侧。"叮"的一声，微信新消息至，来自李疏。她点开李疏的头像，自己在床上拱得乱糟糟的鸡窝头就跃然屏上了。根据照片里的晨光可推断是李疏早起洗漱后爬梯拍的。王术沉默了下，点进手机相册，也给李疏回敬了一张，并很酷地回复他"扯平"。是她半夜上厕所刻意取道他床前拍的。

李疏没有再回过来，王术便默默打量着对话框里最后的这张照片，她的睡相惨不忍睹，他的却很好，浓长的眼睫垂下来，像个无辜的睡美人，有种奇怪的脆弱感。

王术只擅长插科打诨，不擅长认真的甜言蜜语，她以后也不会对任何人包括李疏本人说起，那天半夜她抱膝蹲在他床前借着月光注视他良久，最后垂眸在他微微蜷曲的手指尖上轻轻亲了一下，小小声跟他说了句"谢谢"。不光谢谢他把她带到童话小木屋，也谢谢他去年在404画室说的那句"做我女朋友吧"。

杨得意洗漱后回到主卧，王西楼正坐在床尾对着相册里伸着胳膊要抱抱的微缩版王术垂泪——他刚才在客厅的镇定是装的。他昨天晚上已经气过一茬了，当下是听到王术假装无事发生叫"爸爸"又难受了。

"怎么出这么个事儿派出所也没有通知家长？"王西楼问。

杨得意往脸上拍着精华水，不急不缓地点出了个事实："术术已经是个成年人了。"

4

钱慧辛前一晚因为胡同里有人打孩子吵个不停睡得晚，所以上了公交车把羽绒服的帽子往前一翻遮到脸上，不到两站路就睡过去了。

7747这趟公交线是今夏新开的专线，直接通往衡河水库。到了水库以后要转车再去第三监狱，或者不转车徒步也行，也就三四里路。

钱慧辛身上没什么值钱的东西，不怕遭人惦记，所以睡得安安稳稳的。呃，也不能说多安稳，司机开车比较猛，因此钱慧辛动不动脑袋就得撞玻璃一下，但撞也撞不醒，最多就是重新调整个姿势发出一声不耐烦的"啧"。大约是这声"啧"隔着不近的距离被司机听到了，后面车子开得就稳当多了——大冷的天去衡河水库的没几个人，因此车里空荡荡的，一切声响都很明显。

钱慧辛一觉睡到即将到站，她打了个饱足的呵欠睁开眼睛，听到后座的大妈打趣："姑娘可真能睡，男朋友也真体贴，这大冷的天儿……"

钱慧辛闻言疑惑地回头要去看看大妈是不是在说她，脸颊却蹭上了柔软的布料。是件不属于她的羽绒服，加塞在她的脑袋和玻璃之间。她一愣，转回来，与不知何时上车的林和靖面面相觑。

"……你不冷吗？"她与他相顾无言，半晌，忍不住问他。

"太阳出来了，没多冷。"林和靖温和道。

钱慧辛把衣服还给林和靖，再把一直遮挡大半视线的帽子掀开，然后往窗外看去。果然，太阳出来了。

"上回连累你一起挨骂了，不好意思。下回你不用管，她就是越有人越起劲儿。"钱慧辛说。她一直想说"下回你不用管"这句话，但那天以后没再见过他。

车窗缝里挤进来的风吹着钱慧辛耳畔的几绺碎发，头发呼呼地向前贴在面上，她伸指将碎发向后勾去，露出大大的杏眼和秀美的鼻梁。

林和靖没有应声，把胳膊套进衣袖里，转头望着钱慧辛，嘴角轻轻扬起，用温和的口吻跟她商量："我以后每个月都陪你来好不好？"

钱慧辛感觉脸颊有些痒，她以为仍有碎发在刺挠着皮肤，伸手勾了勾，却并没有。

"不用，我又不是不认识路，你别把时间浪费到我这里。"她说。

"吱"的一声，公交车到站了。并不是专门的公交站，就是水库电房前的一小片专用区域。

十几个乘客陆续下车，钱慧辛揉了揉眼睛，咳嗽两声，与林和靖一道跟在后面下车。

"你要步行吗？"林和靖见钱慧辛直接向前走去，忍不住叫住她。

——衡河水库到第三监狱大约有三四里路，步行得半小时左右。

"这段路我都步行，我出门早，来得及。约的十点。"钱慧辛回头向他解释。

林和靖两手往羽绒服口袋里一插便跟上去了。

钱慧辛不住地转头瞧林和靖，但并不主动与他搭话。她只有在她妈妈、小姨和王术面前比较话多，在其他人面前没什么话说，因为有时掌握不了不得罪人的分寸。虽然，她其实也想向他道个谢——刚刚只说了"不好意思"，没有道谢。

钱慧辛不愿再回忆那些丢人现眼的画面，但林和靖就走在她旁边，不由得她不回忆。

前些天她在回家路上被她奶奶钱素珍搂腿拖住出了个大丑，是林和靖给她解的围。

"你别拽我，你拽我没用。我没有钱给你出赡养费，你每个月领的各种救济金和补助金两千多去哪里了？"

"轮不到你操心我的钱去哪儿了！我就是把它们一把火点了给我儿子烧纸都没你多嘴的份儿！我得多少钱是我的事，你该出的赡养费你得出！"

"我没有钱，你别往地上坐，你松开我。"

"你这条小命是我儿子给的，你就得替他养我，到哪儿都是这个理儿。你今天要是不把赡养费的事儿跟我说清楚，我就跟你在这儿耗着，我反正在哪儿晒太阳都是晒。"

……

钱慧辛被钱素珍抱着腿杵在道旁，深觉人生再难也不过如此了。她转开脑袋用微屈的指关节轻轻压了压眼角，若无其事地将那抹因难堪而起的热意压了回去。

此处距离三秋胡同不远了，围观人群里有认识她的估摸着已经前去给她家人报信儿了，她由衷希望钱素珍能在她家来人之前闹够打道回府，因为她实在不想再听那些掺杂着脏话的已经被颠来倒去痛陈过无数遍的破事了。

林和靖就在钱慧辛耷拉着肩膀放弃抵抗时在围观路人的指指点点里站出来了。他假称自己是学法律的，胡诌了几条并不存在的法律条款吓唬钱素珍，说如果留有案底，政府会撤销给她的所有补贴。

老太太油盐不进，七十多岁的人了，不见一点慈悲相，眼里的恶意满得几乎要溢出来了。她问林和靖他跟钱慧辛是什么关系，奚落他"不嫌脏""嫌命长"，又用市井脏话问候林和靖的父母。

林和靖便蹲下来当着她的面把报警电话拨出去了。

钱素珍没想到家务事而已他竟然来真的，骂骂咧咧地夺了他的手机扔出去了。

林和靖瞧着自己的手机就那么直接掉进人行道旁窨井盖的缝隙里，转头扬起嘴角，说："Pro Max，国行，11699 元，上周刚买的，你那些救济金不用给你儿子烧了，有地方用了。"

钱素珍瞧见手机刚好掉进窨井箅子里心里也是一抖，但她并不相信一个手机当真能有这么贵，直到围观的年轻人纷纷起哄："这个价格得是 512GB 的吧""Pro Max 的相机模组突出平面 4mm，这距离这高度肯定花了""真的假的，一万多的手机连个壳都不戴，就这么不珍惜""像我们这种需要攒钱买的才会珍惜，人家脚下这双鞋可能都比手机还得贵小两千"……钱素珍面色青红交错，她咬牙起身拨开人群便跨上自己的电动三轮走了。

于是这一天剩下的时间，钱慧辛便跟林和靖撬开窨井盖脑袋对着脑袋跪在地上捞手机。第二天，钱慧辛听说手机捞出来晾了一晚开机居然还能用，也是个奇迹了。

——林和靖回家当晚买了个新的，这就是"奇迹"的内核。

三四里的路很快便走完了。第三监狱铁灰色的大门和高墙把身穿老款羽绒服的女生衬得愈加渺小。

"我在门口等你。"

"你不去找你哥吗？"

"我哥这周休假。"

农历新年前又下了场大雪，杨得意在这场大雪里给全家做炸食，炸小酥肉、炸红薯丸子、炸豆腐、炸小带鱼。王戎王术两姐妹各自低头划拉着手机，一边时不时地溜达过来叨一口吃一边打嘴仗，一个说"你少吃两口能死？你肚子上都长游泳圈了吧"，一个说"其实你是我妈在医院女厕所的废纸篓里捡的，你赶紧把筷子放下去找你亲生的爹妈去吧"。杨得意习以为常，懒得搭理她们，说"这么多吃的都堵不住你们的嘴"。

傍晚雪停了，起了风，大风在屋外肆虐，屋内的家庭剧 *Call Back* 就越发温馨好看了。

王戎做了鸡蛋汤，炒了两个菜，再配上杨得意下午做的炸食，一家人热热闹闹地把晚饭吃了。饭后王术不等人吩咐乖觉地收拾餐余去厨房洗碗。厨房的后窗没合紧，一阵风吹来，厨房门"咣当"摔上了，把王术吓一跳。碗筷沥水放入橱柜时，王术隐隐约约听到卧室的方向传来手机铃声，她以为是幻听没理，继续收拾着台面，片刻，王戎不耐烦地拎着她的手机进来了。

"你能不能把你的铃声改改？贱了吧唧的口哨声听得人想上厕所。"

"你管那么多闲事呢？你帮我接，我手脏。"

"啧，你俩不是下午才见过吗？这才分开一顿饭的工夫。"

"……"

王戎抱怨归抱怨，赶在铃声停止之前替王术接了电话，再把手机贴到她耳朵上。

"什么？你在哪里？啊，听到了，我听到了。跟谁一起？啊，我在洗碗，过会儿给你回电啊，听到了，对的，现在要先挂断了，好了学长……"

王戎咬着苹果漫不经心打量正与男朋友说话的王术，深感"一段好的感情令人容光焕发"这句话是有那么些依据的。你看王术就丑得没有以前那么明显了。

因为王戎在旁边，王术不好意思多说，收拾好厨房以后，王术回到卧室依约再度打过去。

在等待电话接听中，王术的嘴角恨不得翘到耳根去。她发现了，李疏神志不十分清醒的时候就总喜欢叫她，而且会慢条斯理地跟着她说话。她问"你在哪里"，他就重复"我在哪里？在家"；她问"跟谁一起"，他就重复"跟谁一起？林和靖"；她说"要先挂断了"，他就重复"要先挂断了"。

然而电话却无人接听。

王术略一琢磨，又给林和靖打去，林和靖的声音即便经过两重讯号转译有些失真，也能听得出特别生无可恋："出来吧，在你家门口，结账要回来时突然想起来你喜欢吃这家的金汤七星鱼，非要给你点一份……大晚上的希望你真的能吃得下吧。"

王术一愣，倏地一跃而起，抓起羽绒服一边往身上套一边往外跑。

"去哪儿？"路过客厅时王西楼问。

"一会儿就回来。"王术大声道。

王术喜滋滋跑出来，刚好看到钱慧辛从车前走开，她叫了两声"辛辛"，问她去哪儿，后者回过头向她摆摆手，说要去胡同口买小米椒。

车窗悄无声息地降下，林和靖把脑袋探出来恨不得扭一百八十度往后看。

王术轻咳了咳，问："林学长也想去买小米椒吗？"

她本意是调侃，没料到林和靖竟然厚着脸皮直接应承下来了，说："行，那我也去买点儿。"说着就推开门下车了。

王术一愣，"哎哎"了两声，林和靖充耳不闻，几个大步就走远了。

李疏从副驾驶座下来，绕到王术的这侧，与她一同望着林和靖的背影，很肯定地说道："他一定会跟钱慧辛说，是要给我们单独说话的机会，他才不得不跟上去的。"

王术点点头："可想而知。"

李疏把装着七星鱼的纸袋交给王术，说："上回你说过好吃的，给你带了一份……那你回家吃吧，我等他回来。"他说这话时，背靠着车门，眼尾微微下垂，看起来很无辜。

"我得多贪嘴，这个时候把学长丢街上自己回去吃鱼啊。"王术拉着他的手轻轻荡了荡，问，"你们明天几点的飞机？"

——李疏一家今年要回海市外婆家过年。

"明天几点？十一点，上午十一点。"李疏顿了顿，又补充，"江叔也一起去。"

"江叔跟你们的情况有好一些吗？"

"啊，关系啊，从成乔治的反应来看，应该是好一些了。"

——成玥嘴里开始频繁出现"江叔叔说"了，这表示江云集已经把成玥纳入自己的生活并开始对他密集输出了。

"为什么成玥叫成乔治？"

"为什么叫成乔治？因为他笨得像猪啊。"

王术跟着李疏一道笑了一小会儿，然后抬手把他额前的碎发向后拨去，说："喂，学长，想开一点儿。"

江云集这回去海市大概是奔着再谈结婚去的。他没有答应成荟"两边跑"的模式，他愿意婚后搬过来住，直至成玥初中毕业。

——成玥现在就读的学校是晋市师资力量最强大的，小学部初中部都如此。

事实上，江云集最近这两个月已经陆续在往成荟家里放东西了，衣服、手表、皮包、文件……林林总总的，当然，其实也想留宿的，只是成荟考虑到人多嘴杂，怕个别没数的去两个儿子的面前说些不好听的，一直没允许。

成荟哲学系硕士研究生毕业，虽然本人较为寡言不善辩，但向来不太瞧得起活在别人目光里和唇齿边的人。江云集从小娇生惯养着当然也如此。但有了孩子以后，成荟不得不苟着，遵循人类社会一些约定俗成的莫名其妙的规矩，比如婚前尽可能不留宿男人，江云集不能理解，甚至觉得可笑，但愿意接受。嗯，他现在愿意接受了。

总之江云集终于调整到正确的航向靠近成荟了，李疏也终于没有理由再表达不满。江云集以后将跟他在同一个门里进出，在同一张饭桌上吃饭。

"那要是想不开呢……"李疏问。

"那我就得怂恿你妈暴力解决了。反正要是有什么想不开的，我妈只要发火一使用暴力，我就想开了。"王术道，又补充一句，"小时候。"

李疏垂首笑得肩膀微颤。

天空又开始飘雪了，王术突然发现七星鱼袋子里还有一盒仍有余温的马拉糕，问李疏还要不要吃，李疏点了点头，王术便揭开盖子一人一块吃起来了。

"怎么也给我带马拉糕了？"

"我觉得好吃就给你点一份尝尝。"

王术一愣，突然觉得这一句话是如此甜蜜，比唇边的马拉糕都要甜蜜许多。

便利店的灯光有些昏沉，估计灯珠距离寿终正寝差不了几天了。

林和靖往钱慧辛袋子里丢了几个小米椒，又被后者尽数拣出来扔了，林和靖给了她一记幽怨指责的眼神，钱慧辛屈指托了托镜框，说："有两个不熟，有两个熟得快烂了，你不会挑就别挑。"林和靖于是背靠着纸袋架束手站着等她。

钱慧辛挑完小米椒，又挑了一袋散装鸡蛋，经过货架时再顺手抓出一瓶蚝油，如此一起买单也不过三十四块三。

出了超市，林和靖觑着钱慧辛的神色，几番犹豫，仍是忍不住问："这种散装鸡蛋蛋壳上没有标识日期，怎么知道有没有过期？"

钱慧辛理所当然道："磕进碗里，没有霉烂，没有臭味，就是没有过期。"

林和靖想说这样的验证方式会不会太草率了，但是自己在心里琢磨了下，把这不知人间疾苦的问题吞回去了。他两手往兜里一插，跟在钱慧辛后面走路。

两手各拎着个塑料袋大步向前走的瘦高女生又把头发剪短了，似乎仍是她自己随手剪的，跟狗啃的似的，要不是颜值能打，走在路上是会被人嘲笑的程度。不过他却瞧出了不同的味道，他瞧着她这头自由不羁的碎剪随性漂亮。

"怎么突然停了？看什么呢？"林和靖问。

钱慧辛指着锦绣大道对面的公寓楼，说："确实有点像天府仙宫，一重一重的，等到半夜街上的灯光都熄灭看不清楼体以后会更像。"

"……"林和靖露出不解的神情。

钱慧辛解释："是术术刚搬来时说的。"她解释完看到林和靖仍然是一副听不懂的样子，暗忖自己果然在与不熟的人交流方面是有壁垒的。她抬起拎着塑料袋的手，用拇指外侧轻轻刮了刮额头，没再继续解释，往前走了，假装刚刚单方面的对话不存在。

林和靖站在钱慧辛刚刚站立的位置对着那个方向看半天，终于明白了她的意思。然后他突然反应过来这是认识一年多以来钱慧辛第一次主动找话题与他聊天。可太不容易了。

"你是后天要去衡河对吗？"林和靖追上去问。

钱慧辛回头看他一眼没有说话。

"我们可能还会偶遇。"林和靖笑得眼睛都没了。

"你没有别的事情做了吗？"钱慧辛问。

"没有。"林和靖答。

大二这年的春节过去得无声无息的，大概是因为一直陪伴着她的李疏不在，所以显得无声无息的吧。

王术做什么都提不起精神，唯有接到李疏的电话时能振奋片刻。

王戎说："你瞧你这德性，要是哪天你男朋友移情别恋了，你可怎么办？"

王术撅着屁股吭哧吭哧铲雪，闻言转头给她翻了个震古烁今的大白眼，向着屋里吆喝："妈，王戎杵半天了，光大嘴叉子指挥我，啥也没干！"

王术不耐烦地赶走王戎，一个人把整个院子里的雪全部码到墙根底下后，叉腰站在原地思忖良久。王戎说得没错，李疏对她的影响越来越大，在她展望的未来里处处都有他的身影——她完全不做其他可能性的考虑——李疏就像王西楼、杨得意和王戎一样，是理所当然地存在于她未来生活的每一天和每件事里的。

王术突然觉得有些惶恐，因为根据她多年观影所得，这种在悬浮于生活的象牙塔里生根发芽的感情一般都没有什么好的结局，她跟李疏能是个例外吗？要知道她向来没什么运气，是买一百块彩票最多中四袋洗衣粉的衰鬼。

"嗯？罚站呢？犯啥错了？"

钱慧辛拎着一袋草莓上门，在王术身后稀奇地问。

钱慧辛小姨新交的男朋友家里有个挺大规模的草莓园，人特别有礼数，每回上门都得搬两箱来。这些不大但很甜的牛奶草莓不但惠及了三秋胡同的老邻居们，还惠及了锦绣大道那侧的李疏——王术上学路上给的。因为那个男人上门太勤快了。

"我在琢磨这漫长的人生应该如何度过、跟谁一起度过，以及人类的终极追求是什么。"

"可快住嘴吧你，操不完的心。"

王术正要接过钱慧辛的草莓袋子，手机突然在口袋里振动起来，是李疏飞机落地如约给她打来的电话。王术立刻就把钱慧辛抛之脑后了，她一改先前的低沉模样，喜笑颜开，开口就是故意拉长音的"学长"。钱慧辛的胳膊伸在冷空气里，半晌，抖落了鸡皮疙瘩轻笑着收回去，转向正从屋里走出来的杨得意。

"吃了吗辛辛？"杨得意打着呵欠问。

"吃过了，"钱慧辛把草莓交给杨得意，补充一句，"比上回的甜。"

清晨的冷风从小院上空掠过，似乎将草莓的香气裹挟着送到了几十里外的机场大厅，李疏把手机收回口袋里，笑容煞是好看，引得路人频频侧目。他推着行李推车转头叮嘱了成玥一声"跟上"。

第十章

/

又一个夏天过去了

1

李疏所学的材料科学这个专业基本不可能有止步本科的。李疏大四王术大三的这一年，李疏在与王术商量后，决定去考归省 C 大的研究生。归省地远偏僻，但在其十万大山深处有个全球闻名的国家级 R8 重点实验室，C 大其他专业不怎么突出，但它的材料科学专业近年在国内逐渐首屈一指——在教育部和地发委的牵头下，R8 实验室许多大佬都是 C 大的客座教授。

"我听说 C 大那个专业比 Q 大的都难考，说不定他考不上呢。"

一道放学的路上，钱慧辛把外套脱了拿在手上，跟在王术身后慢慢走着，试着安慰她。钱慧辛知道王术是不愿意与李疏分开的，王术只是觉得抱大腿说"你不要走"有点丢人才假装洒脱的。

"你要是实在不会安慰人就去给我买个冰激凌吧。"王术回身无可奈何地说。

一个从小到大的学霸放弃保研都要去归省 C 大的资优生有多大概率考不上？

此时十月上旬都快过了，但是晋市却没有如往年一样降温，白日里的温度仍能高达三十摄氏度。胡同里的老人说后半个月开始降雨，到时候温度就降了，一场秋雨一场凉，等半个月的连绵阴雨降完，夏天就走得干干净净的了。

钱慧辛买回冰激凌，王术啃着冰激凌继续往前走。她突然想起什么，掏出手机捣鼓了几下，给了钱慧辛个眼神。钱慧辛的手机跟着"叮"一声，她不明所以掏出一看，居然是收到了王术的转账。

本周 G 理工各学院统一发上一学年的奖学金。显然这是王术刚刚收到手里还未焐热的一部分奖学金。

"你的奖学金你自己安排，我的给你分一半，你就当是捡钱。你得去海市看看，海市极具风情的仲月街区、繁星广场，沿海路上千奇百怪的万国建筑和遮天蔽日的行道树，甚至就连空气里隐隐浮动的海腥味儿，都跟你以前给我描述的一样。"王术解释道。

"你都穷得没有房子住了，就不要再当散财童子了。"钱慧辛沉默了下，说。

钱慧辛要把钱退回去，却被王术攥住手腕制止，她说："就算没房子住，我也还是比你富裕点儿……现在去也行，毕业以后你自己再添点儿领着你妈去也行。这是我大二努力学习的动力之一。"

钱慧辛伸手挠了挠眉头，压下了心头翻滚的情绪。王术去年从海市回来就喋喋不休跟她说"你一定要去一次"。她最开始还微微有些不开心，认为王术明明知道她是什么家境还一直这么鼓励她太过于没心没肺了。

王术见钱慧辛不再推辞，十分欣慰，继续先前的话题，说："我的确是不想跟他分开，但是我当初也不想离开我家搬来'三秋'的老破旧，时间一长什么都适应了。况且我自己都没想好以后要去哪儿做什么，不能拖着人不让人动，那不讲理。"

钱慧辛想了想，说："那你是得好好想想以后了。你不考研的话，要不要考公呢，要不要考教呢，你得趁早决定趁早做准备了。"

王术把冰激凌纸揉成一团重重扔进路边垃圾桶里，皱眉道："烦！"

"你是不是就想离家远一些？"成荟直视着李疏，"你商量都不跟我商量一声？我跟你江叔结婚以后就不是你妈了？"

——三个月前，在去年婚期的同月同日，成荟嫁给了江云集。

"我的专业你又不懂。"李疏摘下耳机回答她。

"我生你的时候我也不懂一个这么点儿的小孩儿到底应该怎么养大，我自己慢慢摸索着也懂了。你耐心一点给我解释解释再商量商量不行吗？"成荟的声音没控制好微微扬高，引得客厅里成玥不安地放下了 iPad。

"乔治，一个小时到了，把 iPad 放下，吃点水果，去写作业。"

江云集把切好的水果给成玥放到手边，然后端着笔记本去餐桌上写邮件。

——书房被占用教子，他不方便进去。

成玥扭着身子趴在沙发背上，伸长脖子跟江云集说："我妈好像生气了。"

江云集往书房的方向转了转头，纠正他："自信点，不是'好像'。"相依为命多年的儿子一声不吭报考了千里之外某个偏远地区的研究生，不乐观估计，他将在那个地方把书一路读到底，如果再不乐观点，他被 R8 实验室招揽，还将在那里工作多年。

李疏有点惊讶成荟对这件事情的反应居然这样大，因为这在他看来没什么大不了的，不过是他做的又一个需要自己独立负责的决定，而成荟总是相信他的判断，向来不插手他的任何决定，自他小学毕业以后便如此。

李疏不顾成荟的"你别碰我"的身体语言，起身把成荟按到桌前坐下，他在笔记本键盘上敲击了几下，然后把屏幕转向她，说："归省 C 大是我们这个专业的学生都想去的，我们老师也是这么建议的。这是我报考前查阅的资料，这里有他们的实验室设备列表、在校任教的院士和合作的企业。"

成荟按捺着情绪把李疏指给她看的内容大略浏览了一遍。实验室各种仪器设备以及虽然简介只写了寥寥数语却似乎大有来头的院士她一个都不认识，但是C大这个专业的合作企业确实一个个拿出来都是响当当的。

"如果这个学校真的像你说的这样好，你高考时为什么不直接报考？"

"因为我高考时C大这个专业确实不如G理工。C大这个专业就是前年年初跟R8实验室合作以后被这个国家级实验室给带起来的。"

"……虽然你给的理由让我无法反驳，但你还是没有说出全部的实话。"

李疏哽住，一时竟不知要再说些什么。成荟极少这样咄咄逼人，尤其是跟自己的儿子，她一直是个情绪平稳的妈妈。他正犹豫着，成荟突然把手伸过来握住了他的手。

成荟低着头一根一根将着李疏的手指，心里极为难过："你不愿意跟江叔住，你好好跟我说，不是没有解决的办法。楼下那户年初卖房子，你要是跟我表达了这个意思，我当时就让他把那房子买了。"她说到最后声音有些浮了，似乎是哭了，片刻，她压低声音又道，"太远了，你太过分了。"

李疏半蹲下来勾着脑袋去与成荟对视，他缓缓道："但是我真没有那样的意思，我不讨厌跟江叔住一起，我时不时地去住学校旁边的房子是因为……有女朋友的人偶尔夜不归宿是可以被体谅的吧。"

成荟作势要挥开他："我现在一个字都不相信你。你长大了，谎话也多了。"

李疏抽出两张纸巾，给成荟塞进手里，继续劝着："我这个年纪真的很难跟一个成年男性有多亲密，就算是你跟李道非我亲爹复婚，我也差不多是这个状态，真的。"

"你爷爷的手伸不了那么长，你去那里，你想过以后的发展吗？"
李疏要去归省，李道非也同样不理解，"你爷爷现在都不拿正眼看我了，一天天吹胡子瞪眼的，他自认没养你长大没什么资格对你的选择横加指点，就靠整治我隔山打牛，我这一天天日子过得十分糟心……"

"我选这样的专业本来就没打算借他的势，你让他不用管了，我自己想得都挺清楚的。"

李疏给自己点了一份牛肉饭，把餐牌交还给侍应生。

李道非到得早，此刻已经吃上了，他举起叉子轻轻挥了挥，问："你那女朋友不要了？"

"……"

李疏沉默片刻，若无其事道："我以后每个月都会回来一趟，虽然C大所在的宜市没有机场，但去年通了高铁，一趟来回十四个小时，两顿觉而已。"

李道非闻言一愣，嘴巴微微张开，但最后什么也没说出来。

李道非当年追成荟就是这样不惜成本不辞辛苦，结果最后人追到了，感情却未能维持到第二个儿子出生。他原本想借此打趣李疏几句，但突然感觉有些扫兴，便不说了。李疏跟他不同，这一点他其实早在李疏中学时就看明白了，李疏从不享受被人追逐和喜爱的乐趣，他只觉得麻烦和被冒犯。

"你妈跟江云集两人过得还行吧？"

"还行。"

侍应生把牛肉饭端上来了，李疏轻声道谢，习以为常地用叉子把西兰花推开。

"西兰花不吃给我，我补个维C。"李道非觑一眼他的餐盘随口说。

李疏理所当然地叉起西兰花给他放到盘子里。

其实李道非和江云集在他这里还是有区别的，虽然两个他都不怎么亲近，但他不会把西兰花给江云集。他突然略有些遗憾地这样想。

"归省C大是不是非去不可，你再考虑考虑。"李道非慢条斯理地嚼着西兰花，徐徐道。

李疏洗完澡略有些不耐烦地擦着头发，手指在笔记本键盘上敲击了两下，之前听到一半的录播讲座便重新开讲。然而这回教授嘴里的"帕尔帖效应""载流子""ZT值"再也不能吸引他的注意力了。李疏坐在桌前坚持听了约十分钟，最终还是不敌突然而至的烦躁，把网页地址收藏进浏览器列表里，而后关机。他起身来到阳台上，下意识地往三秋胡同的方向望去，然而胡同里有几盏灯时亮时不亮，光线十分不友好，什么也看不清。

恰在此刻，"叮"的一声，一条新消息至。李疏低头看到"非科班出身相声演员"的备注名，眉头立刻就松动了几分。他把手机贴向耳朵，听着王术"我在你家楼下，你下来一趟，这个点儿你妈应该在家，我就不上去了，啊，这个点儿你应该刚洗好澡……不管，我来都来了……"时长三十四秒的车轱辘话和声音里故作神秘的笑意，顷刻便驱散了最近几天因为成荟的责问和李道非的不支持而产生的些微愧疚和烦闷。

李疏套上衣服下楼，在小区中庭几个滑板少年之间找到王术。说"少年"可能不太合适，是介于儿童和少年之间的年龄——王术在这个年龄段之间还是挺吃得开的。王术正在给小少年们示范她的滑板技术，但大约是许久没练了，李疏走到跟前时她刚好一脑门儿冲撞到他怀里。不知道她先前是怎么跟人吹嘘的，总之这一跤摔得非但没被同情，还被齐齐嘘声嘲讽。

王术被嘘得脸红，掩面把滑板还给最小个子的男生，不讲理道："姐姐只是好几年不练了……你们爱信不信吧，姐姐玩滑板的时候，你们中大多数还没学会直立行走呢。"

小男生们本就好斗，可不惯她张口就来的毛病，他们立刻七嘴八舌地向她约战："姐姐不服我们找个场地继续比啊""姐姐可以示范这个Kickflip（脚尖翻板）吗""后门就有个小滑坡，走啊"……

李疏在王术上头之前捂住她的嘴，说："姐姐服了。"

滑板少年们你追我赶地离开后，王术退出李疏的怀抱，用下巴点了点旁边的礼物盒，态度十分倨傲，也不知道从哪部野生偶像剧里学的，说："给你的，打开看看。"

李疏打开盒子便看到自己去年跟王术提到的那双联名款的运动鞋。他挑的这双鞋不算特别贵，但是不好买，某购物网站和大多数实体店长年断货。

"奖学金花光了吧？"李疏盯着鞋子看了片刻，问。

"还有一些些……"王术讪讪道，随即又横眉竖目，"你别操那多余的心。"

李疏于是便不多问了，反正他后面总有机会补给她。他眼睫低垂嘴角微勾仔细打量着收到的礼物，看看鞋舌，又看看鞋底的减震气垫，突然抬眼望向王术，并在王术反应过来之前，动作极快地趋近，在她唇上轻轻咬了一下。

"谢谢。"

王术也不凹霸总造型了，笑得见牙不见眼。她感觉李疏是真的喜欢这双鞋，并非哄自己开心的，忍不住又开始给他画饼："以后给你买更贵的。"

"好。"李疏明知她是在画饼，却被哄得很开心。他把鞋盒放在地上，抓着王术的胳膊肘，把她填进自己怀里，在仍然带着暑气的夜里，静静与她拥抱。

"行了，你上去吧，我走了。"王术轻拍他的胳膊示意他松手。

李疏却纹丝不动，片刻，说："我想再多抱会儿。"

王术没忍住笑了："学长不要学别人黏人。"

李疏："没学人，就是想黏你一会儿。"

十月底李疏C大报名确认以后，王术装不下去开始抽搐了。当然，她并没有在李疏面前抽搐，是寻了个借口拒绝了李疏的饭约回家抽搐的。杨得意收摊骑着电三轮儿回家时，王术正在水池前弯腰洗脸，虽然她极力假装自然，但那红眼睛一看就知道是怎么回事。

"行了，说说吧，都好几天了，到底是碰上什么难题了。最近生意好我早出晚归的顾不上你，今天可巧面洒了提前回来……别装了，你那脸根本藏不住事儿。"

王术本来都止住了，杨得意这样笑着一问，她那不值钱的眼泪又啪嗒啪嗒掉下来了。

"唉，都来瞧瞧，可把我们大头难为坏了。"杨得意笑着伸手摸了摸她的头。

王术捂着眼睛委屈地说："李疏要去归省读研，他说不定毕业也留在那里。"

杨得意一愣，眉头微微皱起，又慢慢松开："哦，是这么个事儿啊。"她解下围裙缓缓擦了擦手，将之放到洗碗池上，"那你是怎么想的？你想他留在这里？"

王术肩膀微抖了抖，扯一截一次性洗碗布揉到眼上不肯说话。

杨得意转而又问："你自己想好以后要去哪儿做什么了吗？"

王术听了这句眼泪淌得更凶了。这不就是她回答钱慧辛的那句吗？！

杨得意随手烧上一壶水，准备做晚饭，她低叹一声，慢条斯理道："你自己心里都没个成算就不要贸然去干涉别人，以免以后落人埋怨。而且这也不是多大的事儿。现在是新时代了，视频通话非常方便，即便是要见面，国内坐飞机或坐高铁几个小时也见到了，不要在心里演七八十年代天各一方的苦情戏。"

王术被劝得有点豁然开朗的意思了，但同时又被讽刺得挂不住脸。她拨开水龙头低头又洗了一把脸，悻悻地"哼"一声扭头就走。

"不要急在一时，日子长着呢，大头。"

鸡蛋黄似的夕阳斜斜挂在青铜街街尾商户的屋顶上，晚风吹来蔬果摊贩的叫卖声、社区广场的音乐声，和谁家妈妈"你再敢过马路不看车我把脑袋给你拧下来"的呵斥声，颇具生活气息。李疏把车停在秋粮胡同口，大步向胡同里走去。

今天C大报名最终确认以后，他又马不停蹄去做老师布置的模拟实验，因为实验迟迟没有进展不能走开，王术在楼外等了他十多分钟，之后给他留言有事回家，饭约取消。李疏从王术没有详述是什么事这一点上推断出王术情绪不佳，因此实验结束报告一交立刻就收拾东西回来了。

"你怎么来了？"王术借着倒垃圾出门见他。

"你哭过？"李疏皱眉问。

王术一听下意识地去遮眼睛，她出门前特地往墙上镜子里瞧了一眼，面上明明已经没有异常了。

"是因为我让你等了？"李疏问。

"我哪有那么小气！"王术轻踢一脚垃圾桶表达不忿。

王术靠在墙上，眼睫低垂，道："我就是看到你在系统里点击确认了归省C大，突然有点难过。又舍不得你离开，又羡慕你有自己明确的方向，"她说到这里顿了顿，"又生气你好像没有想过我们以后怎么办。"

李疏低头注视着她，眉头渐渐皱起。

杨得意的声音突然从墙内传来——

"你们如果要聊这么深刻的话题，就先把厨房垃圾桶还给我，我急着扔菜叶子和鸡蛋壳。"

王术大窘，在原地崩溃握拳。

李疏见她埋着头一动不动，弯腰拾起垃圾桶把它交给来到门口的杨得意手里。

杨得意屈指勾着垃圾桶笑着，用口型叮嘱他："好好跟她说啊。"

李疏点头表示知悉，并问："阿姨，我们出去吃饭行吗？"

杨得意笑道："这有什么不行的，你让她先回来把拖鞋换了。"

2

两个闹别扭的年轻人离开以后，一直藏身在自家门里的二姥姥端着几个韭菜盒子来了。她是正要出门的时候听到了墙外的动静，这回难得有点眼力见儿，没有出来围观打趣。

"我正要出门就听到他俩说话，不过没听太清。术术哭了？你骂她了？"二姥姥问。

"哗啦——"

杨得意把掺着韭黄的鸡蛋倒进油锅里："婶子你这岁数耳朵可以啊。嗐，没什么大事儿，她男朋友要考去归省读研，她舍不得，在跟人闹脾气。"

"啊，归省啊，归省是太远了，我可听说那地方深山老林的，穷得吃不上饭。"二姥姥在厨房昏暗的灯光和呛人的油烟里扬声评道。

杨得意翻炒几下把火关了，打开头顶的橱柜取出个方盘，道："你听说的得是二十年前的归省吧，不对，二十年前也不至于吃不上饭啊。归省现在是中部地区发展最好的，未来几年还会更好。而且归省虽然属于丘陵地带，山林是比平原多，但人家要考的学校没有建在深山老林啊，也是现代化大都市。"

二姥姥常年深居三秋胡同，也不怎么看新闻，所以耳根子特别软，别人说的话，错的她听，对的也听。她立刻道："哎，已经发展得那么好了？那去就去嘛，又不受罪。术术不高兴什么，大不了以后毕业也去嘛。老钱家的那个辛辛从小就念叨着以后要去海市。多好啊，一辈子扎在这三秋胡同里可没出息。"

杨得意闻言神色略微黯淡，她一方面是跟老人一样的想法，认为年轻人趁着没有负担的时候多出去走走是件好事儿，一方面却多少又有些担忧，害怕王术这个窝里横的玩意儿在千里之外他们招呼不到的地方受人欺负。

"你说得对，我也是这么说的。"杨得意稳了稳心神，抓起一个韭菜盒子吃起来，转开话题，称赞二姥姥，"韭菜盒子还是得吃我婶子亲手做的，比外面饭店里做的都香。我其实前几天就想吃了，但就是觉得择韭菜烦人。"

二姥姥听得高兴笑得一脸褶子："你再想吃了就跟我说，我给你做。坐电视机前看两集电视剧的工夫就择好了，哪里烦人。"

两人在客厅与厨房的明暗交界里漫聊着，王西楼和王戎相继下班回来了，天气预报的声音也响起来了。

"……预计今天晚上到明天白天，我市将出现大范围持续性强降水过程，居民应尽量减少出行，关好门窗，地处低洼的居民要准备沙袋、挡水板等物品，或砌好门槛，以防止雨水倒灌。"

"能不能信啊？雨水倒灌？白天日头可大着呢！"

"谁知道呢，不过真要是下雨，秋衣秋裤得找出来备着了。"

"又一个夏天过去了，日子过得可真快。"

"是啊。"

车子开出去不久，王术就发现了不对劲。它是驶向 G 理工方向的。她想问"你不是说去吃饭吗"，但一时抹不开面，便一路绷着脸保持沉默。李疏果然将她载到了他的居处。

两人在电梯里也各自盯着前方保持沉默，王术在这份沉默中越来越委屈，及至电梯门打开，委屈终于到达顶点。她转身在李疏沉甸甸的目光里硬声说："很多人毕业就会分手，我们……"

却不巧再次被打断——

"肉和菜洗好了，火锅底汤也煮沸了，你们到了，可真会挑时间。"

王术闻声回头，无意间瞧见林和靖和钱慧辛。林和靖在敞开的门里站着，钱慧辛在他身后的客厅里正反手解着围裙。

林和靖看出王术的疑惑，主动解释："庆祝你的朋友辛辛愿意做我的朋友。"

钱慧辛面瘫脸纠正他："我只是说不讨厌你。"

林和靖好脾气地回头道："对的，但两年了，不值得庆祝吗？"

虽然王术一直知道林和靖在有意接触钱慧辛，但其实四个人聚在一起的时候不多。她不愿意坏了大家的兴致，尤其是钱慧辛的兴致——辛辛愿意跟人接触多不容易——立刻露出盎然笑意跨出电梯。

"她对她的朋友是真爱啊，你看那脸儿变得多快。"林和靖在后面悄声吐槽，又问，"你们刚刚吵什么呢？"

"去归省的事儿。"李疏说。

王术翻出自己的拖鞋穿上，问钱慧辛："我都不知道你俩也在，你怎么没跟我说？"

"我给你发信息了，说'我到了，你什么时候来'。"钱慧辛说。

两人同时低头查看手机，一个以为自己没发出去，一个则是以为自己没收到。

片刻，王术讪讪道："我手机开了勿扰模式，没留意有新信息。李疏跟我说晚上一起吃饭，也没说是跟你们一起吃饭，不然我就不推掉了。"

钱慧辛盯着她的眼睛琢磨着问："你俩终于吵起来了？"

王术做歹毒状悄声让她"闭嘴"，提膝去书房里翻自己上周落下的小镜子了。

在过去的近一年里，王术几乎成了这个小三居的常客。具体来说，就是当它是个自习室，与男朋友一起来上自习。此处没有图书馆和自习室里挥之不去的低频嗡嗡声，空调温度也可调可控，是考级考证阶段的理想自习场所。

——不过上自习是无须夜不归宿的，所以成荟的直觉没错，李疏的确是在说谎。

当然，他们也不是没有在自习期间做些与自习无关的事情，比如上个月和上上个月，两人就没有按捺住给彼此脱了脱衣服……不过最后均因故以失败告终。

夜幕落下来以后，小三居里的火锅局逐渐别开生面。林和靖在讲自己和几个同学做的手游 APP，钱慧辛在讲即将到来的教资面试，王术在讲暑期兼职时遇到的毁三观的脑残……李疏不时走神，但也说了几句跟成玥相关的趣事。一打啤酒很快就只剩下最后的两瓶。

　　钱慧辛喝得脸蛋儿红扑扑的，语速慢得仿佛开了 0.5 倍速。

　　"我跟她说，当老师有寒暑假啊这多好，一年有三个月的时间我都可以带着她出门转悠，弥补她在监狱里哪儿也去不了的这些年。"

　　"我还跟她说，等她出来，我第一件事就是陪她烫头，什么流行烫什么，然后还要给她买很多裙子。我从小就不喜欢穿裙子，因为穿裙子不方便跑，但是我听姥姥说她曾经是喜欢的。钱文长活着的时候不允许她烫头穿裙子，现在钱文长死了……哪里不对，钱文长是不是早就死了？啊！是早就死了，厨房里那一地的血还是我用拖把拖的，后来拖把很难洗。"

　　林和靖给钱慧辛的酒杯里倒上了温开水，后者醉得喝不出来区别，仰脖就干了。林和靖寻不到干净纸巾给她擦嘴，索性直接伸出手指在她唇角下巴上各刮了一下。

　　李疏问："她妈妈还有多久出来？"

　　林和靖头也不回道："一年十一个月。"

　　王术走过来不顾钱慧辛的挣扎用热毛巾给她擦脸："她从来没有跟我说过这些，不过去年暑假跟她一起去医院探望她奶奶，从她奶奶的咒骂里大概听了一些。"王术跟林和靖说，"虽然用了两年的时间，但能让她说出'不讨厌'已经很了不得了。任何情况下麻烦千万不要对她发脾气，可以直接不理她，但是不要发脾气，她害怕那个，学长。"

　　钱慧辛的大脑已经基本停摆了，她听到王术说"不要对她发脾气"，皱眉跟着接了一句"对对，不要生气"，听到王术说"学长"，张嘴便问："什么？哪个学长？你的学长？"

　　王术露出苦瓜脸耷拉着肩膀黯然道："我就快没有学长了。"

　　钱慧辛小姨催她回家的电话给这场火锅局画上了句号。

因为李疏喝得也有点多，王术便负责替他送人，又因为王术实在有很多不放心的地方要交代林和靖，便一路把人送到了小区门口。王术在小区门口与林和靖又聊了约七八分钟代驾才来，她谢绝了林和靖一道载她回家的提议，说还有话没跟李疏说完。

林和靖与钱慧辛离开后，独自往回走的路上，王术毫无征兆地顿住脚步。她站在原地琢磨片刻，突然转头望向一旁的社区便利店，又片刻，犹豫着提膝迈向便利店。王术整个购物的过程特别快，只用了不到一分钟，出来时外套口袋微微鼓起。

李疏剩余的意识仅撑到把碗碟全部丢进洗碗机里就到了强弩之末的状态了。他听到浴室里有哗啦啦的水声，以为是谁在洗澡，片刻，他想起来房子里只有自己，所以那是他自己放的水。

酒精似乎把血管里的血液煮沸了，李疏热得不行，仿佛置身盛夏正午的塔克拉玛干沙漠。他跌跌撞撞地进了浴室，本意是要去关水，却把手伸进了装满凉水的浴缸里——不能指望一个喝醉的人还记得调节水温。

李疏热得脑袋快要转不动了，他最开始是想脱衣服的，但解扣子太麻烦了，他热得等不及了，索性就直接迈进了浴缸里。

"没关系，反正衣服本来也得洗。"他用快要烧干的脑细胞分析并肯定当下的情况。

王术录指纹进门，在心里默默给自己鼓劲儿。之前的两次，一次是因为准备不足，一次是因为她忍不了疼，他都忍住了。她得先把那两次的偿还了，再与他慢慢说。很多人毕业就会因为各种各样的现实因素分手，他们眼下似乎也遇到了棘手的现实问题，但是她不想分手，她得想想办法。

厨房方向传来洗碗机工作状态的轰轰声，王术不由得露出惊讶的表情，她出门时瞥见他醉得都夹不起碗里的鱼丸，怎么居然还能把碗洗了？

王术狐疑地叫了两声李疏的名字，并未得到回应，她一路走过去接连打开卧室和书房的门，也都不见他的踪影。

"李疏？"她扬声又叫着，目光突然落在洗手间的门上。

"你在不在里面？"王术敲着门问，"在里面就吱个声儿啊，李疏学长？"

王术停止敲门把耳朵紧紧贴上去，然而里面既无水声，也无人声。她不由得蹙眉，怀疑有可能是刚刚她下楼送人的时候他因故出去了。她转身要去门口的斗柜上取手机给他打电话，心脏却没有任何预兆地倏地一沉，她眼神一凝顿住脚步，转头便压下门把手奔进了浴室。

一点水汽也无的浴室里，李疏静静躺在浴缸底部一动不动，似乎已经沉没多时。

王术没有一点心理准备，惊得呆住了，动弹不得，全身的热血也仿佛直接成冰。但这种状态只维持了大概三秒不到，她便竭力挣脱出这一瞬的惊惧，扑通跳进了浴缸里。也不知道是从哪里借了力，王术两手伸到李疏身下，颈侧的青筋一振，便把这个高她一头的男生给生生抱坐起来了。

李疏在破水而出的那刻突然呛咳起来，咳得面白发乱、目赤筋浮——当然不是因为溺水，是被乍然出现的王术吓的。

"你怎么了？"李疏被迫伏在王术肩上，眼睫湿润微垂，显得十分无辜。

王术的眼泪这才扑簌簌落下，她咬牙在李疏背上狠狠捶了两下，又紧紧搂着他不许他挣扎，嘴里是抖得稀碎的心有余悸的"吓死我了""吓死我了"……

李疏似乎这才明白发生什么事了，他伸手回搂着王术，说："我就是热，你别怕。"

3

天际"轰"的一声炸响，跟着便是密集的雨点砸窗声。王术惊惶地醒来，当先打了个哆嗦，她到这刻才意识到水是凉的。

她胡乱抹了抹脸，拉着李疏从浴缸里出来："行了，不洗了，去床上躺着。"

"我就是热。"李疏晕晕乎乎跨出浴缸，仍在安慰她。

"我知道，你把湿衣服脱了，先去躺着。"王术说。

李疏脑袋浸了几分钟凉水，自以为清醒了不少，他清楚不能把湿哒哒的衣服穿进卧室，微蹙着眉，慢吞吞开始解扣子，一边解扣子，一边茫然四顾，寻找自己并未拿进来的睡衣和内裤。

王术张口试图阻止，低头瞥到自己口袋里湿淋淋的东西，喉咙滚了滚，一声不吭了。她盯着他愣愣瞧了片刻，转身涨红着脸去把浴缸里的水放了。待到浴缸里的水全部流出，李疏早已离开。

窗外雷雨大作，王术湿淋淋地倚着浴缸埋头坐着，片刻，抬起微颤的手把卫衣脱了……

楼下突然传来一阵惊呼，似乎是那户突然发现哪扇窗户没关，房间被雨打湿了。王术听着女人的指责和男人的抵赖，神情越发窘迫，牛仔裤本就很紧的铜扣突然变得越发的紧，手指指肚都硌紫了也没能打开。她略感挫败地低头做了两个深呼吸慢慢平复情绪。也不知道为什么，前两次李疏给她脱衣服时，她并没有很强烈的羞耻感，但这回自己脱时，羞耻感却反而拉满了。

王术把自己的衣物归拢到脏衣篮里，打开花洒极快速地冲洗着自己，琢磨着大概是因为当时他们俩都呼吸急促和滚烫，她能在他那里找到平衡，而现在慌张哆嗦的只剩下自己，没地儿找平衡了。

因为雷声一直在耳边徘徊不去，王术害怕被雷劈，五分钟就把自己从里到外洗刷好了。她套上李疏的T恤和从便利店买来的一次性内裤，再把脏衣篮里两人的衣服一起倒进洗衣机里，握拳给自己鼓了鼓劲儿从浴室里出来了。

在一鼓作气去往李疏卧室的路上，王术突然想起没跟家里交代，于是转道去玄关斗柜上取来手机给王戎发信息，让她告知父母雷雨太大不回去了。

王戎的回复顷刻就到了——一个挤眼偷看表情包和一句"Enjoy yourself（做好措施）"的阴阳怪气的嘱咐。

王术最烦王戎这种显眼包式的聪明劲儿，她本打算直接略过，但深想还是气不过，于是给王戎发过去一个用她的丑照制作的俗烂表情包，并很有先见之明地在她回信谩骂之前关机。

王术屈膝上床时，李疏已经不是十分清醒了，但在耳边叫他"学长"会有模模糊糊的回应。她把他从侧躺推成平躺，然后迈过他的腰趴到他胸口小口小口开始啃他脖子……即便榨取生平观影所学，也仍旧是一嘴轻一嘴重的，其实并不怎么令人愉悦。

李疏被啃得有些痒，手一动，便十分丝滑地从王术柔腻的后腰一路抚到了蝴蝶骨上。他倏地睁开双眼，与满面通红的王术面面相觑。

"……太好了你还没走，"他揉着眉骨醒了醒神，懊恼自己差点睡着了，"术术，你……"

王术不待他把话说完趴回去继续啃，她不知道此情此景两人说什么能不尴尬，就索性什么都别说了。她十分庆幸自己刚刚把大灯关了只留了橘黄的床头灯，最起码她此刻的困窘不至于纤毫毕现。

"你先、你先等等，术术，我想跟你说几句话。"李疏微微后仰躲避，但王术就像个大型水蛭，吸附在他颈侧，跟着他移动。

"大头！"李疏继续躲，又想恼又想笑。

王术听出了他真的是不愿意，慢慢停下了。她垂着脑袋不动，想说"你别拒绝我，我现在躁得恨不得把自己的脑袋砍了埋岩浆里"，但未及发声，眼泪一下子就涨上来了。她假借咳嗽缓了缓情绪，半起身硬声给自己找补："……不愿意算了，借我条裤子，我要回家。"

"没有不愿意。"李疏抓着王术的胳膊肘要把她扯回来，却被她梗着脖子左右腾挪躲开。

"我要回家！"她突然扬声。

李疏在昏暗的光线里看到王术的眼眶红了才倏地停下，他缓缓支起胳膊沉默不语盯着她，片刻，右膝向上一挑翻身把她压到身下，极快速地说："别人毕业就分手是别人的事儿，我不分手，你这个大浑球……"

王术的眼泪被突然的天旋地转给颠出来了，她左右歪头在枕头上揩了揩眼睛，静静与李疏对视。在漫长的对视中，眼睛又湿了。

倪静琳说不用感情耽误彼此的前程是成年人的默契和美德，但是王术觉得自己可以是一个没有美德和默契的人，她甚至可以是个耍赖的人，总之，她就是不想跟李疏分开。

王术微微张口想要说些什么，却被李疏不由分说捂住了嘴。李疏另一只手抬起慢吞吞去解睡衣扣子，说："既然你刚才不想说话，现在也就别说了。"

……

大约一刻钟后。

"没真不让你说话……是不舒服？"

"……不是，你别问了。"

大概是雷雨声太大以及光线太暗令人的羞耻心大打折扣，也大概是因为那句"我不分手"太鼓舞人心，王术的配合度很高，这个夜晚因此被拉得格外长。

虽然杨得意在王术面前没有表现出任何异样，跟姉子也没多说什么，但这点忧虑还是在这晚的睡眠质量上表现出来了，最开始是睡不着觉，后来是一有动静就醒，王西楼上个厕所、喝口水、调个床头灯，她都会惊醒。

"术术是不是没回来呢？"

"说雨太大不回来了，刚刚给王戎发信息了。你今天是怎么了？哪儿不舒服？"

杨得意躺得实在难受，便拥被坐起来，细细跟他说了今天的事儿。

世界这么大，她十分愿意让王术趁着年轻出去看看，但她又忍不住前怕狼后怕虎。

王西楼说："你即便整宿不睡给她盘算又有什么用，大头的人生到头来还是得听大头自己个儿的。你少操点心吧，大头只是看起来没心没肺，但并不是真的没心没肺。"

杨得意斜睨着他，不满道："你个当爹的怎么这么镇定？你不担心吗？"

"跟着李疏的话，我倒是不担心。去年的事儿你是不是忘了，就是大头在公交车上遇到变态那事儿。李疏当即带着她出去转了一圈，回来一点阴影没留下。李疏心细果断，能把她照顾得很好……但是镇定谈不上，糟心，非常糟心，雨大可以叫我去接她回家。"

杨得意也是关心则乱，王西楼一提起这事儿，她大脑瞬时清明了。

啊，是这样没错，如果有李疏在侧，她家大头应该受不了什么委屈。

"行了睡吧。"杨得意心安定下来了就有了倦意，但她刚躺下旁边王西楼又长吁短叹地坐起来了，"你怎么又起来了？"

"睡不着了。"王西楼说。

王术甚至不知道自己是什么时候睡着的，她一睁眼，天就已经亮了。

一个清醒的声音在头顶响起——

"大头，聊聊？"

王术慢吞吞翻成个趴卧姿态，把棉被尽可能多地塞到身下，又将头发往脸前扒拉，试图遮挡惭色和熬夜后略显浮肿的脸。

"……可以聊，但是不要叫我'大头'，我的头早就不大了。"

李疏听她认真反驳忍不住笑了。

窗帘缝隙里露出的天空是铅灰色的，阴云浓一块，淡一块。一夜过去了，外面仍旧在下雨，有车驶过时能听到车轮溅起雨水的声音。

"昨天晚上喝多了，没太控制住，你还好吗？"李疏侧过头注视着她。

王术表情僵化艰难回答："……不是太好，但可以克服。"

李疏"啊"一声，顿住了，一时无话。

王术却以为他误会了，表情突然变得越发难以启齿，犹豫片刻，她艰难解释："昨晚挺好的，是现在不太好……话题到此为止，我们两个都没有经验，就不要相互为难了，各自处理吧。你继续说你的，说正经的，求你了。"

李疏听到"各自处理"和"说正经的"垂眸又笑起来。

——两人现在一躺一趴，能正经到哪里去？

李疏伸手在王术后腰轻轻揉着，耐心等着，后者终于不好意思地转过头要说话时，他突然抵近把她的话吻回去了。李疏细细咬啄着她的唇角和内侧软肉，在厮磨的间隙极清楚地表达自己的意思。

"如果你毕业没有特别想去的城市，你就先来归省看看能不能适应，不能适应也没关系，C 大合作机构遍布全国，近点的大都、晋市，远点的海市、滇市都有，我毕业可以去你选中的城市。等我研二时我们就结婚，好吗？"

王术觉得李疏这样缓缓说出来的每一个字都直击心灵。她想，他一定是在他心里的小黑板上写过很多内容，又做过无数道选择题，所以此刻才能徐徐给出这样一个最终答案。

"……似乎现在结婚这么早的不多了，大家会说没出息的。"

"别听他们的，跟不喜欢的人结婚才是没出息。"

4

在刚刚过去的这个声势浩大的雨夜，王术经历了新的感官体验，大致规划了新的生活方向，当然，也重新武装了自己的脸皮，以应对未来王戎探究的目光。

而同样是这个雨夜，钱慧辛的奶奶钱素珍走完了自己并不怎么值得书写的一生。

老太太起夜突发心梗，卒于门楣正下方，一脚门里一脚门外。清晨对门的邻居出门瞥见，差点吓破了胆。由于老太太被人发现时躯体已经僵硬多时，实在穿不上寿衣，就只好草草将寿衣搭在身上一并填入殡仪馆薄薄的棺木。

棺木、寿衣、骨灰盒、遗体火化等林林总总的费用五千四百块钱是钱慧辛出的，是她用两个暑假的兼职辛苦攒出来的，就当感谢老太太曾经追着她喂过饭。不过感恩之情也就到这里了。

整场丧事严肃、寂寥、惨淡，从头到尾只有钱素珍三个老家来的年过半百的侄女在灵堂前假哭了几嗓子，也算跟她了却了淡薄的姑侄情。

钱素珍是那种最传统最愚昧的人，头胎得子以后，自己就把自己给抬起来了，走道儿下巴扬得恨不得戳破天，每每回娘家都要和她同样重男轻女的老母亲一道给哥嫂找点儿不痛快——因为她哥嫂三胎生的都是女儿。所以几个侄女如能来送她一程已经仁至义尽了。

"等过两年你妈从里头出来，你们娘俩好好过你们的日子……这套房子还能值几个钱，就当是他们母子对你们的一点点补偿。"几个姑姑奔丧回去之前感慨万千地如此跟钱慧辛说。

王术抬手抹了把汗，叉腰瞧着堆在地上的零碎东西，跟钱慧辛说："可算是收拾好了，你洗洗手去一边歇会儿，我自个儿下去扔就行。"

两人花了一整天的工夫整理出来的钱家的这堆东西，有早就该扔掉的擦地都嫌不够吸水的旧衣物，有街道办帮扶人员赠予的被用得脏兮兮的小家电及存放过期的食品，有装着一家四口大大小小的相框、生锈钥匙圈、保温杯以及其他针头线脑的东西，填满了三个大麻布袋和六个大号塑料袋。

然而钱家这个破旧的三室一厅现在也就剩下这九袋垃圾了，王术等下再这么拎下去一扔，就真成"家徒四壁"了。

——钱慧辛的小姨前两天鼓动着钱慧辛把这个房子里的床、沙发、衣柜、冰箱、电视等全扔给收废品的了。

"你们到时候再重新装修？"王术上午来时瞧见空荡荡的房子惊讶地问。

"也可能会把它低价卖掉，然后去买个小二居。我姥姥说，即便是死过人的房子，只要价格够低，也一定有人要。"钱慧辛当时如此回答。

钱慧辛盯着塑料袋里的生锈钥匙圈，头昏脑涨，仿佛在腾云驾雾。她似乎看到她奶奶用那个挂有菩萨牌的钥匙圈打开门，嚷嚷着叫她生理期不要洗头；又似乎是她爸爸用那个挂有酒瓶起子的钥匙圈打开门，吩咐她去厨房拿刀切个瓜；又似乎是她妈妈用那个挂有她生肖像的钥匙圈打开门，质问她为什么作业没有写完就打开电视。她大约一分钟后才意识到王术刚刚跟她说话了，又一分钟，大脑解密了王术那句话的内容。她心不在焉地应道："嗯，我现在不想出去。"

王术当先就去拎装有相框和钥匙串的那个塑料袋。钱慧辛心脏一紧，微颤的"等一下"脱口而出，但王术幽幽望过来时她却又无话可说。王术也不催促，就静静等着，但五分钟过去了，钱慧辛仍没有决断，只是眼睛渐渐红了。

王术想了想，商量道："这袋东西我带回我家去，以后我帮你保管，再过十年、二十年你想要了，你就揣上二百块保管费来找我取，这样行不行？"

钱慧辛模糊不清地应了一声，然后转开脑袋极快地抹了一把眼角。

王术与钱慧辛锁上钱家的门，一道回到秋粮胡同口，碰见正在胡同里转来转去的钱慧辛的姥爷。七十来岁的干瘦老头儿瞧钱慧辛一眼，见她眼角是红的，便吞下了正要说出口的牢骚。他背着手引着钱慧辛往胡同里家的方向走，慢悠悠说："你姥姥正在家给你炸红薯丸子，你小姨跟你小姨父来家了，说要住一晚明天载你和你姥姥去见你妈，顺便在衡河水库转转……"

王术站在自家门口瞧着路灯下一老一少离去的背影，心头黑压压

256

满当当的情绪突然释放出大半。

转过年二月底，李疏过了初试，四月底，过了复试，他的本科阶段就算是基本结束了。

王术既无考公打算也无考研打算，大三下学期就开始留意专业相关的兼职工作了。她做过各类展会的现场口译——大都和晋市均属一线城市，承接的各类国际展览会多不胜数；也做过儿童文学的笔译；与此同时专八高分通过，其他专业级证书能考的也都考了。之后她研究了下人才市场里的薪资水平，感觉未来还是可期的。杜果千层糕会有的，漂亮的小裙子也会有的，美好的日子指日可待。

当然，王术自信心爆棚展望未来的时候并没有意识到，毕业以后需要独自承担的生活日常所需有多耗钱，补一次牙多少钱，修一次马桶多少钱。

······

李疏的毕业典礼王术特地去捧场了，拎着一束鲜艳欲滴的玫瑰。李疏的同学们人均"二百五"，每个人都捧着这束玫瑰拍了照，美其名曰让其发挥最大价值。

"······你不觉得这样很令人反感吗？也没必要处处彰显女朋友的存在感吧，毕业典礼上送玫瑰？"有位不知名的学姐在太阳底下狠狠皱眉跟同伴吐槽。

学姐大概是觉得属于自己的毕业典礼，多了许多闲杂配角，影响了自己内心世界的秩序。她并没有意识到这是她的毕业典礼，也是剩下那两千七百多人的毕业典礼。

王术太了解这个世界总是会有许多扫兴的人，她没有假装听不到，直接回学姐："这位学姐你怎么净挑软柿子捏呢？体育系那边还有现场求婚的呢，是位一米九几的学长，你倒是去表达一下你的意见啊。"

女生大概没料到自己的抱怨会被人听到并回应，给了王术恼羞成怒的一瞥，说她"神经病"。她这样说着，走开了些，似乎是害怕神经病会传染。

王术不想追上前跟她解释——大好的日子那画面可不太好看，但是又担忧她听不到，嗓门微微扬高了些，继续道："而且我没有彰显女朋友的存在感哦，我是觉得我男朋友的气质适合玫瑰，所以才去买的玫瑰，如果他适合百合或者雏菊我就去买百合或雏菊了。"

几道稀稀拉拉的掌声在王术身后响起，是李疏班里那些看热闹不嫌事儿大的同学。

学姐没什么战斗力，而且背后说人本就不占理，她悻悻给了王术一个"我只是懒得跟你计较"的眼神，抖了抖学士服，又走开了些。

"学长过来合个影。既然学姐已经把气氛烘托到这里了，我高低得彰显一下存在感。"王术不理大家的调侃，把流落在外的玫瑰抢回来塞到李疏手里，嘴角做作地一扬，举起手机"咔嚓""咔嚓"连拍数张。

"做作"是因为，除非是特别好斗的人，不然争执必然会影响心情，哪怕你是不落下风的那个。

李疏瞧着镜头里王术隐藏在僵笑之下微末的焦躁，突然转头在她脸颊吻了一下。王术倏地转头望向李疏。

李疏接过她的手机，低声说："体育系还有现场求婚的，我不能亲一下？"又吻到她唇上，并按键定格。

王术瞬时感觉心上密密匝匝都是欢愉。李疏可真是她亲男朋友。

"你买玫瑰真的只是那个原因？"

"对，我第一次见你，就觉得你适合玫瑰，虽然你那时候正抱着篮球出了一身汗。"

"真就没有一点点感情因素，大头？"

"……那当然也有，我特地挑的店里最红的，表达我炽热的感情。"

李疏低头仔细打量花束，从里面抽出一枝，挑剔道："但是这枝可不够红。"

王术一看确实偏粉，痛快道："那可能是偶尔有些时刻感情淡了。"

李疏用谴责的目光盯着王术，等着她解释"某些时刻"具体是指哪些时刻。王术趴在他耳边举了两个例子，又意有所指地蹭了蹭他颈侧已不甚清晰的牙印，李疏的耳根隐隐红了。

他们这天没有乘坐交通工具，是牵着手聊着天步行从学校回家的。六月的天很热，从学校到三秋胡同的路很长，蝉鸣声很吵，但是不知不觉就走到头了。

尾声

/

一日

1

大四新学期开学，学长不见了，王术在 G 理工各个教学楼辗转上课，虽然周围同学仍旧叽叽喳喳，却感觉寂寥了许多。杨得意之前劝解她，现在通信这么发达，即便相隔千万里，每天仍可以在视频里见面……王术现在可以用亲身感受回答她了，不行，只能看不能碰还是不行。

大四的课不多，但是分布得很均匀，几乎每天都有一到两节，而且课前点名比前三个学年都要严格，据说是因为有别的系的几个学生翘课悄悄出去兼职，被骗进了传销组织，学校和家长两头都不知道，差点出事。

"我听我们班'包打听'说，最后是他们学院的领导们把他们的损失给弥补了，七八个学生，人均三千多。"王术对着镜子在痘痘上点着芦荟胶，同时叽叽喳喳跟李疏聊着今日见闻。

"'包打听'是谁？"李疏问。

"是那个即将去美国留学的不讲武德的学霸。美国持枪合法，我真替她那张惹是生非的嘴担心。"

"三年前的八百米测试你至今都耿耿于怀。"

"我能把这点纠葛带到坟墓里去。熟悉我的都知道我向来宽以待己严以律人。"

"你的'一日'APP为什么不更了？"

"……我们之前说好的，你只能看，不能做任何提问或解释，你忘了？"

"我就是希望你继续更，没说别的。"

"不更了，以前根本就没打算让你看，所以它才是个礼物，现在你都已经在看了，继续更就有点刻意了。"王术这样决然说着，起身合上窗帘，准备睡了。

"更吧更吧。"

"不更。"

"大头。"

"越叫大头越不更！"

……

在极限拉扯中结束这场没有营养的对话，王术趴在床上，听着窗外的风声，嘴角慢慢耷拉下来。李疏八月中旬就去了归省，至今一个多月了，她真的很想他。

"奖学金能不能早点发啊……"

——王术计划将这个月月底要发放的上一学年的奖学金用来当作她往返归省四趟的旅费，三个月一趟。

王术闭上眼睛默默念叨着即将到手的奖学金，脑子的重逢大戏缓缓拉开序幕。

王术在树叶的哗啦啦响里终于熟睡过去后，李疏拎着20寸的小行李箱上了直达晋市的高铁。因为出行得比较急，商务座没买到，只买到一等座。一等座不能躺平，但年轻人要去见女朋友，区区只是一晚上不能躺平谁又会在意？

归省正在下雨，高铁缓缓驶出站时还能听到雨声，全速前进以后雨声就不见了。李疏谢绝了乘务员的帮助，独自把物品收拾好，又吃了两包饼干，便戴上护颈枕和耳机闭目养息了。

大约一刻钟后，他没有任何征兆地突然睁开眼，第一百零七次访问王术的"一日"账户。

——领跑的学长长得可太行了，在学长的鼓励和带领下，取得了倒数第一，谢谢学长。

——李疏的颜值排第四没有天理！这个不开眼的遭瘟的世界！

——老太太骂人可真脏啊，但是这么大岁数了，也不好上去堵她的嘴。幸好辛辛今天不在家。

——疼疼疼疼疼，我的屁股……但是李疏用的是什么牌子的沐浴露，一股贵味儿。

——我怀疑学长喜欢我，虽然我眼下还没有证据。我先给他记一笔。

——我为什么不是独生子女！

——辣椒要命，我是罪人。

——他居然真的认识小提琴学姐！是谁长了张乌鸦嘴？啊，是我啊！

——学长的追求真的一点都不明显，结果最后还是靠我自己领悟的。呵呵。牵上手了！他是不是缺血，怎么手这么凉？！

——Star Valley，你都仿到这个地步了，还差个L吗？！

——我想把曹平做了！可惜他在派出所！又可惜生在法制时代！

——多想要辛辛的鹅蛋脸和大长腿……愿意赠她十斤肉跟她交换……

——嘿嘿，全景视野，不过是坐在了男朋友的肩膀上，不值一提（傲娇脸）。以及大熊猫真可爱，去哪儿能偷一个，我愿意接完认罪伏法。

——……可太疼了，要不然下回提前吃两粒布洛芬？但是会不会因为没感觉像条死鱼？

——归省太远了！怀恨在心！

……

树梢的鸟叫声大清早的吵醒了王术，她不耐烦地在床上翻了两个来回，刚找回点儿蒙眬睡意，后墙外"王二豆腐"的叫卖声响起，继而是前窗雨棚下洗衣机脱水的声音……真是个别开生面又令人火大的早晨。

王术趿拉着旧拖鞋抓着后脑勺的痒痒从房间里出来，皱眉向正在院子里晒衣服的杨得意抱怨："再买台洗衣机吧，吵死了。"

杨得意转头瞥她一眼，狠狠抖了两下衬衫，用衣架撑起，道："我故意的，几点了还不起？以后上班，冬天天不亮就得起床，到时你咋活？"

王术打着呵欠重重道："我就不可能上那种天不亮就得出门的班儿。"

王术这样说着，目光不经意掠过门口，突然顿住。门口为什么有一只大熊猫？她以为自己眼花了，狠狠揉了揉眼，定睛再看过去，大熊猫仍在。

"妈，你说大熊猫逃出动物园跑到我们家门口的可能性有多大？"她喃喃道。

"……你要不然还是回去睡吧。"杨得意把盆里的水倒了，懒得配合她撒癔症。

王术指向门口，急道："真的在咱家门口。"

杨得意不耐烦地转头看过去，也是一愣。真的大熊猫当然是不可能从动物园里跑出来的，但门口这只也太像真的了，皮毛、眼神、姿态无一不真。

李疏不好意思地现身，口中礼貌地称呼杨得意"阿姨"，眼睛却带着笑意直视王术。

王术的眼睛瞬时发光，情绪激越之下出现了返祖现象，她"啊""啊"了两声，不顾杨得意看不过眼的"啧"声，一路呼啸着冲向李疏……

杨得意实在没眼看下去，给了李疏个长辈式的客气微笑，转身回屋了。

王术把李疏拽到自己卧室里，足足搂了十分钟，待到眼睛里的潮湿散去，才故作自然依依不舍松手。她低头去抱那大熊猫，又吓一大跳。虽然她未曾有幸抱过国宝，但这个玩偶的重量和仿佛有流动性的柔软的"肉感"都非常令人错乱。

"是羊皮的，身体里有硅凝胶。之前在海市看的那对双胞胎款年底就有了，到时候再买。"

"别别，一个就行了，这个看起来就很贵。"

李疏垂目笑着握住熊猫的爪爪去抚王术的面颊，没说两千块的定金已经付了。

"我本来计划月底拿到奖学金以后去归省，以后每三个月去一趟……"王术爱不释手地揉着国宝的屁股仰脸望着李疏，眼睛里仿佛倒映着初秋湖面上的粼粼波光。

"不行，三个月太长了。"李疏轻声说着，低头看到初秋的金风从王术身后掠过来，把她的睡裙刮在她腿上，又蹭着他的膝盖。

2

虽然相隔千山万水，但是因为李疏不辞辛苦月月跨山越海回晋市，王术这一年的远距离恋爱并没有吃什么苦头。最后一次跨山越海，李疏特地把时间安排在王术毕业典礼的这天，但不巧高铁站附近因故堵车，他拎着行李箱赶到时，校长致辞已经结束了。

王术尚未把学士帽的帽穗理顺，钱慧辛敷衍地"咔嚓"一声，就把手机递过来了。

王术保持着最后的理穗动作，愤怒道："我刚刚就是这么给你拍的吗？重拍！你认真点！"她这样痛斥着，低头去看照片，陡然叫了一声，转身一把搂住不知什么时候出现在她身后的青年。

李疏把玫瑰举高，以防她压着，愉悦地扬起嘴角祝贺她："毕业快乐，大头！"

王术兴奋得尾巴都快要摇起来了："我以为你不会来了！"

——再有一周李疏才会放假回来。

李疏托着王术的后脑勺，在大太阳底下垂目温柔地望着她："你以后所有重要的日子……我能在就都在。"

王术把脸埋到李疏肩窝里，明明心里又酸又软，嘴里却故意挑刺儿："学长说话越来越谨慎了。"

钱慧辛站在他们身后，露出生无可恋脸："你的手机还要不要了？"

李疏研一的暑假本就很短，老师人为地又给砍了十天，要返校的前两天，王术开始跟李疏商量，反正她在家也没事儿，不如就送他回归省吧，能多待高铁上的七个小时也是好的。

李疏刚开始不同意，因为不放心把他送到后她独自回来。王术立刻表示自己下个月就要去海市工作了，到时候不也是一个人出行嘛，她这趟跟他去归省就当是提早演习了。

——毕业典礼以后，王术在家当了近一个月的"无业游民"。起码在旁人看来是这样。杨得意的母爱被耗得几乎涓滴不剩时，她终于向大家宣布找到了一份合心意的工作。

商务座七个小时其实并不难熬，于王术而言，也就是遮眼一大觉的时间。

高铁降速驶入终点站，李疏扯掉王术的眼罩叫醒她，问："你就是这么跟我多待七个小时的？"

王术懒洋洋揉着脸颊上睡出的格纹印记，娴熟地倒打一耙："你刚开始还不让我来。就七个小时没陪你就闹情绪了？"

前座支棱着耳朵的小姑娘矮下身子，用惊讶的语气"小声"跟妈妈讨论："哥哥怎么也闹情绪呢。"

——小姑娘午饭时因为小粉裙上溅了滴汤汁小哭了一场，被妈妈批评"闹情绪是吧，那就不抱了，什么时候闹够什么时候抱"。

王术不敢去看李疏的表情，她讪讪地主动推起两人的行李箱，瓮声瓮气道："我又不立刻回去，门开了，下去吧。"

既然来归省了，当然不可能真的到站立刻离开，最起码也得去一些旅游景点和李疏的C大打个卡——早上出门时王术拎着行李箱见面时是这么跟李疏说的。

宜市尚未通地铁，李疏出了高铁站正准备叫车，王术龇牙摇了摇手机，说自己已经叫到车了。她正这么说着，打车软件"叮"一声，提示车已抵达。王术迷茫地转头四顾，目光停顿在斜前方正打着双闪的黑色轿车上，她眯眼看清了车牌号，催促李疏："那里。"

李疏不疑有他，将两个行李箱塞进后备厢里，跟着她上了车。

结果车行的方向逐渐奇怪……

李疏盯着不动声色的王术琢磨片刻，直接问前面的司机："师傅，是去C大的吗？"

司机师傅一头雾水："啊？是要去C大的吗？但是你们叫车时的目的地是秦岭区潘家花园小区。需要修改目的地吗？"

李疏用平静的目光注视着王术。

王术没料到这么快就被拆穿，她先跟司机师傅说了句"不改"，然后绷不住眉开眼笑揭晓谜底——

"我那份工作海市是总公司，宜市是分公司，我申请来的分公司。"

王术毕业前就与这家公司联系上了，一开始就说好的，先做兼职，九月份再转全职。因为她兼职期间展现出了过硬的专业水平和认真负责的工作态度，且有强烈的去归省宜市分公司发展的意愿，公司人事给行了许多方便，包括但不限于请归省的同事帮助她租房以及接收她陆陆续续寄来的家当。难得有个人愿意舍弃超一线城市去归省发展，公司因为总招不到人屡屡被各部门诟病的焦头烂额的人事非常珍惜这次"机会"。

此外，王术去年信誓旦旦跟杨得意说"我就不可能上那天不亮就得出门的班儿"，经过不懈努力，她真的做到了。她将在宜市一个工业园区上班，她租房的潘家花园小区与园区大概是步行十分钟的距离，早上九点上班，八点起床都不晚。

李疏愣怔片刻，伸手紧紧攥住王术的手指，转头瞄向窗外。他现在很想叫司机停车，去找个没人看到的地方把她镶进怀里好好搓揉两分钟。王术真的是个能把温柔掩藏得比马里亚纳海沟都要深的人，虽然她自己从来也不承认。

"离C大其实也不远，开车大概四十分钟吧，我请同事帮忙租房之前打听过了。"王术说着，突然一顿，又不好意思地提醒道，"我租了个两室一厅的房子，交三押一，现在兜里就剩下七百多了，到月底之前要用你以前给我开的亲属卡了，你做好准备。"

"……喜欢什么买什么，不够我把车卖了。"李疏说。

王术立刻抓住了这句话的关键信息，问："你怎么又买车了？"

李疏顿了顿："因为宜市没有地铁。"

王术租住的是个旧小区的两室一厅。说"旧"也不妥当，其实只是红墙白瓦的楼体外墙瞧着有些旧，小区里面很整洁很干净，且绿化做得很好。而王术租住的这户，房东去年更是大动作重装了一番，且非常值得庆幸的是，房东女儿的审美很不错——而房东本人因为这北欧风的装修"太寡淡了"，万分不好意思地赠予了王术一副"家和万事兴"的十字绣，说让她自己找个地方挂起来给房子增加点喜气。

王术输入密码开门进屋，将行李箱推到客厅正中央，与她陆陆续续寄来的四个棕色纸箱放在一起。她环顾一周之前只在视频里看过的房子，又叉腰望着自己的全部家当，深吸一口气，徐徐道："以后我俩就猫这里生活了。学长，动手吧，收拾好请你吃饭。"

李疏的目光从窗外翠绿的枝叶上收回，说"洗个澡再收拾"，抬腿向浴室的方向走去。王术嘴里念叨着"收拾完再洗澡多好，你们这些有小洁癖的人是真不怕麻烦啊"，却也没阻止他，蹲下来"刺啦"撕开箱封。

片刻，李疏的声音在浴室响起——

"大头，没有热水。"

"不可能啊，同事上午离开前帮我开了热水器的。"

"真没有。"

"我来看看。"

王术前脚刚踏进浴室，李疏就平静地在后面把门给锁上了。王术立刻就明白眼下是什么情况了。

"学长，不差这一会儿，"她一边假惺惺劝着，一边主动抬高胳膊肘配合他把衣服脱了，"等等，吊带挂我耳朵了……"

王术保密工作做得特别好，大概两个月以后在宜市的工作和生活都步上正轨，她才施施然告知老王家那三口子人，自己其实是来的宜市，并非总公司海市。

只有王戎对她这个决定表达了遗憾，毕竟总公司升职加薪的机会肯定比分公司多。杨得意和王西楼都乐见其成，因为人生永远都有取舍，你不能永远让别人"舍"，之前李疏一年往返晋市和宜市十四回理应得到对等回馈。

李疏研一的时候课程不怎么紧，尚能每个月挤出两到三天的时间往返于晋市与宜市之间，但研二的境况就大不相同了。老师的任务一项一项压下来，仿佛笃定他的学生们都能不眠不休创造神迹，在这种情况下，不要说上千公里的往返，即便是宜市市内二十多公里的往返都经常十分吃紧。研二即将结束的时候，向来非常抗压的李疏终于撂挑子了。

"你说什么？你没有时间？"

"对，我接下来的一周都没有时间，所以这轮碳纤维的系列实验都参加不了。"——并非李疏突然"起事"，他其实三个月前就向老师申请过一次长假了，老师随口答应以后却又在临近的日子给他安排了新的实验任务。半个月前他又向老师请假了，老师仍旧随口答应了但很显然他仍旧没有放在心上。而李疏却已经不愿意再拖了。

"给我一个足以说服我的理由。"

老师隐约忆起李疏的那两条请假申请了，但仍面无表情望着自己的得意门生。

李疏沉默片刻，言简意赅道："结婚。"

"……准了。"

3

王术以前也见过成荟——这几乎是句废话——她跟李疏交往了几乎整个大学时期，两家又只隔着条锦绣大道住着，不可能没见过。

之前见面，成荟待她客气有礼，不主动问什么，也不随意表达自己的意见。王术与李疏领了证再与之见面，成荟仍旧是一样的态度，以至于王术怀疑几年前奶茶店里钱慧辛一语成谶：李疏的妈妈喜欢温柔大方的青梅妹妹，不喜欢一顿能吃两大碗的大头妹妹。

"你跟我结婚用的户口本不是偷出来的吧？"王术坐在车里忧心忡忡地问。

"当然不是，为什么突然这么问？"李疏小心避开过往行人把车驶进青铜街。

——晋市的老规矩是，新人领证以后要在两边的父母家各吃一顿家常饭。午饭在跃层公寓里吃了，晚饭要来三秋胡同。当然，最终他们会去李疏自己的房子里过夜。关系合法的当晚，这点仪式感还是要有的。

"我怎么感觉你妈不待见我呢。你身边是不是真的有个深得你妈青睐的青梅妹妹啊。"

"她就是性子温吞，不容易跟人走近。我家楼下前两年新搬来的邻居，我们上下层住了半年，她都没有搞清楚人家是父女关系还是夫妻关系。"李疏这样说着，又想起成荟有天晚上回来用震惊的语气问他"你知不知道楼下那个叫甜甜的小姑娘其实并不是李先生的女儿"。他忍着笑意继续向王术解释，"她很喜欢你，刚刚听到你叫她'妈'，高兴得把银行卡给你装到红包里去了。"

王术闻言立刻不纠结被不被待见这个问题了，她转身从后座勾来小皮包，"咔哒"解开包包锁扣并拿出饰有精美刺绣的绒布红包，果然在厚厚的人民币中间摸到一张银行卡。

"……你怎么在家时不说。"王术用谴责的目光望向李疏。

结婚红包就是个彩头，就这个大小再厚也多不过两万。但是银行卡就另当别论了。两人婚前已经达成共识，结婚是两个人的事情，争取不给两个家庭添任何麻烦。

当然，王术之所以提出这样的要求，是因为深知李疏是不可能会给自己家添麻烦的，如果以后真的有麻烦，肯定是自己这边的麻烦；而李疏之所以答应，是因为……他那天真的很困，而王术跪坐在他身后扒拉着他的肩膀试图说服他的言之凿凿煞有介事的模样真的很可爱。

"她不让说，怕你推辞。你就当是我啃老，与你无关。"李疏果断道。

王术领着李疏踏进院子，叫了声"爸！妈！"，王西楼和杨得意明明都在，却都故意不应声——王术出声之前听到他们讨论晚饭吃什么的声音了。

"他俩还生气呢？"王术悄声问"刚好"出来泼水的王戎。

"鼻子都气歪了，"王戎翻了个白眼，"偷偷摸摸嫁闺女算怎么回事儿？"

王术摸了摸鼻梁，低声解释："我本来就不太愿意配合演这种猴儿戏。而且我怕亲戚朋友来了瞧见我们住的地方再说咱妈闲话，又怕他们根本请不来。"

王戎一手拎着盆儿，一手叉腰，道："说闲话或者根本不来的亲戚朋友我们也不稀罕，咱妈借的钱后来把房子卖了都如数还给他们了，按照借钱时说好的还钱时间，给的也是说好的银行利息，欠他们什么？你故意不办婚礼，他们反而觉得牵累了你。再说，谁不想穿婚纱当新娘，你问问李疏……"

王术微抬下巴截断她，用万分肯定的语气向她保证："他不想，不用问。"

王戎忍耐着给她一脚的冲动把话说完："你问问李疏，他想不想看你穿婚纱的样子。"

王术转头望向李疏，用炽热的眼神表达"这个问题由你来回答，你最好知道应该怎么回答"的意思。

李疏夹在姐妹俩四道咄咄逼人的目光里，镇定自若："我听大……术术的。"

——差点熟稔地叫出"大头"。以及，反正结婚证上已经盖了钢印，细枝末节的都不重要，都可以商量。

王戎气得倒仰，痛斥："你有点出息。"

然而回到屋里，眼瞅着王西楼和杨得意愁眉不展，王术最终还是松口了，表示愿意办一场简单的婚礼，不要冗繁的程序，不要煽情的司仪，不要长辈朋友的发言，大家吃好喝好就行的那种。

"你到底看上她什么了？"杨得意忍不住转头斥问李疏。

李疏啃着杨得意特地给他们留的冬玉米，说："她是个很有意思的人。"

王戎两指一夹做出个给他摘眼镜的动作，语重心长地问："现在把滤镜摘掉再看看呢？"

李疏侧头避开，继续啃玉米，不跳她刨的坑。

王戎可惜道："年纪轻轻的眼睛就瞎了。"

杨得意给了她一个"老实吃你的饭"的瞪视，跳过这个插曲，重整表情继续之前正在商量的事："那婚礼就等你们过年回来办？"

王术嘎嘣嘎嘣嚼着酥脆的炸带鱼，态度十分敷衍："嗯，都行，都可以。"

李疏余光瞥到杨得意的脸又黑了，悄悄撞了撞王术的膝盖，缓声附和道："好的，就年底吧，定制婚纱也需要时间。"

王术露出不解的神情，问："直接网购一条不就行了，费那事儿干啥？"

李疏沉默了下，道："专心吃你的鱼，别让鱼刺卡着。"

4

在王术和李疏领证的这个夜晚，林和靖漫长的追求之路也初见曙光：钱慧辛主动上门给他送药，并且在被他耍赖握住手腕不放时，也并没有如很早之前那样立刻急赤白脸地挣开。

"阿姨上回托我问的药，我朋友买到直接寄来了，"林和靖见好就收，借故去取药松开了手，"你先别急着走，我去拿给你。"

王术指导得没错，钱慧辛是个隐藏极深的"妈宝女"，只要她妈妈支持，她就能同意一半。而林和靖向来很有长辈缘，在这点上，李疏长那样一张脸都比不过他。

——钱慧辛的妈妈于去年秋末刑满出狱，目前在一个残疾人机构做事。

钱慧辛矗立在林和靖家的客厅里，脊背挺得笔直，仿佛战后硝烟中屹立不倒的一杆标枪。她这是第一次上门——要不是林和靖在电话里说话有气无力的样子，两人之间可能仍没有这个第一次。

林和靖很快就回来了，手里拎着一个很大的纸袋子，很显然里面不只是药。

他瞧出钱慧辛的疑惑，不紧不慢地向她解释："我朋友说那里还有一些有效期只剩七八个月的各种进口维生素问我要不要，我觉得没问题就也要了，你也拿回去吧，这些你也都能吃，但都得马上打开吃。"

钱慧辛沉默片刻，直视着他，问："多少钱，我转给你。"

她虽然这样问着，但并没有去翻口袋里的手机。

林和靖温和道："没多少钱，不用。"

钱慧辛"哦"一声，慢慢收回视线。片刻，她突然没头没脑地问："我昨晚听术术说你后半年可能转去海市工作？"

"你其实是因为想问这个，所以特地来送药的，对吗？"林和靖忍着咳嗽耐心地望着她，"我以前听王术说你喜欢海市，但最后没有报考海市的大学非常可惜。所以上个月跟朋友聚餐，饭桌上多问了几句，我朋友可能就误会了，一直游说我去他在海市的公司工作。"

"那你就是不去海市了？"钱慧辛再次确认。

林和靖朝她笑着："我去哪里很重要吗？"

钱慧辛面无表情说了句"不重要"，拎起袋子扭头就走，然而走到电梯门前，再度回头瞧向林和靖，忍耐着又问："真不去吗？"

林和靖靠在玄关的斗柜上向她摆了摆手，眼睛里全是轻松的笑意。

钱慧辛抠着手背踏进终于抵达的电梯里，电梯门缓缓合上以后，也露出松了口气的表情。

……

5

这一年的年底，王术和李疏在领证大半年以后补办了婚礼。

李疏的原则是婚礼可以直接不办，但既然松口办了，就不能糊弄事儿。王术抱怨着"没看出来学长是这么极端的人"，一个步骤没能省略，一个细节也没放过，她被折腾了大半个月，终于在人群散去后，精疲力竭地倒在婚床上呼呼大睡。

——他们当前长居归省宜市，并无回晋市发展的计划，所以眼下是暂住在晋市成荟的跃层公寓里。而成荟和江云集日前领着成玥去南都区住了。

王术没心没肺，所以极少做梦，但是新婚这晚仓促间倒是做了一个。她梦见世界末日来了，她与李疏正在收拾东西要驱车前往城市另一端的防空洞避难，两人中间趴着一个不辨长相也不辨性别的小孩儿，小孩儿仰首哇哇大哭，如此岌岌可危的时刻非得缠着王术要抱抱，王术不胜其烦，跟李疏说："你先把车开出来，我打他一顿就来。"

也不知过了多久，王术感觉自己正在被人扒拉，她隐隐约约记起这是她和李疏的新婚夜，眼皮勉强撑开一条缝，瞧着面前模糊不清的人影，气若游丝："要不然今晚就算了，我怕我们生出个缠人精来。我刚刚好像梦见小缠人精了。"

李疏没有说话，只是半托起她的后颈，不轻不重咬着她颈侧薄薄的肉皮，不慌不忙地研磨，直到她的眼神渐渐清明，又越发迷蒙。

……

因为彼此体力都有限——筹办婚礼的马拉松实在太长了——所以新婚夜这件事情只能追求个仪式感浅尝辄止，反正来日方长。

热汗落下去以后，两人一起冲了个澡，倦意散去了，睡意也散去了。窗外北风呼呼作响。

"又在想你的仙府呢？"李疏从浴室出来，见王术仍顿足在窗前沉思，忍不住问她。

"王戎上完厕所没关灯。"王术指控。

- 正文完 -

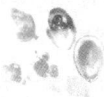

番外
/
李辛夷

1

李疏的博士学位与其说是 C 大颁发的，不如说是 R8 实验室颁发的，因为他的博导就是 R8 实验室的大佬，他大部分时间都跟着大佬在研究院打转。也因此，李疏毕业以后作为新同事踏进研究院时，跟此地的研究员们已经有了两年的交情。

而此时王术已经是分公司的产品经理——谁说分公司升迁慢的，只要你不抻着脖子硬往海市总公司挤，本地升迁还是很快的——不过虽然说是产品经理，做的事却很杂，要做市场调研、了解行业动向、写产品需求，要跟进项目从立项到试生产的每一个环节，要编纂或审核各种产品物料等。但是因为每一滴汗水都被薪水接着，倒也痛快。

李疏毕业以后时间没有那么紧了，王术便放心地把显示有两道杠的验孕试纸轻飘飘地放到他笔记本旁边了。李疏当时正在跟同事连线谈论工作，之后又查阅了数篇旧刊物，校对了一份实验数据，待两个小时后忙完，眼睫疲惫怠不着力地微微垂下，恰好落在两道杠上。

他呼吸一顿目光一凝，倏地回头。

王术正倚着沙发盘腿坐在地板上啃着西瓜追剧。她一开始做足了姿态等着李疏给反应，但李疏太忙了一直没发现，她便偃旗息鼓了。

他们前年年底在本地全款把房买了，半年前刚住进来。李疏入住时坚持要买的80寸的大屏电视成功帮王术戒掉了手机。大屏追剧真舒服，屏幕里这位刚满十八岁的练习生小哥哥真好看。

王术正啃着西瓜沉浸在十八岁小哥哥的颜值里不能自拔，屁股就突然离地了。她高举着西瓜汁淋漓的脏兮兮的手徒劳地"哎哎"了两声，仍是被填进沙发里——以十分温柔的方式。

李疏用湿纸巾慢条斯理地给她擦拭着手指，问："什么时候发现的？"

王术两条长腿习惯性地往他腰腹间一夹，嘿嘿笑着，说："就今天早上。"

李疏早习惯了她这种"抱枕夹式"的亲密方式，他稳坐着轻轻摩挲着她嫩白的腿肚子，眉眼间都是笑意："谢谢你，大头。"

王术"啧"一声："别这么客气。"

2

王术原来一直存疑孕妇情绪再不稳定能不稳定到哪里去，孕期的心路历程给了她答案。一点点小事儿她都能被气哭，比如物料科的同事做的资料一错再错，比如李疏没有按时回家，而且一哭就停不下来。她心里其实是知道那些都并不是多大的事儿的，但就是控制不住胡思乱想上纲上线。

"我得改啊，再不改以后没朋友了。"王术坐在露台上抹着眼泪喃喃自语，"我这是怎么了。"

夏夜的各种虫鸣声让她躁动的心渐渐趋于平静，人也抠着手指头开始自省了。

上个礼拜，钱慧辛在结束通话前怒气冲冲发毒誓"我要是再多余关心你，我就把自己的嗓子毒哑"；两天前，物料科的同事在厕所的洗手台前留下一句愤然的"她是不是有病，可显着她了，她自己就没犯过错"；半个小时前，李疏进门说"我洗完澡再跟你说话好不好"。

李疏踏出浴室套着衣服来到露台上，他给王术搁下一杯温水，在她身边坐下。

"不生我气了？"王术抬起头瓮声瓮气问。

"我什么时候生你气了？"李疏一边擦着头发一边歪着脑袋望着她笑着。

王术心虚对手指，声音骤然降下来，魆魆的："我半路吼你下车的时候。"

李疏笑道："你吼我，表示是你生气，不是我生气。"

王术对他的不承认嗤之以鼻："但是你没有立刻打车回来，你是徒步一个小时走回来的，你生气了。"

李疏不由得感叹："……你物料科的同事说得不对，你即便也犯过错，但肯定不是她那么愚蠢的错，你缜密多了。"

李疏间接承认了，王术又想哭了。

李疏又道："我只是需要时间想些事情。"

王术眼睫微颤，轻声问："那你走回来的路上是在想什么？"

——是不是在想王术怎么就变成了这样，跟她在一起的日子可真难熬啊，对不对？

李疏两腿伸开望向远方夜空缓缓道："最开始我在思索实验得出的数据到底是从哪儿开始错的。不过几分钟后，我就开始琢磨如何让你答应请个阿姨来照顾你。后来走到老街一带，我闻到了卤味香，估摸着你啃几块鸭脖鸭掌大约就能高兴些了，就又去排队给你买卤味，可惜我去得晚了，前面还有七八个人的时候人家就卖完收摊了。最后在小区门口的超市戴着口罩给你挑了一盒榴梿……你明天趁我不在家的时候吃，吃完记得开窗通风。"

王术不用再忍了，这回真的撇嘴哭了。

"对不起，呜呜，我也不知道我最近是怎么了，我自己都烦我自己。"

"医生不是一早就提醒过了，这是很正常的事情。而且，没事儿，大头，我不烦你，你把车停在路边，吆喝我'你下车自己走'的那股劲儿我也觉得可爱。"

王术呜呜没两声又没忍住"吭哧"笑出来。她有些难为情地转过去，也面向夜空。

"你的朋友前几天去港市给你采买了一行李箱的补品和婴儿用品，托我的朋友趁着出差给我带来了。并没有人真的跟你生气，大头，你心态放轻松些。"

"……最起码我同事是真情实感的。"王大头用抬杠掩饰感动。

"……"

3

几个月后，一个毛发稀疏的小朋友乘着秋风呱呱坠地。王术在产床上只看一眼就挥手让护士抱出去了。她不明白自己也算眉眼周正的一个人，怎么就生出一只"耗子"。

不过这只"耗子"却深得李疏喜爱。李疏隔三岔五给他的丑闺女买东西捣饬，今天两只刺绣小帽子，明天两条细软背带裤。

王术瞧着李疏上头的模样，不怀好意地问他："学长，你小时候其实一直很想要一只洋娃娃吧？"

李疏心情很好不与她计较，只轻轻抬起"耗子"软绵绵热乎乎的小脑袋，专心致志给她试戴小帽子。

王术便越发得寸进尺，说："很遗憾，你闺女是只丑娃娃。"

李疏回头瞧了王术一眼，也不与她争辩，说："你刚刚不是说要上传 3D 资料包给你们的研发工程师吗？你赶紧去吧，再晚人家可就收工了。顺便把阿姨煮的汤喝了。"

——王术产前向公司申请整个哺乳期居家工作，轻松获批。此时王术其实还在产假期，但为了不辜负公司的厚待，她已经提早开始工作了。

王术转身往外走，仍旧碎碎念："丑还不让说。"

李疏给"耗子"遮住耳朵，轻声道："她胡说八道，我们不听。"

"耗子"最后落在出生证明上的名字是李辛夷。李辛夷满月以后就开始渐渐有"人"样了，之后几乎每天都在刷颜值分，待到四个多月抱回晋市过年时，已经是个皮肤雪白的大眼睛软萌小美女了——可喜可贺，头发也长出来了，虽然跟王术的一样细软——小美女一逗就笑，一笑就往人怀里藏，是个撒娇鬼。李疏严防死守，即便是林和靖和成玥，也只许抱不许亲。

晋市这一年的冬天雪非常盛，从王术和李疏千里迢迢回家的那天就开始下，断断续续一直下到了大年夜。这一年的大年夜，依照"一家一年"的"结婚基本原则"之一，王戎和王术都携家带口来三秋胡同里过了。

"小安，你父母在瑞士跟你姐住得还习惯吗？"

"习惯。"

王西楼嘴里的"小安"，大名叫安涂。王戎在王术婚后的第二年也结婚了，结婚对象就是安涂——同一栋办公楼里一家科技公司的主管工程师。安涂比王戎大两岁，又高又帅。王术就像王戎当年一样，怀疑姐夫是不是被奇怪的东西附体了，不然为何如此想不开。

不过，王术是不敢跟姐夫开这样的玩笑的，因为姐夫自带冰箱气场，他去哪儿就能把空气冰封到哪儿。岳丈王西楼在他面前都显得有些气短。

"……习惯就好。"原本呷了口茶准备借着"迁居瑞士可能产生的一系列问题"打开话题的王西楼讪讪闭嘴。

王术颧骨高得几乎藏不住了。

王术转头望向另一侧，瞧见杨得意轻手轻脚从她房间里退出并合上了房门。

"'耗子'睡了？"

"再叫'耗子'我拧你嘴，她比你小时候可好看多了。"杨得意出来时笑容满面，转头瞧见王术立刻怒目。

——"隔辈亲"在她身上展现得淋漓尽致，但即便如此，你问她她从来不承认，只说是李辛夷就是本身乖巧可爱，没人会不疼爱。

王术讪讪地道："叫顺嘴了。"又不服，"但我不可能比只小耗子还丑，我是说刚出生时。"

杨得意嗤笑："也就是当时没给你拍照片，让你现在敢这么大言不惭。"

······

王西楼和杨得意从一周前就开始准备的年夜饭赶在春晚开始之前上桌了。十二道硬菜，两大盘饺子。王戎和王术上桌一看脸当即就绿了。这下剩饭起码得吃到年初五。

"十二道菜？能叫得出名字的飞禽走兽这桌都齐全了。什么情况啊？日子不过了？"王戎指着满桌的饭菜嚷嚷。虽然其实是心疼父母备餐辛苦，但大过年的嘴上都没个把门儿的，成功获得杨得意一拐肘。

王西楼摘下装腔作势的老花镜，解释道："你年底忙，两个月没回来了，术术是距离远，半年没回，你妈憋着劲儿要喂你们呢。"

杨得意摘了围裙从厨房里出来，闻言不满道："别放屁，我没有啊。"

这一年配着年夜饭下肚的话题与过去几年的也都没有什么差别。非常日常的内容——无非就是米面粮油的价格、街坊邻居的八卦之类。

至尾声，李疏似是听到了婴儿啼哭，推开碗去了王术的卧室，安涂接到了小外甥的拜年电话，也起身去了王戎的卧室。王西楼不服老一直绷紧的肩膀腰腹便缓缓塌了下来，露出一点点老态。

"十年前搬到这里时，你妈说觉得天都塌了，结果前两天去超市买鱼时，又跟我说，她觉得最好的十年就是在这里度过的。她从这个院里出去，你们俩也陆续从这个院里出去……"王西楼轻声感叹，"不多见，挺好的。哪儿都挺好的。"

杨得意道："你嘴里怎么就藏不住话儿，以后啥也不跟你说了。"

王西楼真诚地道："那你下回说完直接把我嘴缝上，要不然我憋不住。"

——王西楼和杨得意在新区重新买了房子，明年三月份交房，因此这将是他们老王家在三秋胡同过的最后一个年。

外墙传来谁家孩子"啪""啪""啪"摔炮仗的声音和谁家妈妈渐趋暴躁的唤孩子不要在雪地里打滚的声音。"咔嚓"一下，似乎是积雪压断了树枝。

王术咬着筷子，突然道："嗯，我妈说得对。"

王戎翻出个白眼，平声"呵呵"。